世界三大短篇小说之父作品集

变色龙

[俄]契诃夫 著　　刘艳 译

远方出版社

图书在版编目（CIP）数据

变色龙 /（俄罗斯）契诃夫著；刘艳译. -- 呼和浩特：远方出版社，
2013.4（2020.4重印）
（世界三大短篇小说之父作品集）
ISBN 978-7-80723-942-0

Ⅰ.①变… Ⅱ.①契… ②刘… Ⅲ.①短篇小说 - 小说集 - 俄罗斯 - 近代
Ⅳ.①I512.44

中国版本图书馆CIP数据核字（2013）第076636号

变色龙

BIANSELONG

著　　者　〔俄〕契诃夫
译　　者　刘　艳
责任编辑　胡丽娟
封面设计　VIOLET
版式设计　赵艳霞
出版发行　远方出版社
社　　址　呼和浩特市乌兰察布东路666号　邮编：010010
电　　话　（0471）2236473 总编室　2236460 发行部
经　　销　新华书店
印　　刷　北京艺辉印刷有限公司
开　　本　160mm × 230mm　1/16
字　　数　148千
印　　张　15.5
版　　次　2013年4月第1版
印　　次　2020年4月第2次印刷
标准书号　ISBN 978-7-80723-942-0
定　　价　38.00元

[序]

安东·巴甫洛维奇·契诃夫 ，1860年1月29日出生于俄国罗斯托夫省的塔甘罗格市。他的祖辈出身农奴。凭借勤劳与智慧，契诃夫的祖父当上所从属的地主家的糖厂的经理，并陆续积攒了一笔钱，终于在1841年为全家人赎身，成为自由人。获得自由后，契诃夫的父亲结了婚，并在本地开办一家杂货店，夫妇俩一共生育了6个孩子，契诃夫排行第三。由于杂货店生意惨淡，契诃夫从小备尝人间艰辛，用他自己的话说，“小时候没有童年生活”。他的父亲对孩子非常严厉，经常打骂。尽管如此，契诃夫对父母始终很尊敬。1876年，他父亲的商店破产，全家人只好迁到莫斯科谋生。此时契诃夫正在法语学校学习，只得独自一人留在故乡。为了维持生计，16岁的他一边求学，一边利用业余时间做家庭教师。1879年，他从中学毕业后，考入莫斯科大学医学系。

契诃夫的文学生涯始于1880年。19世纪80年代在俄国历史上是一个反动势力猖獗的时期，社会气氛令人窒息，供小市民消闲的滑稽报刊应运而生。由于家境困难，进入大学的第二年，契诃夫便开始以文学记者的身份，为一些幽默刊物供稿。这成了他文学活动的开始。他的大部分搞笑作品文学价值不大，但拥有一批稳定的读者。渐渐地，他的名声传开了。早期的幽默作品中有一些针砭时弊、讽刺社会不良现象和世态人心的作品，如《一个文官的死》《胖子和瘦子》《变色龙》等。

《一个文官的死》惟妙维肖地展示了沙皇俄国的官场：强者倨傲专横，弱者唯唯诺诺。蛆虫般的切尔维亚科夫及其奴才心理，正是这种官场生活的产物。幽默短篇小说《胖子和瘦子》一开始写两个自幼交好的朋友相遇于火车站，拥抱、接吻、热泪盈眶，无疑都出自人之常情。然而，当"做了两年八等文官"的瘦子得知胖子已是"有两枚星章"的三品文官时，突然脸色发白，耸肩弯腰，缩成一团。当胖子和他握别时，他竟只敢伸出3个指头，全身佝偻着鞠躬。

写于1884年的《变色龙》继续和发展了上述两篇作品的主题思想。在沙皇俄国，连将军家的狗都比普通人金贵。巡官奥丘美洛夫在有权有势者的家犬前毫无尊严，对百姓则张牙舞爪。《变色龙》是契诃夫送给世人的一面镜子，读者不难在百余年后的一些现代人身上看到"变色龙"的影子。

随着名声远播，契诃夫及其创作开始受到一些名作家的关注。1886年，作家格里戈罗维奇给他写信，信中除了肯定契诃夫的作品外，还希望他珍惜自己的才华，多写有意义的作品。他深受启发，开始以严肃的态度对待创作，逐渐写出具有深刻思想的系列名作。《套中人》是契诃夫最著名的短篇小说之一。无处不在的幽默和讽刺，成就了一个世界文学史上的经典形象。看似荒谬的故事，背后却是真实的现实生活。中学教师别里科夫顽固、保守，害怕并敌视一切新事物。不论什么时候，他都穿着雨靴、大衣，戴着帽子和墨镜，甚至用棉花堵住耳朵，嘴里总是念叨“千万别出什么事呀”。他监视人们的思想，控制人们的行动，使得人人都害怕他，以致十几年间全校全城的人都变得谨小慎微，“不敢大声说话，不敢写信，不敢交朋友，不敢看书……”。通过《套中人》，契诃夫揭露了旧制度卫道士的反动和愚顽，号召人们起来与之抗争。

1904年7月15日，契诃夫因肺结核逝世于德国巴登维勒，享年44岁。他的文学生涯仅有24年，但在这短短的24年中，契诃夫为人类留下一笔丰厚璀璨的文学遗产。苏联出版的《契诃夫全集》有30卷，其中作品18卷、书信12卷。

在中国，契诃夫拥有大量读者。要从契诃夫的几百部中短篇小说中选出十几篇组成一个集子，并非易事。限于本书篇幅，无法将其代表作中的名篇尽行囊括，只好尽可能精选做成两辑。希望读者通过本书能大致领略契诃夫小说的艺术魅力。如果能做到这一点，编译者于心亦安了。

编　者

目录

变色龙

巡警督察官奥丘美洛夫穿着新大衣，手里提着一个小包，从集市的广场走过。一个头发棕红的巡警跟在他的身后，双手端着一个堆满醋栗的筛子。四周鸦雀无声……广场上没有一个人影……小铺子和饭馆的门敞开着，就像一张张饥饿的嘴巴，沮丧地张望着上帝创造的世界。但是，这些门口竟然没有要饭的乞丐。

“你竟敢咬人，该死的东西！”突然，奥丘美洛夫听到有人喊道：“伙计们，不要放走它啊！这年月可是不许狗咬人的！一定要抓住它！哎哟——哎哟！”

接着传来一阵狗的尖叫声，奥丘美洛夫朝那边望去，发现是从商人比丘金的木柴场里跑出来的一条狗。只见它正在用三条腿一瘸一拐地逃窜，还不时地扭过头往后看。有个人从后边紧随而来，他的上身穿着浆洗过的花布衬衫和没有系上纽扣的坎肩。他正奔跑着追那只狗，突然猛地向前一倾，扑倒在地，一下子抓住狗的一条后腿。狗发出一阵尖叫声。呐喊声随即响了起来：“千万别撒手！”从铺子里探出来一些睡意朦胧的脸，木柴场四周很快聚集了一群人，就像是从地底下钻出来的一样。

“好像出了什么乱子……长官！”巡警说。

奥丘美洛夫转向左边，朝人群走去。在木柴场门口，他看见那个穿着坎肩敞着怀的男人，正举着右手让人们看他那血淋淋的手指头。他一副半醉的样子，似乎在说："你这个小坏蛋，我一定要扒掉你的皮！"而那被血染红的手指仿佛是一面胜利的旗帜。奥丘美洛夫认出这个人正是金银首饰匠赫留根。而那条脑袋尖尖、背上有块黄斑的白毛小猎狗正是这场乱子的罪魁祸首，只见它前腿叉开趴在人群中间的地上，吓得浑身发抖，含着泪水的眼睛痛苦、恐惧地环视人群。

"这里怎么回事？"奥丘美洛夫挤进人群问道，"你在这儿做什么？你怎么举着一个手指头？……刚才是谁在叫嚷？"

"我正在走路，长官，也没有招惹任何人……"赫留根答道，不时凑着空拳头咳嗽，"我正和米特里·米特里奇商量买木柴的事情，这个坏家伙冷不防地咬了我的手指头一口……您一定要谅解我，我是一个做手艺活的人……而且我干的活也很细致。您一定要让他们赔我钱，因为我这个手指头也许一个礼拜都不能动弹了……长官，法律上也没有'挨了狗咬就得忍着'这一条啊……如果每条狗都随便咬人，这个世道就真的没法活啦……"

"唔……好吧……"奥丘美洛夫皱起眉头咳嗽了两声，然后严厉地说，"应该是这样的……这是谁家的狗呀？我不会轻易放过这件事。我要让你们看看，我怎样整治那些放狗出来乱咬人的主人！有些先生根本不把法令放在眼里，现在是时候管管他们了！等到这个混蛋被罚了款，他就会知道我的厉害了，也会知道让自己的狗到处乱跑的下场！我一定要整得他哭爹喊娘！……叶尔德林，"他对那个巡警说，"你去了解一下这是谁家的狗，然后打个报告上来！这条狗呢，你们一定得把它打死。不要耽误时间了！它很可能是一条疯狗……我问你们，这到底是谁家的狗呀？"

"这好像是西加洛夫将军家的狗！"人群中有个人小声地说。

"西加洛夫将军？哦！……叶尔德林，你帮我把大衣脱下来……天气怎么这么闷热呀，真是要了命啦！大概是要下雨了吧……有一点我怎么也想不明白，它怎么会咬你呢？”奥丘美洛夫扭过脸来对赫留根说，“它那么小，而你又长得这么壮实！这条小狗够得着你的手指头吗？大概是你自己被小钉子划破的吧，结果脑子里却想出这么一个鬼点子，还跑到这儿来撒谎。我是了解你们这些出了名的人物的！我也认识你们这些坏家伙！”

“长官，是他为了开玩笑拿烟卷去戳狗的鼻子，结果它咬了他一口……这个人只知道胡说八道，长官！”

“你才胡说八道呢，独眼龙！你又没看见当时发生的事情，你怎么能乱讲呢？我们的长官可是一个明白事理的老爷，他能分辨出谁在撒谎，谁在说实话……我要是说谎了，那就让调解法官审问我好啦。法律上不是写得很明白吗……现在大家都平等啦……不瞒您说，我的兄弟就是穿警服、当宪兵的……”

“你不要说废话！”

“不，不对，这根本就不是将军家的狗……”巡警想了想又说道，“将军不喜欢养这样的狗，他府上养的狗都是个子很高的猎犬……”

“你有把握吗？”

“当然有把握，长官……”

“我其实也知道，将军府上养的都是名贵的纯种狗。至于这条癞皮狗，天知道它是什么玩意！你看它样子丑陋，毛色暗淡，模样也不中看……简直是一个下贱的畜生。他老人家会养这样的狗？你们怎么也不长脑子呢？如果在彼得堡或莫斯科碰见这种狗，你们知道它会有什么样的下场吗？那里可是不管什么法律的，一眨眼的工夫它就会被打死！赫留根呀，你是吃了不小的亏，这种事我不能不管……是该整治整治他们了……”

“不过，说不定它是将军家的狗……”巡警一边想，一边说，

“狗的脸上又没有写着字……前几天，我好像在他家的院子里见过一条这样的狗。”

“没错，肯定是将军家的狗！”人群中有人附和道。

“哦……叶尔德林老弟，你还是帮我披上大衣吧……好像起风了……我有点冷……你还是带上这条狗去将军府上问问吧。你就说是我找到后让你送去的……也告诉他们，以后不要再把狗放到街上来了……也许这条狗还挺名贵，万一碰到一个猪猡用烟卷戳它的鼻子，用不了多久它就毁了。狗可是一种娇贵的动物……你这个混蛋，还不赶快把手放下来！竖着个愚蠢的手指头让谁看？这都是你自己惹的祸！……”

“那人不正是将军家的厨师吗？我们去问问他好了……喂，普洛霍尔老兄，请你到这边来一下！你看看这条狗……它是你们府上的吗？”

“真会瞎说！我们府上从来就没养过这号狗！”

“那就用不着花费工夫前去府上问了。”奥丘美洛夫说，“可能它是一条野狗！也用不着多说废话了……既然它是条野狗……那就打死它算了！”

“这不是我们将军家的狗，”普洛霍尔接着解释道，“但它是将军哥哥家的狗，他最近看望将军时带来的。我们将军不喜欢这种狗，不过他的哥哥倒是喜欢……”

“莫非是他哥哥来啦？是弗拉基米尔·伊万内奇吗？”奥丘美洛夫脸上堆满逢迎的笑容问道，“可了不得，我的上帝啊！我还不知道呢！他要来住一段时间吧？”

“住一些日子……”

“哎呀呀，我的上帝啊！他一定是想念弟弟了……我却一点也不知道！这么说来，这条狗是他老人家的狗啦？真是我的荣幸……你把狗带走吧……这条小狗挺好的……也挺灵巧……一口就咬破了这个家伙的手指头！嘿嘿嘿……喏，你怎么还在发抖啊？汪汪……汪汪……它生气了，小坏蛋……这条小狗真不错！”

普洛霍尔叫了一声小狗的名字，带着它离开了木柴场……随后，那群人都哈哈大笑起来，笑赫留根倒了大霉。

“回头我再收拾你！”奥丘美洛夫沉着脸喝斥他。随后，他裹紧大衣，穿过集市的广场，径自朝前走了。

名贵的狗

很早就当兵、已经有点年纪的中尉杜博夫正与志愿入伍的克纳普斯坐在一起喝酒。

“真是一条好公狗啊！”杜博夫指着自己的狗米尔卡对克纳普斯说，“这可是一条名贵的狗！您看看它的嘴脸！凭这副嘴脸就知道它能值大价钱！如果再遇上喜欢狗的人，哪怕出两百卢布也是心甘情愿的。您不相信？这么说您肯定是外行了……”

“我怎么不懂呢，不过……”

“这可是长毛猎狗，纯种的英国长毛猎狗！它发现野物时的神态别提有多漂亮了，还有它那鼻子……真灵！天哪，多灵的鼻子啊！米尔卡还是一条小狗时我就买下它，您知道我花了多少钱吗？一百卢布！这是一条好狗啊！米尔卡是个机灵鬼。来！米尔卡，你这个小坏蛋！过来，过来，上我这儿来……哎呀呀，我的小宝贝，我的小乖乖……”

米尔卡跑了过来，杜博夫在它头上亲了一下，泪水涌进他的眼睛。

“我不会把你给任何人的……我的小美人……淘气包，你也是爱我的，米尔卡，对不对？……好了，滚一边去吧，”中尉突然喝道，“你的爪子怎么又弄脏了我的军服！告诉您吧，克纳普斯，我花了一百五十个卢布才买到这条小狗！显然它是很值钱的，可惜我没有时间去打猎！所以这条狗简直没什么用处，它的才能都快荒废了……所以我决定把它卖掉。您买了它吧，克纳普斯！您会一辈子感谢我的！哦，如果您手头不宽裕的话，我可以给您打五折……五十卢布，您就可以带走它了！跟白捡的差不多！”

“不，不，亲爱的……”克纳普斯叹了口气，“如果您的米尔卡是一条公狗，我可能会买下它，可是……”

“米尔卡不是公狗吗？”中尉诧异地说，“克纳普斯，您这是怎么啦？米尔卡不是公——狗？哈哈！那您认为它是什么？母狗吗？哈哈哈！您这孩子可真行！竟然连公狗、母狗都分不清楚！”

“您这样说，好像认为我是个瞎子或不懂事的孩子……”克纳普斯生气地说，“它当然是母狗了！”

“您是不是还会说我是一位太太！唉，克纳普斯，克纳普斯，亏您还在专科学校读过书呢！错啦，完全错啦，我亲爱的，米尔卡可是一条实实在在的纯种公狗！而且它比别的公狗要强上十倍，而您却说……却说它不是公狗！哈哈……”

“对不起，米哈伊尔·伊凡诺维奇，您……您简直把我当成了傻子……这真是让人生气……”

“算了……您不买就算了……生什么气啊？您这人真是死心眼！等会儿您还会说这狗的尾巴不是尾巴，而是腿呢……别生气，我本来是一番好意。瓦赫拉梅耶夫，把白兰地送过来。”

勤务兵送来一瓶白兰地，两位朋友各倒一杯后，沉思了大约半个小时。

“就算是母狗……”中尉打破沉默，阴沉着脸看着酒瓶，“这真是怪事！这样可能更合算一些，它可以给您生小狗，一头小狗就可以卖二十五卢布……谁都乐意买您的。我真搞不懂您为什么这么喜欢公狗！母狗要比公狗强一千倍呢，母狗也比公狗更识好歹，更依恋主人……这样吧，既然您这么不喜欢母狗，给二十五卢布就可以带走它了。”

“真的不行，亲爱的……我连一个戈比也不会出的。第一，我没有钱；第二，我也不需要狗。”

“这话您怎么不早说呢？米尔卡，快点从这儿滚出去！”

勤务兵端上来一盘煎鸡蛋，两个朋友吃得津津有味，很快就吃光了。

“您真是一个好小伙，克纳普斯，也很诚实……”中尉擦着嘴说，“您就这么回去的话，我心里也不舒服啊，见鬼去吧……您把狗带走吧，我一个子儿也不要，白送您了！”

“可我把它放在哪儿呢？亲爱的！”克纳普斯叹着气说，“再说也没有人能照看它啊。”

“好了，您不要就不要……真见鬼！既然您不想买，也不想白要……哎，您去哪里呀？再坐一会儿吧！”

克纳普斯伸了个懒腰，站起身来，拿起帽子，打着哈欠说：“我该走了，再见……”

“您稍微等一下，我去送送您。”

杜博夫穿上大衣，跟着克纳普斯来到大街上，两人默默地走了一百来步。

“您看我应该把这狗送给谁呢？”中尉开口说道，“您有没有什么熟人想养狗啊？您也看到那条狗了，它的确是条好狗，纯种的英国狗，可是……我一点也用不上它呀！”

“我不知道，亲爱的……在这个地方我根本没有什么熟人。”

两人一直走到克纳普斯的住处，双方都沉默着，谁也没有说话。克纳普斯和中尉握了握手，便打开自家的便门。这时，杜博夫干咳了一声，迟疑地问道：

“您是否知道本地的那些屠夫收不收狗呢？”

“可能会收吧……我也不清楚。”

“明天我就让瓦赫拉梅耶夫给他们送去……叫人剥了它的

皮……该死的狗！真是可恶极了！它不但弄脏了我所有的房间，昨天还偷吃了我厨房里的肉，下——下——下贱的东西……如果是纯种狗倒好了，天知道它究竟是什么东西。说不定是看家狗和猪的杂种呢。晚安！”

“再见！”克纳普斯说。

克纳普斯关上便门，留下中尉一人站在外面。

苦 恼

暮色苍茫，鹅毛般的大雪片慢悠悠地飞舞在刚刚点亮的路灯周围，飘落在马背、屋顶和路人的帽子、肩膀上，积成薄薄的轻柔的一层。车夫约纳·波塔波夫浑身雪白，宛如一个幽灵。他佝偻着脊背，将身子蜷缩到一个活人所能做到的最大限度，呆呆地坐在驭座上。即便是成堆的雪压在他的身上，他也未必会觉得需要把它抖掉……车夫的那匹老马同样遍体雪白，岿然不动。它那伫立的身姿、瘦骨嶙峋的体态，以及如棍子般直挺的细腿，使它活像一块仅值一戈比的马形蜜糖饼干。它显得心事重重，就像任何一匹马都会表现出来的，一旦它被强行卸去犁耙，远离早已习惯了的单调乏味的种种景象，被抛掷在这光怪陆离的灯火、无休无止的喧嚣以及熙熙攘攘的人群的旋涡之中时，又怎能不勾起它满腔的心事呢……

约纳和他的瘦马已经很久没有挪动位置了，午饭之前他们就从大车店出来，至今未能揽到一笔生意。眼看暮霭就要笼罩全城，路灯发出的暗淡光芒渐渐变得璀璨夺目、流光溢彩，大街也越来越繁忙、热闹了。

“车夫，去维堡区！”约纳听见有人在喊自己，“车夫！”

约纳猛地打了个哆嗦，抬起沾满雪花的睫毛，他看见一个身穿带帽军大衣的军人。

“去维堡区！”军人又重复了一遍，“你睡着了还是怎么了？去维堡区！”

约纳抖动了一下缰绳以示同意，马背上和他双肩上的积雪纷纷散落下来……军人坐上了雪橇。车夫咂响嘴唇驱使老马往前走，然后就像天鹅般伸长脖子，略略欠起身子，习惯性地挥舞鞭子。老马也伸长了脖颈，曲起骨瘦如柴的细腿，迟疑地挪动着脚步起程……

“真是该死，你这家伙往哪儿闯呀！”从黑压压的过往人流中发出一阵怒吼，“真是见鬼，你这是跑到哪儿来啦？靠右走！”一个赶轿式马车的车夫破口大骂。

“你怎么不会赶车啊？应该靠右走的！”军人也生气了。

一个横穿马路的行人的肩膀碰到马脸，他恶狠狠地瞪着车夫，不时抖动着袖子上的雪。约纳在驭座上如坐针毡，局促不安，不时往两旁架着胳膊肘，眼珠到处乱转，就像中了邪似的，仿佛不明白自己在什么地方，也不明白到底该往哪儿走。

“这些人真是混账！”军人挖苦道，“一个个全都想和你撞个满怀，还有人故意往马肚子底下钻。他们肯定是事先商量好的。”

约纳转过头望了望这位乘客，嘴唇微微地翕动着……显然他想说些什么，可他的喉咙里只发出一阵嘶哑的声音，一个字也说不出来。

“你说什么？”军人问。

约纳咧了咧嘴，露出一丝苦笑，然后使劲清了清嗓子，用沙哑的声音说：

“老爷，我那个……儿子，这个星期死啦。”

“噢……他是怎么死的？”

约纳转过身说道：

“我也不知道！可能是得了热病……只在医院里躺了三天，然后就没气了……这也许是上帝的旨意吧。”

“你拐拐弯嘛，魔鬼！”昏暗中猛地听到一声呵斥，“你是瞎了还是怎么的？老狗！睁开眼睛看着点呀！”

“走吧，我们走吧……”乘客说，“这样下去，我们明天也到不了目的地。你快赶赶车呀！”

车夫再次伸长脖子，欠了欠身，稳重而优雅地挥动鞭子。随后，每当他回头张望自己的乘客时，那人便闭上眼睛，分明是不想听他说话。他把这位乘客送到维堡区后，便把马车停在一家小酒店旁边，然后躬身坐在驭座上，又纹丝不动了……湿润的飞雪给他和他的马涂上一层白色。一个小时过去了，一个小时又过去了……

人行道上走过来三个年轻人，他们响亮地跺着套鞋，彼此对骂着。其中两个又高又瘦，而第三个却又矮又小，还驼背。

“车夫，我们去警察局大桥！”驼背用破锣嗓子喊道，“三个人……二十戈比！”

约纳抖动缰绳，咂嘴驾驶着马车。二十戈比的价钱很不划算，但是，他已经顾不上讨价还价了……一卢布也好，五戈比也罢，眼下只要有乘客就好了……三个年轻人你推我搡，骂骂咧咧地来到雪橇跟前，三个人一起拥向座位。这就麻烦了，究竟哪两个人坐着、哪个人站着呢？他们相互吵骂、变卦、责怪了好半天，最后总算有了结果：驼背个子最矮，所以他站着。

“喂，快点赶车吧！”驼背站好后又用他那破锣嗓子发话，一股股热气喷到约纳的后脑勺上，“你倒是使劲抽呀！我的老兄，瞧瞧你这顶帽子！恐怕全彼得堡也找不到比这更差劲的了……”

“嘿嘿……嘿嘿……”约纳笑着说，“有什么就戴什么呗……”

“算了，你有什么就戴什么去吧。可是，你得快点赶车呀！一路上你都是这么个赶法吗？啊？脖颈子想挨巴掌了是不是？……”

“头疼得都快炸啦……”其中一个瘦高个说，“昨天在杜克马索夫家，我和瓦西卡两人喝了整整四瓶白兰地。”

“我不明白你为什么要谎话连篇！”另一个瘦高个发火了，“他在胡说八道，简直猪狗不如。”

“如果我撒谎，就让上帝惩罚我好啦。我说的全是实话……”

“连这也算是实话？如果这样，那虱子也会咳嗽了。”

“嘿嘿！”约纳笑了，“你们真是开心的爷们！”

“呸，见你的鬼去吧！”驼背勃然大怒道，“你个老不死的，你究竟赶不赶车啊？哪有你这样赶车的？你狠狠地抽它一鞭子嘛！啊，真是鬼东西！啊！狠狠地抽它！”

约纳感觉到身后那个驼背扭动的肢体，以及他说话的声浪。他听着骂自己的话，望着他们，心中的孤寂慢慢地消散了。驼背骂声不绝，他可以说出一串串五花八门的脏话，直骂得上气不接下气，连连咳嗽才停下来。之后，两个高个子聊起一个名叫娜杰日达·彼得罗夫娜的女人。约纳频频回头看着他们，趁着他们谈话的短暂停顿，再次回过头去，喃喃地说：

“我那……我那个儿子……这个星期死啦！”

“这有什么，是人都会死的……”驼背咳罢，擦了擦嘴唇，叹着气说，“喂，快点快点！先生们，我简直无法忍受这么个走法！你要多久才能把我们拉到啊？”

“那你就给他鼓鼓劲……朝他的脖颈上揍呀！”

“真是个老不死的，你听见没有？我可真要给你的脖颈子来几下啦！……跟你们这种家伙客气，还不如自己走路去呢！……听见没有，你这个老蛇精？你是不是把我们的话当做耳边风了？”

约纳听到自己后脑勺上的巴掌声，他已经感觉不到痛了。

他笑着说：“嘿嘿……你们真是开心的爷们……上帝会保佑你们长命百岁的！”

“车夫，你结过婚吗？”一个高个儿问他。

“我呀？嘿嘿……开心的爷们！我那老婆早就成了一堆黄土啰……哈哈哈……也就是被埋在坟墓里啦。我儿子这不也死了嘛，可我倒依然活着……这真是一件怪事，死神一准认错了人……他本该来找我的，偏偏却找着我的儿子……”

约纳回过头正想说说自己的儿子是怎么死的，可就在这时，驼背如释重负地舒了一口气，大声宣布：“感谢上帝，我们总算到了。”

接过二十戈比的约纳，久久望着那几个浪荡子的背影，直到他们消失在一处黑魆魆的大门口。现在的他又成了孤零零的一个人，一片死寂重又包围了他……刚刚平息没多久的苦恼再次向他袭来，这次更加猛烈地噬啮着他的心。约纳痛苦地来回打量着街道两旁川流不息的人群，在这成千上万的行人中，没有一个人愿意听他倾诉苦衷。所有人都步履匆匆，既没有留意到他这个人，也不曾觉察到他的苦恼……他的苦恼是这么深不可测，无边无际。如果约纳的满腔苦恼可以从裂开的胸膛中奔涌而出，那么它足以淹没整个世界。可尽管如此，却没有一个人看得见。他的苦恼深深地埋藏在这样一个微不足道的躯壳里，就算你在大白天打着火把也难以看见。

约纳看见一个看门人手里拿着一个小纸包，决定找这人聊一聊。

“兄弟，现在几点了？”他问道。

“九点多了……你把雪橇停在这儿干什么？快点赶开！”

约纳将雪橇驶到几步开外的地方，然后猫着腰，任凭苦恼折磨着自己……他觉得向谁倾诉都无济于事……可是，五分钟还不到，他就又直起腰来，连连摇头，仿佛感到剧痛似的，他抖动起缰绳……他实在无法忍受了。

“回大车店去，”他心里想，“还是回大车店去吧！”

那匹老马似乎也洞悉了主人的心思，一溜小跑起来。大概一个半小时后，约纳已经坐在一个肮脏的大炉炕跟前了。地板上、长凳上、炉台上全都睡满了人，空气恶浊憋闷，鼾声不绝于耳……看着那些熟睡的人，约纳不停地抓耳挠腮，后悔自己回来得太早……

“连燕麦钱也没挣够啊……”他寻思着，“所以自己才这么苦恼。一个人如果非常能干，自己和马都能够吃得饱饱的，他还有什么可操心的呢……”

有个年轻的车夫从墙角翻身站了起来，一边睡眼惺忪地清了清喉咙，一边朝水桶伸过手去。

“你想喝水啦？”约纳问。

“是呀，想喝！”

“那你就喝吧……喝个够……我呢，小兄弟，我儿子这个星期死啦……你听说了吗？他这个星期死在医院里了……真是倒霉！”

约纳想看看他听了自己的话会有什么反应，但是小伙子却径直钻进被窝，蒙头大睡去了。老人只好搔着自己的身子，喟然长叹一声……他渴望和人说话，就像那个小伙子一心想喝水一样。儿子死去眼看就快一个星期了，可他至今仍然没有找到一个可以说说话的人……他太需要详详细细、清清楚楚地向人诉说一番了……他必须向人们说说儿子是怎么得的病，受尽怎样的折磨，临死前又讲了些什么话，最后是怎么死的……他还需要详细叙述一番儿子下葬的情形，还有自己又是如何去医院取回死者衣物的。在乡下，他还有个女儿阿尼西娅……他觉得也需要讲讲她的情况……是呀，这个时候他可以说的话非常多，谁听了他的遭遇都会连声惊叹，感慨不已，一洒同情之泪。他觉得要是能跟女人们聊聊，那就更好了，她们肯定听不了几句就会大放悲声。

“我得去看看我的马了，”约纳心想，“睡觉嘛，等会儿也来得及……用不着担心，一定能睡个够的……”

约纳穿好衣服，朝马圈走去，他的马就在那里站着。他一心牵挂干草、燕麦，还有天气。独自一人的时候，他从不敢去想死去的儿子……不过向别人讲讲倒是可以的，但独自去思念他、回忆他的模样，那就太让人难过了，实在让他无法忍受……

“你在咀嚼干草吗？”看见马的双眼晶莹发亮，约纳就问他的马，“嗯，嚼吧，嚼吧……既然我们挣不到买燕麦的钱，那就只好吃些干草啦。是呀，要说赶车，我已经有点老啦。本该由我的儿子去赶的，而不是我……他可是一个实实在在的马车夫……要是他还活着，那该有多好哇……”

沉默片刻后，约纳又接着说：

“这么着吧，老伙计，我的小母马……库兹马·约内奇已经没啦，无缘无故，突然就死啦——他已经不在人世啦……也就是说，如果你有一个小马驹，你就是这个小马驹的亲娘。可是，突然之间，如果这个小马驹一下子没命啦……你是不是很伤心？”

那匹瘦马一边倾听，一边咀嚼着草料，还向主人的双手连连喷着鼻息……

约纳忘情地诉说着自己的经历，把自己满腔的愁苦都向马细细倾吐了出来……

乞丐

“善良的先生，行行好吧，请您关照关照我这个不幸的挨饿之人吧！我已经三天没吃一点东西了……我身无分文，无处栖身……向上帝发誓！我这样做也是被逼无奈。我在乡村当了八年教师，只因地方自治局里的人勾心斗角，害得我丢了饭碗，成了告密的牺牲品。算起来，我失业已经整整一年了。”

律师斯克沃尔佐夫扫了一眼这个乞讨者，他那件破烂的灰蓝色大衣、一双混浊的醉眼和满脸的红斑，似乎在哪儿见到过。

“现在有个好心人替我在卡卢加省找到一份工作，”乞讨者继续说道，“可我却连去那儿的路费都没有。请你们这些好心人帮帮我，行行好吧！我实在是不好意思求人，可是……我也是被逼无奈啊。”

斯克沃尔佐夫又把目光投向他，看到他的套鞋一只浅腰、一只高腰，顿时想起来了。

“听我说，前不久我在花园街就遇到过您。”他说，“不过当时您说自己是被开除的大学生，并不是什么乡村教师。您还记得吗？”

“不——不——不，这怎么可能！”乞讨者一时慌了神，语无伦次地说，“我是一名乡村教师，我有证件可以证明，如果您愿意看，我可以拿给您看。”

“您就别再说谎了！当时您自称是大学生，甚至还对我说了您被开除的原因，难道您不记得了吗？”

“这是很卑鄙的，先生！”他很生气地喊道，“这可以说是一种欺诈行为！我完全可以把您送进警察局的，真是见鬼！贫穷和饥饿并不能成为您厚颜无耻、大肆撒谎的理由！”斯克沃尔佐夫脸都涨红了，带着一副瞧不起的神情从这个衣衫褴褛的人身边走开。

衣衫褴褛的人抓住门把手，就像一个当场被抓获的小偷一样，惊慌失措地环顾着门厅，嘟囔道：“我……我并没有说谎，先生……我是有证件的。”

“可谁又能相信您呢？”斯克沃尔佐夫生气地说，“骗取人们对乡村教师和大学生的怜悯——这太卑鄙龌龊、下流无耻了！真让人厌恶！”

斯克沃尔佐夫大发雷霆，毫不留情地痛斥了这个乞讨者一番。他非常憎恶这个衣衫褴褛之人的无耻谎言，觉得这有辱自己的信念，因为他最珍爱和看重的品德就是善良——一颗极重感情的心对不幸之人的同情。而这位乞讨者却谎话连篇，企图骗取他人的善心，这亵渎了人们周济穷人的仁爱情感。

开始时，衣衫褴褛之人还一味辩解，赌咒发誓自己是清白的，但后来他就默不作声了，满脸羞愧地低下头。

“先生！”他把一只手按在自己胸口上说，“的确，我是……说谎了！我不是乡村教师，也不是大学生，这些都是我胡编乱造的！我原本在俄罗斯合唱团任职，后来因为严重酗酒被赶了出来。可我应该怎么办呢？上帝作证，要想吃上饭不说谎根本不行！如果我说真话，谁也不会施舍我的。说真话的出路只能是被饿死，无处栖身，继而冻死街头！您说得对，我也明白其中的道理。可我又有什么办法呢？”

“有什么办法？您是问自己有什么办法吗？”斯克沃尔佐夫高

声质问道，咄咄逼人地靠近那人，“您去工作呀，这就是唯一的办法！非工作不可！”

“工作……我也明白这个道理，可您让我到哪儿去找工作呢？”

“真是胡说！您年轻力壮，只要肯做，怎么会找不到工作？可您却娇生惯养，酗酒成性，好逸恶劳！您浑身上下就像一个小酒馆一样，直冒酒气！您谎话连篇，已经堕落至极，只会沿街乞讨，坑蒙拐骗！即便有一天您肯屈尊俯就去劳动、去工作，是不是也得给您配备一个坐办公室啦、俄罗斯合唱团啦、台球记分员之类的职位，什么也不干就可以拿钱的？而您是否愿意去从事体力劳动呢？恐怕您是绝对不肯去当看门人或者工人的吧！因为您太狂妄自大了！”

“您怎么能说这样的话呢，真是的……”乞讨者苦笑着说，“您让我到哪儿去找体力活呢？如果去当伙计，为时已晚，因为做生意必须从学徒干起；去当看门人，谁会要我呢，因为我容不得别人对我指手画脚；工厂也不会要我，工人需要有手艺，而我什么也不懂。”

“胡说！您这是在为自己找借口！那么您愿意去劈柴吗？”

“我倒是不会拒绝，可现如今连地道的劈柴工都找不到饭碗呢。”

“哼，所有寄生虫都这么说。不管给您出任何主意，您都会一味拒绝。那么您愿不愿意到我家去劈柴呢？”

“好的，我听您的，我去劈……”

“好啊，我们就等着瞧好了！好极了，日后就会知道的！”

说干就干，斯克沃尔佐夫有点幸灾乐祸地张罗起来，搓着手把厨娘从厨房里叫了出来，对她说：“奥莉加，您把这位先生领到板棚里去，让他劈柴。”

衣衫褴褛之人耸了耸肩膀，感到一阵纳闷，犹豫不决地跟着厨娘去了。从他的步态可以看出：他之所以同意去劈柴，并不是因为他饥肠辘辘，想挣一顿饭钱，而是碍于面子，因为自己话已出口，不干不行。同时也可以看出，他因为酗酒已变得十分虚弱，一副病恹恹的样子，丝毫没有干活的力气。

斯克沃尔佐夫急忙走进餐厅，从那儿的窗户可以看到整个柴棚和院子里发生的一切。他站在窗前，眼看厨娘把那人从侧门领进院子，踩着脏雪朝板棚走去。奥莉加怒气冲冲地打量着眼前的人，向两旁甩着胳膊肘，打开板棚的锁，恶狠狠地推开门。

这时，斯克沃尔佐夫心里想："好一个泼妇啊！大概是我打扰这个女人喝咖啡了。"

随即斯克沃尔佐夫又看到，那个冒牌教师兼冒牌大学生坐在一截粗圆木上，用拳头支撑着通红的脸颊，陷入沉思。一把斧头被厨娘扔在他的脚边，她恶狠狠地啐了一口唾沫，好像还骂着什么。那个衣衫褴褛的人犹豫地拽过一截木头，把它竖在两脚之间，胆小地劈了一斧头。木头晃了晃就倒下了。那人又把木头拽到自己面前，朝着冻僵了的双手哈了一口气，又小心翼翼地劈下去，唯恐砍到自己的套鞋或者剁掉手指似的。木头又一次倒在地上。

斯克沃尔佐夫的火气消了，好像还有一丝难过和惭愧，因为是他逼迫这样一个娇生惯养、嗜酒如命，也许还疾病缠身的人，在严寒中去干这种粗重活。

"哎，也没什么大不了的，还是让他干去吧……"他想了想，便离开餐厅回到书房，"我这也是为了他好哇。"

一个小时过去了，奥莉加前来报告，木柴已经劈好了。

"去吧，把这半个卢布给他，"斯克沃尔佐夫说，"如果他愿意的话，就让他每月一号都来劈柴好了……这样的活总是有的。"

第二个月的一号，那个衣衫褴褛之人果然又来了，他又挣了半个卢布，尽管他的一双腿勉强才能站住。从这一次开始，他就经常出现在院子里，而且每次都能给他找些活干：有时是收拾板棚里的东西，有时是把雪扫成堆，有时则是抖掉地毯和床垫上的灰尘，每次他都能拿到二十到四十戈比的工钱。有一次，主人还送给他一条旧裤子。

斯克沃尔佐夫搬家的时候，他又被雇来收拾东西，搬运家具。这一次，衣衫褴褛之人并没有喝醉，而是板着面孔，一声不吭。他几乎没有碰过家具，低着头走在大车后面，丝毫不掩饰自己的懒散，只是怕冷地缩着脖子。车夫们也拿他开玩笑，说他游手好闲、手无缚鸡之力却还穿着贵族才穿的大衣，他尴尬极了。东西搬完后，斯克沃尔佐夫把他叫进来。

"哦，看来我的话对您所起的作用不小啊。"斯克沃尔佐夫说着递给他一卢布，"这是给您的劳动报酬。我可以看出，这段时间您没有再喝得醉醺醺的，也不再反对工作了。您叫什么名字？"

"卢什科夫。"

"听着，卢什科夫，我给您介绍另一份工作，要比现在的干净一些。哦，对了，您会抄写吗？"

"会的，先生。"

"明天您带上这封信，去找我的一个同行，您可以在他那儿干一些抄写的工作。一定要好好干，不要再酗酒了，千万别忘记我对您说过的话。再见吧！"

斯克沃尔佐夫十分满意自己的做法，他总算把这个人扶上正道了。他亲切地拍了一下卢什科夫的肩膀，分别时甚至向他伸出了手。拿到信后卢什科夫就走了，此后再也没有到这个人家来干活。

两年后的一天，斯克沃尔佐夫站在剧院售票处前付钱买票，忽然看见身边有一个身材矮小的人，身穿羊羔皮领子的大衣，头戴海狗皮做的旧帽子。小个子胆怯地向售票员买了一张顶层楼座的戏票，付的全是五戈比的铜币。

“卢什科夫，原来是您呀？”斯克沃尔佐夫惊奇地问道，认出眼前之人就是自己家先前的劈柴工，“喂，您过得怎么样？现在都在干些什么工作？您的日子过得还好吗？”

“还可以……现在我在为一位公证人工作，每个月可以拿到三十五卢布，先生。”

“哦，真是感谢上帝。这简直太好啦！我为您感到高兴。我非常、非常的高兴，卢什科夫！要知道，在某种程度上您可以算是我的教子了，因为是我把您推上了正道。还记得我当年是怎么样痛斥您的吗？当时您简直无地自容。好啦，我亲爱的朋友，谢谢您没有忘记我的话。”

“我的确要谢谢您。”卢什科夫说，“当年我如果没有去您家，也许我至今还在冒充教师或者大学生呢。是的，是您拯救了我，帮助我跳出了火坑。”

“是的，我非常高兴。”

“谢谢您那些好心的话和善意的举动。当初您所讲的那一席话全是金玉良言。我感激您的同时也要感激您家的厨娘，求上帝保佑这个善良而高尚的女人身体健康。当时您所讲的真是太精彩了，我自然是到死也会感激不尽，不过真正挽救我的人，倒是您家的厨娘奥莉加。”

“这又是怎么回事？”

“事情是这样的。当初我到您家去劈柴时，她一见面就破口大骂：‘唉，你这个天地不容的家伙！你这个酒鬼！你怎么不去死呀！’骂完后她就坐到我对面，满面愁容地看着我的脸，哭着说：‘你真是一个不幸的人！你虽然活在世上，却没有快乐，就是到了另一个世界，像你这样的酒鬼，也是要下地狱、挨火烧的！你真是一个苦命的人！’您知道，她所说的全是诸如此类的话。她究竟为我洒了多少眼泪，费了多少心血，我是说不清楚的。但最重要的是——她还替我劈柴！实际上，先生，在您的家里，我连一块木头也没有劈过，那些柴全都是她替我劈的呀！她为什么要挽救我，我又为什么看着她才肯重新做人，不再酗酒呢？我自己也解释不了。我只知道，她那些话和高尚的行为使我的心灵发生了变化，使我改邪归正，这一点我永生不忘。不过，现在该入场了，已经在打铃了。”

卢什科夫深深地鞠了一躬，便朝他的楼座走去。

运气不济

上午九点多，天气格外晴朗，加久金和施洛赫沃斯托夫这两个地主，坐着马车去参加本地区调解法官的选举。他们的马车行驶在绿意盎然的道路上，路边的两排老桦树刚刚长出嫩叶，发出轻轻的喧响。左右两边是一眼望不到边际的开阔草地。鹌鹑、凤头麦鸡和鹬鸟的鸣叫声不时传来。地平线上，蔚蓝的天空映衬着一座座白色的教堂，墨绿色房顶的地主庄园错落有致地排列着。

“我们真该把我们的主席揪到这里来，指着他的鼻子责怪他……”加久金抱怨道。他是一位身体肥胖的贵族老爷，头发已经花白，戴着一顶肮脏的草帽，系着松散的花领结。他们的马车上下不停地颠簸，咣咣当当地响着，不久绕过一座小桥。

“这就是我们地方自治会修建的桥梁，好像成心要让人绕道似的。上次开地方自治会时，杜勃列维伯爵就说：‘地方自治会造这样的桥是为了考验人们的智慧。’只有能够绕过桥去的人才是聪明的人；如果谁冒冒失失地赶车过桥，不可避免地会发生车祸，或者摔断脖子，这样的人肯定是个笨蛋。所有的过错都应该归结于我们的主席，假如我们的主席不是酒鬼，不是瞌睡虫，不是糊涂蛋，而是换成另一个人，绝不会出现这样的桥梁。能够胜任这个职位的人，一定要体力充沛、头脑精明。举个例子吧，就像你——你为什么去竞选什么调解法官，真是鬼迷心窍！你才是主席候选人的最佳人选，真的！”

“你就等着瞧吧，如果今天我落选了，就算我心不甘情不愿，也不得不去做主席候选人啦。”施洛赫沃斯托夫谦虚地说。施洛赫沃斯托夫是一个大高个，有一头棕红色的头发，戴着一顶崭新的贵族宽边帽。

“你怎么会落选呢？”加久金打了个哈欠说，“我们选的是有文化的人。我们县找来找去就你一个大学毕业生，如果连你都选不上，还能选谁呢？这是大家早就商定好的。只是你真的不应该去竞选调解法官，而应该去竞选主席。”

“反正都是一样的，我的朋友。调解法官的薪俸是两千四，主席的也是两千四。调解法官只需坐在家里审案子就行，而主席却时不时地还要乘坐颠簸的马车去县府里。与主席相比，调解法官不知要轻松多少倍，再说……”

施洛赫沃斯托夫的话还没有说完……突然，他忐忑不安地扭动着身体，眼睛死死地盯着前面的道路。他的脸一下子变得通红，接着吐了一口唾沫，身体向后仰了一仰。

“我早就预料到了！我的心里早就有预感了！”他喃喃地说，然后，他随手摘下帽子，擦了擦额头上的汗珠说，“我又要落选了！”

“这是怎么回事？你怎么知道自己要落选了？”

“难道你没有看见奥尼西姆神甫吗？他正坐着车迎面过来。没错，一定是他……如果在路上碰到这个家伙，那就趁早调头回去吧。碰到他绝不会有什么好结果，这一点我心里很清楚！米奇卡，快掉转马车回去吧！我的上帝啊，我这么早出发就是担心遇见这个犹大，谁知偏偏天不遂人愿，让他嗅出我要出门了，他的鼻子可真尖！”

“得了吧，看你说的！你这是胡思乱想，真的！”

“我可没有胡思乱想！你没听说过‘遇见教士路上走，必有大祸要临头’吗？每次我去参加选举，他一定会出现在路上。这个老家伙，都是快死的人了，几乎就剩一口气，但还是这么歹毒，连造物主都不愿收容他！怪不得二十年来他都没有得到提拔！为什么他总要报复我呢？就因为思想方式吗？就因为他不喜欢我的思想？我知道了，那次我和他都在乌里耶夫家做客，饭后我坐在钢琴旁边，当然，那天我多喝了几杯。你知道，喝多了考虑问题就不那么全面，当时我唱了《面对诚实的人欢歌狂舞》和《香草酒》这两首歌。没想到，他听了以后说：‘法官是不应该这样的，你这种思想方式有碍为官之道。我坚决不允许你参加选举！’从那次开始，每次选举他都出来挡我的道。我也骂过他，想过其他办法，可无论我怎么做都无济于事！只要我一坐上马车出来，他就像闻到气味一样，马上就跟来了……我有什么办法呢？不说了，反正我是当选不了啦！这是毫无疑问的……以前的几次我都落选，想来都是他作的怪！”

“得了吧，别再说了，一个大学毕业生，一个受过教育的人，怎么能像老太婆那样迷信……”

“我可从来不迷信，只不过是相信征兆：凡是遇到十三号那天，不管我动手做什么事，或是碰见他这样的人，结局肯定不好。当然，你可能认为这些都是无稽之谈，不能当真，但是……请你解释一下，为什么这样的征兆预示的结果总能发生呢？恐怕你也解释不了吧！依我看，倒不必迷信，但为了稳妥一点，我不妨顺从那些该死的征兆……我们还是回去吧！老兄，不管是你还是我，这一次我们都不会当选的，说不定还会遇到更加倒霉的事。比如说断了车轴或输钱什么的……你就走着瞧好了！”

一辆农民的大车赶了过来，正好与四轮马车交错而过，大车上坐着一个矮小衰迈的教士。他头上那顶宽边高礼帽由于年岁已久，颜色已经发绿了，身上穿的是帆布的法衣。两辆车相遇的一刹那，他摘下礼帽，弯腰行礼。

“这样做可不好啊，神甫！”施洛赫沃斯托夫摆手说，“这种恶毒的行径与您的圣职不相符啊！是啊，临到末日审判时，您会因此而遭到报应的！……我们回去吧！”他转过脸来对加久金说，“就当是白白跑了这么远……”

令人意想不到的是，加久金不同意回去。结果，当天傍晚，两个朋友坐着马车走在回去的路上，他们脸色通红，神情抑郁，就像天气骤变形成的西天晚霞一样。

“我早就告诉过你不要去！”施洛赫沃斯托夫抱怨道，“我原本说过的呀，你就是不听。你还说我是什么迷信！现在你不得不信了吧！落选倒也罢了，让我感到耻辱的是，还要被那些下流胚子指责、嘲笑，真是一群该死的东西！还说什么酒馆，说‘你在自己的地盘上开酒馆了’。哼，我是开酒馆啦，那又怎么样？这跟旁人又有什么关系？我就是开，就开！谁敢管我？！”

“还是算了吧，一个月后，你就是主席候选人了。”加久金安慰他说，“今天大家是故意没选你，目的是让你当选主席……”

“你说的比唱的还好听，怎么跟夜莺唱歌似的？你总是这样安慰我，真是一个阴险的家伙！事实上，第一个投我反对票的人就是你！今天我一张赞成票也没有得到，全都是反对票，由此可见，你，我的朋友也是投的反对票！多谢你啦……”

一个月后，两位朋友坐同一辆马车走同一条路去参加自治会主席的选举，不过，这一次他们六点多就上路了。坐在四轮马车里的施洛赫沃斯托夫提心吊胆地望着那条大道……“他无论如何也不会想到我们这么早就动身，”他说，“不过，为了保险起见，我们还是走快点……他这人狡猾极啦，说不定还有暗探呢！快点赶车吧，米奇卡！快！”他扭过脸来又对加久金说：“老兄，昨天我派人给奥尼西姆神甫送去两袋燕麦和一封特茶叶……我是想给他点好处，让他软下心来，谁知他收下礼物后却对费多尔说：‘替我向你家老爷问好，谢谢他送来的礼物。不过，你回去后还要告诉他，这点礼物收买不了我。不要说只送一点燕麦，就算送来的是金条也动摇不了我的想法。’他是不是不通人情啊？走着瞧吧……他坐车出门时，搞不好就会撞上一个胖魔鬼……快点赶车，米奇卡！”

四轮马车快速驶进神甫奥尼西姆居住的村庄……经过神甫家的院子时，两个朋友看见大门里的奥尼西姆正手忙脚乱地围着大车转圈，急于把马套到车上。只见他一只手扣紧自己的腰带，用另一只手和牙齿把皮套套到马上……

“你可晚啦！”施洛赫沃斯托夫哈哈大笑，“虽然暗探打了报告，只可惜太迟了！哈哈！就是让你咬不着！怎么样，这下完蛋了吧？看你还说什么收买不了的话！哈哈！”

四轮马车驶出村庄，施洛赫沃斯托夫觉得自己已经脱离险境，不禁大声欢呼起来。

“啊，我的老兄，在我的管辖之下，绝不会出现这样的桥梁！”未来的主席眨了眨眼睛，忘我地接着说，“我一定要严加控制那些包工头！在我的管辖之下，也不会出现这样的学校！只要我发现哪个教师是酒鬼或社会主义者，哼，那他就等着走人吧！老兄，我会让他立刻走人！在我的管辖之下，自治会的医生也绝不敢穿着红衬衫大摇大摆地走在路上！我，老兄……你，老兄……快点赶车，米奇卡，以免再碰到别的什么教士！……啵，看样子我们肯定能顺利到达了……哎呀！”

施洛赫沃斯托夫脸色突然变得煞白，就像被毒蛇咬了似的跳起来，大叫道：“兔子！兔子！兔子横穿道路了！哎，哎，哎！真是见鬼！我恨不得把它撕碎了才好！”

施洛赫沃斯托夫摆了摆手，垂下了头。他沉默了一会儿，伸手摸了摸沁出汗水的额头，小声说：

“运气真是不好啊！看来我挣不到那两千四了……还是往回走吧，米奇卡！运气真是太差了！”

在钉子上

一伙刚刚下班的十二品文官和十四品文官，慢悠悠地走在涅瓦大街上。斯特鲁奇科夫领着他们去自己家里参加命名日晚宴。

“我们马上就可以饱餐一顿了，弟兄们，”斯特鲁奇科夫大声说，“我们可要痛痛快快地吃上一顿！我妻子已经准备好大馅饼。我昨天晚上亲自买来的面粉，还给大家备好了白兰地酒，沃龙佐沃生产的……快走吧，我妻子大概等得不耐烦了！”

斯特鲁奇科夫家离得很远，他们走了很长时间，好不容易才到了他家。他们刚一进入前厅，一股煎大馅饼和烤鹅的香味就扑鼻而来。

“你们闻到香味了吗？”斯特鲁奇科夫笑嘻嘻地问道，“快脱衣服吧，诸位先生！皮大衣放在箱子上就好了！喂，卡佳！你在哪儿呢？我的同事们都来了。阿库林娜，你去帮各位先生把皮大衣放好！”

“这是怎么回事？”一位同伴指着墙问道。墙上有一枚大钉子，钉子上挂着一顶崭新的制帽，帽徽和帽舌闪闪发亮。官员们你看看我，我看看你，惊讶得一个个脸色都发白了。

“这是他的制帽！”他们小声说道，“原来……他在这里！”

“是的，他在这里，”斯特鲁奇科夫咕哝着，“他就在卡佳的房间里……我们还是走吧，先生们！让我们先到小酒馆里坐一坐，等他走了我们再回来。”

于是，大家赶紧穿上大衣，扣紧纽扣，走出屋子，懒洋洋地走向小酒馆。

“怪不得你家有一股烤鹅味呢，原来是这只大公鹅在你家里坐着呢！”档案助理员放肆地说，“他一定是被魔鬼支使来的！他很快就走吗？”

“肯定会的，他很快就会走的。他在这里的时间从来没有超过两个小时。我真想吃点东西！我们还是先喝杯伏特加吧，用鲱鱼当下酒菜……然后再喝一杯，弟兄们……喝完第二杯我们就吃大馅饼，否则就没有胃口了……我妻子烤的大馅饼可是一流的，当然还有菜汤……”

“你买沙丁鱼了吗？”

“买了，买了两盒呢。香肠买了四个品种的……大概我妻子也饿了……可他却突然闯来，真是活见鬼！”

他们在小酒馆里大约坐了一个半小时，每个人都装模作样地喝了一杯茶，然后又回到斯特鲁奇科夫家里。他们一走进前厅，屋里的香味比刚才更浓了。公务员们透过半敞着的厨房门缝看到一只烤好的鹅和一盘拌黄瓜。女仆阿库林娜正从炉子里往外取着什么。

公务员们饿得连肠胃都痉挛了，饥饿可不是闹着玩的，可那顶可恶的貂皮帽依然挂在那个钉子上。

“他还没有走呢，弟兄们！”

“这到底是怎么回事？”

“这帽子是普罗卡季洛夫的，”斯特鲁奇科夫解释道，“我们还是走吧，先生们！让我们找个地方再待上一会儿……这位不会坐太长时间……”

“那么卑贱的一个家伙家里却有一位漂亮的小娘子！”一个沙哑的低声从客厅里传来。

“这就叫做痴人有痴福嘛，我的阁下大人！”一个女人的声音附和道。

“我们还是走吧！”斯特鲁奇科夫嗫嚅着说。

他们又来到小酒馆，这回要了一些啤酒。

“普罗卡季洛夫，他可是一个有权有势的人物呀！”同伴们开始安慰斯特鲁奇科夫，“如果他在你家里坐上一个小时，保证你……福星高照，官运亨通。你真是幸运呀，我的老兄！你干吗要伤心呢？根本没必要伤心。”

“即使你们不说，我也知道用不着伤心。问题的关键不在这里，而是我的肚子太饿了！”

一个半小时后，他们又回到斯特鲁奇科夫家里，那顶貂皮帽子仍然在钉子上挂着。他们只好又撤退出来。

直到晚上七点多，那个钉子才空闲下来，帽子不见了。现在他们可以开始吃大馅饼了！可大馅饼已经发干，菜汤不热了，鹅也烤糊了——这一切都被斯特鲁奇科夫升官的欲望给弄糟了！不过，大伙却吃得津津有味。

识字的蠢人

阿尔西普·叶里谢伊奇·帕莫耶夫是一个退役的骑兵少尉。他正戴着眼镜、皱着眉头读一份公文："……某地……某区……民事调解法官……等等……请您以被告的身份出席法庭，参加因暴力侮辱农民格利高利·伏拉索夫一案……民事调解法官彼得·舍斯基克雷洛夫。"

"这是谁发来的信？"帕莫耶夫抬起头问送信的人。

"是调解法官彼得·谢尔盖伊奇发来的……也就是舍斯基克雷洛夫老爷……"

"哦……原来是彼得·谢尔盖伊奇发的。他邀请我去做什么呢？"

"大概是受审吧……公文上不是写着嘛，老爷……"

帕莫耶夫又读了一遍传票，诧异地看着送信人，然后又耸了耸肩膀，说："让他见鬼去吧！……让我以被告的身份出庭……这个彼得·谢尔盖伊奇可真会戏弄人！哼，好吧，你回去告诉他：'行！我会去的！不过他要好好给我准备一顿早饭……'请替我向娜达丽娅·叶果罗芙娜和孩子们问好！"

帕莫耶夫签了名后，朝他内弟尼特金中尉的房间走去，他是到自己家来度假的。

"你看一眼吧，看看彼得·谢尔盖伊奇给我送来了一封什么样的信件。”他说着就把传票递给尼特金，“他让我星期四去他那里，你能陪我去吗？”

“可是，他并不是邀请你去做客。”尼特金看了看传票说，“他是把你当做被告传唤的……他要审问你……”

“他要审问我？真是活见鬼！……他不过是一个乳臭未干的家伙，还想审问我？……他也就配在浅水坑里扑腾几下……他不过是随便写写，开个玩笑罢了……”

“不过，我看他根本就不是在和你开玩笑！你难道不明白吗？你看，这儿写得清清楚楚：暴力侮辱。你打了格利高利，所以要受审。”

“我的上帝啊，你可真是一个怪人！这么给你说吧，既然我和他是朋友，他又怎么能审问我呢？我们还经常在一起打牌、喝酒，几乎所有事我们都是一起做的。他怎么倒成了审问我的法官了呢？哈哈！他算得上什么法官？别吉卡居然能称得上是法官！哈哈哈！”

“你还笑？那你就笑吧！等他不顾朋友的情面，而是依据法律条文把你抓起来时，你就笑不出来了！”

“你真是太傻了，我的老弟！这跟法律条文毫无关系，他还是我儿子万尼亚的教父。星期四我们到他那里去，你就可以亲眼目睹法律是怎么一回事了……”

“可是，我劝你还是不要去为好，否则，你和他都会陷入尴尬的境地。还是让他缺席审判好了。”

“不，为什么要缺席呢？我一定要去，我一定要亲眼看看他到底是怎样审判我的，看看他别吉卡到底出息成什么样的法官。想来一定挺有意思。再说我也很久没到他那儿去了，不去会不合适的。”

星期四，在尼特金的陪同下，帕莫耶夫动身去见舍斯基克雷洛夫。他在审讯室里碰到了调解法官，当时他正在审理案件。

“你好呀，亲爱的别吉卡！”帕莫耶夫走到审判桌前面，一边说一边伸出手来与法官握手，“你审案子就如此从容？是不是在故意刁难别人？你就审吧，审吧……我会等一等，看一看的。我还是先介绍一下吧，这是我的内弟……你太太的身体好吗？”

“好……好……请你们坐在那边，坐在那边的旁听席上……”他说话时结结巴巴的，还涨红了脸。刚做法官的人在审讯室里遇到熟人，通常都会感到慌乱。当他们不得不审问熟人的时候，他们给人留下的印象总是六神无主，巴不得有条地缝可以钻进去。

帕莫耶夫离开了法官，和尼特金一起坐在前排一条长椅上。

“这个滑头倒挺会装，还一副一本正经的样子！”他凑近尼特金的耳朵小声说道，“简直有点认不出他来了！笑也不笑一下，还戴着金链子！嘿，挺像那么回事！以前在我家的厨房里，倒好像不是他用墨水给正在睡觉的阿加希卡画鬼脸来着。真是可笑，就连这号人也能审案子？我问你，这种人真的能审案子吗？这儿需要的是有官衔的人，老练的人……你知道，只有那种人才会让人畏惧。现在倒好，随便找个人就要审案子。”

“格利高利·伏拉索夫！”调解法官大声喊道，“帕莫耶夫先生。”

帕莫耶夫轻蔑地笑了笑，然后走到审判桌前面。从旁听席上走过来一个年轻的男人，他穿着高腰身的旧上衣和带条格的裤子，裤腿被塞在红褐色的短靴筒里。他走过来与帕莫耶夫并排站在一起。

“帕莫耶夫先生！”调解法官垂下眼睛，开口说道，“您被指控……这个……说是……您以暴力侮辱了您的仆人……也就是侮辱了格利高利·伏拉索夫。您承认您所犯的罪吗？”

“看你说的！你从什么时候起变得如此严肃了？嘿嘿！……”

“难道您不认为自己有罪吗？”法官打断他的话，显得有点局促不安，“伏拉索夫，还是由您来讲讲事情的经过吧。”

“事情是这样的，老爷！您知道我是在他们家干活的，实际上就跟奴才差不多……我们所干的活就像苦役一样，老爷……他老人家八点多了还不用起床，可是，天刚亮我就得起来。天知道他老人家会穿皮靴还是软靴，说不定他一整天都会穿着拖鞋走来走去。可是，我却得把他所有的鞋都擦干净：软靴，皮鞋，皮靴，一双也不能落下……好吧，干活倒是我的职责，我也不怕。那天一早，他老人家让我给他穿衣服，我通常都是随叫随到的……我给他穿上了衬衫，又穿上了裤子，最后穿上了皮靴……一切都做得完美无缺。当我接下来给他穿坎肩时，他老人家开口说道：‘格利什卡，你去拿一把梳子，梳子就在我上衣旁边的口袋里。’好吧，他说拿我就去拿……我在他上衣旁边的口袋里摸了摸，真是见鬼，根本没有梳子！我摸呀摸，接着对他说：‘这儿没有梳子呀，阿尔希普·叶里谢伊奇！’他老人家皱着眉头走到上衣面前，一伸手就掏出了梳子。可他并不是从他吩咐的口袋里掏出来的，而是从胸口前边的小口袋里掏出来的。‘你看这是什么？难道这不是梳子吗？’说着他就用梳子扎我的鼻子，结果梳子齿就在我的鼻子上划来划去，以致我的鼻子整天流血不止。老爷您看，直到现在我的鼻子还肿着呢……我是有证人的，当时大家都看见了。”

“您有什么话要为自己辩解吗？”调解法官抬起头来，盯着帕莫耶夫说。

帕莫耶夫用疑问的眼神先看了看法官，又看了看格利高利，然后又看了看法官，他的脸涨得通红，嘟嘟囔囔地说：

“我应该怎么理解这件事情呢？你真的是在开玩笑吗？”

“我一点也没有跟您开玩笑的意思，”格利高利说，“您应该凭良心说话，不能动不动就随便打人。”

“你给我住嘴！”帕莫耶夫用手杖敲打着地板说，“你这个笨蛋！真是一个蠢货！"

调解法官急忙摘下金链子，从桌子后面跳起来，跑到自己办公室里去了。

他一边跑一边大声喊道："审讯暂停五分钟！"

帕莫耶夫抬腿就去追他。

"你给我听着，"调解法官一拍双手，开口说道，"你想让我今天当众出丑，是不是？还是你很乐意听那些厨子和听差推翻你的供词？你真是一头蠢驴！你为什么要来啊？你以为缺了你我就不能判决了吗？"

"我竟然对他犯罪！"帕莫耶夫双手一摊，说，"是你自己安排了这场闹剧，居然还反过来冲我发火！你早干吗去了？你把格利什卡关起来不就得啦！"

"把格利什卡关起来？我呸！过去你是一个傻瓜，现在依然是一个笨蛋！你告诉我，我凭什么把格利什卡关起来？"

"把他关起来就万事大吉了！反正该关的人不是我！"

"怎么，你以为现在的时代还跟从前一样吗？格利什卡被打了，还要把他关起来！这真是奇怪的逻辑！你对当代的诉讼程序究竟有没有一点概念？"

"我从小到大就没有打过官司，也没有做过法官。我的头脑一直是这样理解的：如果这个叫格利什卡的家伙到我这里来控告你，我就会把他从楼梯上推下去，让他回家告诉自己的孙子，不要告状，千万不要告状。反正我不会像你那样做，更不会允许他信口雌黄诬谄好人。总而言之，你是想嘲笑我，从而显示一下你的厉害……就是这么回事！我妻子也看了传票，她十分吃惊。当她知道你竟然也给那些厨子和畜生发了传票，她更是惊讶万分。你要的把戏大大出乎她的意料。你不能这样做，别吉卡！朋友之间不能这么干。"

"你应该理解我的难处！"

舍斯基克雷洛夫开始向帕莫耶夫解释自己的处境。

后来他说："你先在这里坐一会儿，我出去一下，好进行缺席的宣判。看在上帝的份上，你千万不要出来！你脑子里充满了陈腐的观念，一出庭就会胡乱说话，弄不好会被记录在案。"

舍斯基克雷洛夫走进审讯室，继续进行审问。帕莫耶夫则坐在舍斯基克雷洛夫办公室的一张小桌旁边，刚刚填好的执行书就放在小桌上，他开始翻看起来。他听见调解法官对格利高利的劝告，但格利高利仍然固执己见。不过，最后他还是同意了与帕莫耶夫和解，让帕莫耶夫出十个卢布作为他所遭受的屈辱的补偿。

"好啦，上帝保佑你！"舍斯基克雷洛夫宣读完判决词，然后走进办公室。他庆幸地对帕莫耶夫说："感谢上帝，案子总算了结啦。我的肩头仿佛卸下千斤重担。只要交给格利什卡十个卢布，你就可以平安无事了。"

"让我给格利什卡……十个卢布？"帕莫耶夫吃惊地张着嘴说，"你是不是疯了？"

"算了，算了，还是由我替你出这笔钱好了。"舍斯基克雷洛夫皱着眉头把手一挥，然后说，"就算为你出一百卢布，我也心甘情愿，只要没惹出什么麻烦就好。上帝保佑，千万别让我再审问熟人了。老兄，你与其把格利什卡打了，倒不如每次都到我这儿来，把我打一顿好了！对我来说，那样倒比现在轻松一千倍。走吧，我们一起到娜达莎那里去吃饭吧！"

十分钟后，他们坐在调解法官的家里吃着红烧鲫鱼。

三杯酒下肚后，帕莫耶夫开口说道："嗯，好！你判给格利什卡十个卢布，那么你准备把他关多少天呢？"

"我并没有打算关押他，我怎么能关押他呢？"

"什么叫'怎么能'？"帕莫耶夫瞪大眼睛说，"就为他不该胡乱告状！他有什么理由告我？"

调解法官和尼特金耐心地劝说帕莫耶夫，但说来说去，帕莫耶夫就是不明白，仍然固执己见地认为一切都是格利什卡的错。

“无论怎样，别吉卡不适合做法官！”回家的路上，帕莫耶夫和尼特金边走边聊，他长叹了一口气，说，“其实他是一个善良的人，又受过教育，还总是热心地帮助别人。不过，做法官他并不合适！他根本就不会正儿八经地审案子……虽然我不忍心，不过，在三年以后的调解法官选举中，我不会再投他的票啦！我也没有别的办法，只能这么做了！……”

宝贝儿

奥莲卡是退休的八品文官普列米扬尼科夫的女儿。此刻，她正坐在自家院子的台阶上想心事。天气炎热，在人身边飞来飞去的苍蝇实在令人讨厌。从东方奔涌过来一大片带雨的乌云，偶尔送来一股潮湿的味道。

戏院老板库金正站在院子中间仰望着天空，他是季沃里游乐场的班主，寄住在这个院子的厢房里。

“又要下雨了！”他有点悲观绝望地说，“怎么又要下雨了！每天都下雨，天天都下雨，好像故意跟我过不去似的！这简直是想让我破产呀！这简直是想要我的命呀！每天我都得赔一大笔钱哪！”

他轻轻一拍举起的双手，接着转向奥莲卡继续说道：

“您看，奥莲卡·谢苗诺夫娜，这就是我们面临的生活。我真想痛痛快快地哭一场！你天天卖力地工作，累得精疲力竭，夜里也睡不好觉，总是想着怎样才能做得更加出色。可结果又如何呢？一方面，观众都是些愚昧无知的野蛮人，而我却为他们上演场面豪华的幻境剧，用最好的小歌剧，还为他们请来第一流的演唱家。可是，难道他们真的需要这些吗？难道他们真的能看懂吗？他们需要的只是一些粗俗的滑稽戏！他们需要的只是一些引人发笑的噱头！另一方面，您再去看看天气吧，几乎每天晚上都在下雨。从五月十日开始，一下就是整整两个月，简直是想要人性命啊！观众们都不来看戏，可租金我还得照样付啊！演员们的工资我也得照样发啊！”

第二天傍晚，天空又是乌云密布，库金歇斯底里地大笑说：

“我又有什么办法呢？就让老天爷下去吧！如果它能把整个娱乐场都灌满水就好了，这样就可以把我活活淹死！不论是在阳间，还是到了阴间，都不要让我得到幸福！让那些演员把我告上法庭去好啦！法庭算什么？干脆把我发配到西伯利亚去服苦役好啦！送上断头台也可以！哈哈……哈哈！”

第三天依然如此……

奥莲卡总是默默地听库金说话，有时她甚至禁不住热泪盈眶。后来，库金的不幸感动了她，让她爱上他。库金这个人又矮又瘦，脸色有些发黄，头发梳向两边，总是用尖细的男高音说话，说话时还习惯把嘴撇歪，脸上总是流露出悲观绝望的神情。尽管如此，他仍然在她的内心激起一种真正的深厚感情。她总是要爱一个人的，之前，她爱过她的父亲。如今父亲患了病，呼吸困难，整天只能坐在一个昏暗房间里的一张圈椅上。她还爱过自己的姑妈，每隔一年，姑妈都会从布良斯克回来一次。再早一些，也就是她上初中的时候，她也曾爱过她的法语老师。奥莲卡是一个心地善良、性格文静、富有同情心的姑娘，她的目光温顺而柔和，身体结实而健康。男人们如果看到她那张粉红色的胖脸蛋，看到她那长着一颗黑痣的白皙脖颈，看到她那一听见什么愉快的事就浮现在脸上的天真善良的微笑，他们心里肯定会这样想：“这个姑娘长得真不错……”并且还会对她报以微笑。和她谈话的女人们，总是情不自禁地抚摸她的一只手，满心欢喜地说：“宝贝儿！”

奥莲卡住的房子位于城郊吉普赛人的居住区，与季沃里游乐场相隔不远。从出生那天起，她就住在这所房子里，而且她的父亲已在遗嘱中写明把这所房子留给她。一到晚上，她就会听见游乐场乐队的奏乐，鞭炮响个不停的噼里啪啦声。她觉得那是库金正在跟自己的命运搏斗，正在向自己的主要敌人——观众的冷漠无情——发起进攻，这时，她的心便会甜蜜地缩紧，完全睡不着了。第二天早晨，当库金回来时，她就会轻轻地敲着自己卧室的窗户，隔着窗帘向他露出自己的一侧肩膀和挂着亲切微笑的脸庞……

库金向奥莲卡求婚了，然后两人举行了婚礼。当他仔细望着她那白皙的脖颈和丰满健美的肩膀时，他举起双手，轻轻拍了一下，说："我的宝贝儿！"

结婚后，库金感到很幸福。可是他结婚那天，白天黑夜都在下雨，所以灰心绝望的表情始终没有离开他的脸。

结婚以后，他们的日子过得很不错，奥莲卡坐在他的票房里，负责管理游乐场的内务，记账、发工资之类的活都由她来干。于是，她那张粉红色的脸蛋，她那神采奕奕、天真可爱的笑容，便不时闪现在票房的小窗口里，不时闪现在后台，不时闪现在小吃部里。她现在常常对熟人说，世界上最重要、最了不起、最不可或缺的东西就是戏院，只有在戏院里才能得到真正的艺术享受，才能变成一个有人情味、有教养的人。

"可是，难道观众能懂得这些吗？"她说，"他们需要的是一些粗俗的滑稽戏！昨天我们戏院上演了改编的《浮士德》，包厢几乎都空着，如果我和万尼奇卡给他们上演一出庸俗戏，您信不信，戏院里肯定会挤得水泄不通。明天我和万尼奇卡要给大家上演《地狱中的奥尔菲斯》，请您过来看看吧。"

无论库金对剧院和演员们讲了些什么，奥莲卡都会原汁原味地重复一遍。她也和库金一样看不起观众，认为观众愚昧无知，对艺术麻木不仁。她也参与排演的事情，监督乐师的演奏，纠正演员们的动作。如果本地报纸发表了对剧院不满意的评论，她会伤心落泪，然后跑到报社编辑部去问个究竟。

演员们都很喜欢她，称她为“我的万尼奇卡”或“我的宝贝儿”。奥莲卡也怜悯他们，常常借一点钱给他们。如果他们偶尔欺骗了她，她只是偷偷地抹眼泪、哭鼻子，从不向丈夫发牢骚抱怨。

冬天，他们的日子过得相当不错。他们在城里租了一个剧院，可以整整使用一个冬天，只留一个短短的空当，或者让给魔术师，或者让给小俄罗斯剧团，或者让给本地的一些业余爱好者。奥莲卡发胖了，心满意足的生活使她容光焕发，而库金却变得更加消瘦，脸色也更加发黄，他一直抱怨亏损太大，即使整个冬天的生意都不错。一到夜间，他就不停地咳嗽，奥莲卡给他喝菩提树花汁和马林浆果汁，还用香水给他擦拭身体，用她那件柔软的披巾包住他的头。

“你真是我的贴心人啊！”她抚平他的头发，十分真诚地说，“你真是我的好人儿！”

大斋节期间，库金到莫斯科去挑选剧团演员。他一不在身边，奥莲卡就睡不着觉，整夜地坐在窗边望着天上的星星。就在这个时候，她把自己比做母鸡，如果公鸡不在窝里，母鸡不是也会烦躁不安、彻夜难眠吗？库金在莫斯科被耽搁了，来信说他要到复活节后一周才能回来，他在信中还交代了几句有关季沃里游乐场的事。

复活节前一周的星期一深夜，一阵不祥的敲门声突然响起。不知是谁在用力敲打她家的篱笆门，就像敲击大木桶似的——砰、砰、砰！睡意朦胧的厨娘光着脚，踩着水洼里的水发出啪嗒啪嗒的声音，跑去开门。

“快开门，快开门！”门外有个人用低沉的声音说，“有一封你们家的电报！”

以前奥莲卡也接到过丈夫的电报，但这一回她不知为何感到十分害怕。她用发颤的双手拆开电报，看到电文上写着：

今日伊万·彼得罗维奇突然去世。星期二如何殡葬，请即示下。

电报上就是这么写的——“如何殡葬”，还有那个令人看不明白的字眼——“请即”，电报的落款是歌剧院导演的署名。

“我的丈夫啊！”奥莲卡号啕痛哭起来，“我亲爱的万尼奇卡，我的丈夫啊！当初我为什么要跟你相遇？我为什么要认识你并爱上你呢？你把我这个可怜的奥莲卡，这个可怜而又不幸的奥莲卡扔给谁去照料啊？”

星期二，库金被葬在莫斯科的瓦冈科沃公墓里。星期三，奥莲卡回到家，她一走进卧室，便倒在床上大哭起来，哭声大得连邻近院子和大街上的人都能听见。

“宝贝儿！”邻居们画着十字说，“亲爱的奥莲卡·谢苗诺夫娜，我可怜的宝贝儿，发生这种事真是太令人伤心了！”

三个月后的一天，在教堂做完弥撒的奥莲卡走路回家，她身穿丧服，处于深深的悲痛中。凑巧的是，她的邻居瓦西里·安德烈伊奇·普斯托瓦洛夫正好也从教堂回来，他是商人巴巴卡耶夫木材场的经理。他头戴草帽，穿着白色坎肩，与奥莲卡并排走着，他的坎肩上还系着一条金表链。

“世间万物都有自己的定数，奥莲卡·谢苗诺夫娜，”他的声音里带着同情的调子，神色庄重地说，“如果我们的某个亲人去世了，那一定是上帝的旨意。在这种情况下，我们活着的人应该控制自己的感情，听天由命才行啊。”

瓦西里·安德烈伊奇·普斯托瓦洛夫把奥莲卡送到家门口，和她说了声再见就往前走了。这之后的整整一天中，他那庄重的声音总是回荡在奥莲卡的耳际，她一闭上眼睛就能看见他的黑胡子。奥莲卡非常喜欢他，这是显而易见的。同时，她也给他留下了较好的印象。

不久就有一位上了年纪的太太到她家来喝咖啡，实际上奥莲卡并不认识她。这位太太刚坐到桌旁，就谈起普斯托瓦洛夫，说他是一个值得信赖的好人，任何一位未出嫁的姑娘都乐意嫁给他。

三天后，普斯托瓦洛夫就亲自登门拜访了，他待的时间并不长，也就十来分钟，而且话也不多。但是，奥莲卡却已经爱上了他，并且爱得很深，她整个晚上都没有睡好觉，就像得了一场热病似的浑身发热。第二天一大早，奥莲卡就派人把那位上了岁数的太太请到家里来。她和普斯托瓦洛夫的婚事很快就说定了，随后便举行婚礼。

他们结婚后，日子过得很好，他平日总是坐在木材场的办公室里，一直工作到吃午饭，然后再出门接洽生意，这时，奥莲卡就会代替他坐在办公室里算账、发货，直到晚上才回家。

"如今的木材价格一年比一年贵，每年都能上涨两成。"她对顾客和熟人说，"实话告诉你，以前我们出售的都是本地的木材。而现在我们瓦西奇卡每年都要到莫吉列沃省去采购木材，运费真是贵啊！"她惊恐地用双手捂住自己的脸蛋说，"运费真是太贵了！"

有时，奥莲卡觉得自己已经从事木材生意很久了，觉得生活中最重要、最不可缺少的东西也是木材。长方木、圆木、薄木板、护墙板、箱子板、板条、托架板、毛板……这些词汇在她听来都很亲切。甚至在梦中，她也常常梦见堆积如山的木板和薄木板，还有一长串看不到尽头的拉货大车。她也会梦见许多十二俄尺长、五俄寸厚的原木，就像作战的兵团直挺挺地闯进木材场。她还会梦见那些干燥的原木、长方木、毛板互相碰撞时发出很响的声音。梦中的它们忽儿倒下去，忽儿立起来，忽儿又互相重叠着堆成一堆。睡梦中的奥莲卡会突然惊叫一声，这时，普斯托瓦洛夫赶紧用温柔的声调对她说：

“奥莲卡，亲爱的，你这是怎么啦？赶快在胸前画十字吧！”

奥莲卡可以说是夫唱妇随，丈夫想怎么做，她就跟着做。如果丈夫觉得房间里太热，或者认为眼下的生意很萧条，她也会这么想。她的丈夫不喜欢任何消遣娱乐，节假日也总是待在家里不出门，奥莲卡也照样这么做。

“你们不能总是待在家里或办公室里，”熟人们说，“应该去戏院看看戏，或者去看看杂技表演之类的。”

“我和瓦西奇卡都没有时间去戏院看戏。”她一本正经地回答，“我们都是要工作的人，顾不上去看那些瞎闹的东西。去戏院看戏并没有什么好处。”

每逢礼拜天，普斯托瓦洛夫和她都做通宵的祈祷。节日时，他们也会做晨祷。从教堂回家时，他们肩并肩地走着，脸上一副深受感动的样子，一股好闻的香味从两人身上散发出来，她的丝绸连衣裙也发出悦耳的窸窣声。回到家后，他们喝茶，吃各种果酱和奶油面包，还会吃馅饼。每天中午，如果从他们家的大门口经过，人们都会闻到红甜菜汤、烤羊肉或者烤鸭的香味，在斋戒日里还可以闻到煎鱼的香味，这种香味让每个经过他们家门口的人都垂涎欲滴，恨不得也进去大吃一顿。办公室里的茶炊总是沸腾着，他们招待顾客们喝茶，吃面包圈。每逢星期二，夫妻俩都要去澡堂洗一次澡，然后肩并肩地回家，两人都满面红光。

“不错，我们的小日子过得很好。”奥莲卡经常这样对熟人说，“一切都很顺利。但愿上帝可以让每个人都过上像我们这样的好日子。”

每当普斯托瓦洛夫离开家到莫吉列沃省采购木材，奥莲卡总是感到非常寂寞，整夜睡不着觉，暗自伤心抹泪。晚上，军队里的兽医斯米尔宁常到她家来闲坐，有时也寄住在她家的厢房里。

兽医陪她聊天、打牌，让奥莲卡很开心。

她对兽医讲述的有关其家庭生活中的一些事很感兴趣：他已经结婚了，有一个孩子，但现在跟妻子分居，因为她变了心，他直到现在仍然憎恨她，不过，他每月都会寄给她四十卢布，这是给儿子的生活费。奥莲卡一边听他说话，一边长吁短叹，不停地摇头，觉得兽医很可怜。

“唉，愿上帝保佑您！”分手的时候，她总是这样说，并举着蜡烛一直送他到楼下，“谢谢您能来给我解闷，愿上帝保佑您健康，圣母娘娘啊……”

她喜欢模仿丈夫的模样，脸上总是一副老成持重、通情达理的神情。

兽医已经走到楼下的门外了，她连忙喊住他说：“弗拉基米尔·普拉托内奇，您应该跟您的妻子和好才对。就算看在儿子的份上，您也应该饶恕她！……别看他是个孩子，也许他心里什么都明白。”

普斯托瓦洛夫回来后，她细声细语地把兽医的事，还有他那不幸的家庭生活讲给丈夫听，接下来两人就会长吁短叹一阵子。他们还谈到那个小男孩，说他可能会非常想念父亲。随后，他们就站在圣像面前，双膝下跪叩头，祈求上帝赐给他们一个孩子。

就这样，普斯托瓦洛夫夫妇度过六年和美融洽、相亲相爱、平静安适的生活。可是，有一年冬天，瓦西里·安德烈伊奇在木材场喝了一杯热茶，没戴帽子就出门去售卖木材，结果得了感冒，病倒了。奥莲卡请来最好的医生为他治疗，但他的病情却越来越重，四个月后他就死了。奥莲卡又成了寡妇。

“你把我丢给谁去照料呀，我的亲人？”埋葬丈夫以后，她痛哭流涕地说，“没有了你，我这个苦命的女人该怎样活下去啊？好心的人啊，你们就可怜可怜我这个无依无靠的女人吧……”

奥莲卡穿着一身黑色的衣服，胳膊上戴着一块白布，她再也不用戴帽子和手套了，因为她从那以后就很少出门，只是偶尔到教堂或者丈夫的墓地上去一趟。

六个月后，她才摘掉胳膊上的白布，并打开护窗板。人们偶尔看到她早上跟厨娘一起到市场上采购食品，但是，关于她现在如何生活，她的家里发生了什么事，人们只能靠猜测了。大家也确实在纷纷猜测，因为经常看见她跟兽医在自家的小花园里喝茶，他为她大声念着报上的新闻；又因为她在邮政局遇见一个熟识的女人，对那个女人说："我们城里发生很多疾病都是因为缺乏兽医的正确监督。常常听说有人因喝牛奶或是接触牛马而得了病，实际上，人们应该向对待自己那样关心家畜的健康。"

她复述兽医的想法，现在她跟他对所有事物有了同样的看法。奥莲卡如果不依恋于某个人，估计连一年也过不下去，于是，她在自己的厢房里又找到了新的幸福。如果换成别的女人，准会因此受到指责。不过，对于奥莲卡，任何人都不会往坏处想，大家对她生活中的一切都是可以谅解的。她和兽医没有对任何人说过他们两人关系中所发生的变化，反而竭力隐瞒着。但是，秘密是藏不住的，因为奥莲卡是一个守不住秘密的人。每当兽医部队里的同事到他这里来做客时，她总是一边给他们端饭上菜，一边谈着牛瘟、家畜的结核病和本地的屠宰场，这让他感到十分困窘。客人们走后，他便会抓住她的一只手，气冲冲地对她说：

"我不是告诉过你吗？你不懂的事情就不要去谈！当我们这些兽医谈论我们的分内事情时，请你最好不要插嘴。你这种做法真是太无聊啦！"

每当这时，奥莲卡就会惶恐不安、惊诧不已地望着他问道：

"亲爱的沃洛佳，那你让我说些什么呢？"

她眼里含着泪花去拥抱他，请求他不要生自己的气。这时，他们都感到很幸福。

然而，他们这种幸福并没有维持多久，兽医马上就要随军队开拔了。而且这一去就是永远地离开，他所在的部队被调到一个邻近西伯利亚的地方。

现在，奥莲卡又是孤身一人了。她的父亲早已去世。父亲的那个圈椅被扔在阁楼上，落满灰尘，而且缺了一条腿。奥莲卡变得又丑又瘦，大街上迎面走来的熟人再也不像以前那样打量她，对她也没有了微笑。美好的年华已经逝去，现在要开始过一种全新的生活，一种她所不熟悉的生活。每天傍晚，奥莲卡都会坐在台阶上，听季沃里游乐场的乐队演奏，那里的鞭炮噼里啪啦地响个不停，但这些已经不能引起她的任何想法了。她只是漠然地望着空荡荡的院子，什么也不想，什么也不做。夜幕降临后，她就上床睡觉。虽然她也吃喝，但好像是不得已而为之。

最糟糕的是，她没有了自己的任何见解。她看着周围发生的一切，也明白发生的是什么事情，但对任何现象和事情都无法形成自己的见解，也不知道自己该说些什么。一个人如果没有自己的见解，那会是多么可怕的事情啊！例如，你看见天在下雨，看见一个瓶子，看见一个农夫正赶着大车走过去，可你却说不出那雨、那个瓶子、那个农夫为什么存在，也说不出它们包含着什么意义，哪怕给她两千卢布，她也什么都说不出来。在和库金、普斯托瓦洛夫、兽医一起生活的时候，奥莲卡对任何事情都可以加以解释，对什么事情都可以说出自己的见解。而现在，她的脑海和心灵一片空白，就像她那个空荡荡的大院子一样。生活变得既苦涩又可怕，就像咀嚼苦艾一样。

渐渐地，城市向四面八方伸展开来，吉普赛人的居住区已经被称做大街了，季沃里游乐场和木材场的原址上也已经建造起新的房屋和几条新的胡同。时间过得真快！奥莲卡的房子已经变黑了，铁皮房顶也生了锈，板棚歪歪斜斜的，院子里到处是丛生的杂草和带刺的荨麻。奥莲卡变老了，也变丑了。夏天的时候，她坐在台阶上，心里像以前一样空虚、烦闷，充满苦涩。冬天的时候，她坐在窗边，望着天空中飘落的雪花。只要风儿一送来教堂的钟声，只要她一嗅到春天的气息，种种回忆便会自然涌上她的心头，她的心便会甜蜜地收紧，眼里的泪水也会夺眶而出。不过，这样的时刻也就只有一分钟的时间，之后她仍然内心空虚，根本不知道自己为什么要活在这个世界上。黑猫布雷斯卡偎依在她身旁，柔声细语地咪咪叫着。但是，猫的温存并不能打动奥莲卡的心，她需要的根本就不是这个。她需要的是那种能够攫住她整个灵魂、整个身心的理智的爱情，那种能够给她指明生活方向，给予她思想，并使她的血液重新温暖起来的爱情。于是，她生气地从衣襟上抖掉那只黑猫，气恼地说：

“走开，快点走开……用不着你待在这儿！”

就这样，一天过去了，一年又过去了，她没有丝毫快乐，没有任何见解。无论厨娘玛芙拉对她说什么，她都乖乖地听着。

七月的一个炎热的傍晚，城里的居民们驱赶着牲口群走在大街上，整个院子都是灰尘，就像被云雾笼罩着。忽然有人敲门，奥莲卡亲自去开门，就在抬头的一瞬间，她惊呆了：原来站在门外的是兽医斯米尔宁。他头发花白，穿着一身便服。奥莲卡突然回想起以前的一切，忍不住失声痛哭起来，然后把头偎依在兽医胸前，激动得说不出一句话。后来，他们走进屋里，奥莲卡给兽医倒了茶。

她嘟哝着说：“我的亲人！弗拉基米尔·普拉托内奇！难道是上帝把你送来的吗？”

“我打算定居此地。”他说，“我已经退伍了，今后我打算凭借自己的才能谋生，过上安定的晚年生活。再说，我的儿子也已经长大上中学了。您知道，我已经和妻子和好了。”

“你的妻子现在在哪儿？”奥莲卡问道。

“她和我的儿子都住在旅馆里，我是出来找房子的。”

“主啊，我的上帝，你们一家人就住到我的房子里好啦！难道我这里不能让你安家吗？唉，主啊，我是不会让你们交房租的。”奥莲卡激动地说，然后又失声痛哭起来，“你们一家就住在这里吧，我可以搬到厢房去住。见到你们我也就心满意足了。这真让人高兴，主啊！”

第二天，奥莲卡便让人给房顶上漆，又把墙壁刷成白色，她双手叉腰，在院子里走来走去，不时地发号施令。昔日的微笑又洋溢在她的脸上，她复活了，精神焕发，神采奕奕，好像睡了一个好觉刚刚苏醒过来。

兽医的妻子也来了，她留着短短的头发，是一个相貌丑陋、身材瘦弱的女人，脸上流露出固执、任性的表情。

和她一起来的还有他们的儿子萨沙，这是一个十几岁的胖乎乎的小男孩，身材矮小，与他的年龄很不相称。不过，他长着一双明亮的蓝眼睛，脸上还有两个小酒窝。一走进院子，小男孩就跑着去追赶那只黑猫，他那欢快喜悦的笑声立刻传了过来。

“大婶，这是您的猫吗？”他问奥莲卡，“等它下了小猫，您能送给我们一只吗？我妈妈非常害怕老鼠。”

奥莲卡陪他说话，倒茶给他喝，她那颗寂寞的心突然又变得温暖起来，好像这个小男孩就是她的亲生儿子一样。晚上，萨沙坐在餐厅里温习功课，奥莲卡则温情脉脉地看着他，喃喃地说：

“我的乖孩子，真是一个漂亮的小伙子……我亲爱的孩子，你长得真是白净，聪明可爱。”

“所谓海岛者，”萨沙念道，“就是一片四周都是水的陆地。”

“所谓海岛者，就是一片四周都是水的陆地……”她重复着萨沙的话，经过多年的沉默寡言和思想空虚后，这成了她满怀信心说出来的第一个见解。她终于又有自己的见解了。

吃晚饭时，奥莲卡跟萨沙的父母聊天，说现在的中学生学习都很吃力，古典教育要比实科教育更好些，中学毕业后的出路很广，既可以当工程师，也可以当医生。

萨沙开始上中学后，他的母亲动身去哈尔科夫看她妹妹，结果再也没有回来。兽医每天都要出门去给牲口治病，有时一连三四天都不回家住。奥莲卡见萨沙完全无人照管，好像是家里多余的人，说不定还会被活活饿死。于是，她就让他搬进自己的厢房，并在那里给他布置了一间小房间。

转眼半年过去，萨沙一直住在奥莲卡的厢房里。每天早晨，奥莲卡都要走进他的卧室去看他，见他睡得正香，一只手还放在脸蛋下面，悄无声息，她都不忍心叫醒他。

只在不得已时，她才会说："亲爱的萨沙，我的孩子，快点起床吧。我的乖孩子，该去上学了。"

萨沙起床穿上衣服，向上帝祷告后便坐下来喝茶。他一连喝了三杯，还吃下两个大面包圈和半个法国奶油面包。他有点心绪不佳，因为还没有完全醒过来。

"你呀，亲爱的萨沙，那篇寓言你还没有背熟呢。"奥莲卡盯着他说，仿佛要送他出远门似的，"我为你操了多少心啊！亲爱的孩子，你可要好好用功念书呀……而且要听老师的话。"

"哎呀，请您不要管我的事！"萨沙说。

随后，他就走出大门，沿着大街上学去了。萨沙身材矮小，却戴着一顶很大的制帽，还背着一个大书包。奥莲卡默默地跟在他后面。

她突然喊住他："萨沙！"

萨沙回过头来，她走过去给他手里塞了一些大枣和糖块。当萨沙转过弯走进学校所在的那个胡同时，他感到不好意思起来，因为身后跟着一位又高又胖的女人。他只好回过头说："大婶，您还是回家去吧，我一个人可以的。"

奥莲卡停下脚步，远远望着他的背影，眼睛眨也不眨一下，直到他走进学校的大门。啊，她是多么爱他呀！以前的几次爱恋都不如这一次深，她以前从未像现在这样无私、愉快、忘我地献出自己的心灵。现在，她那母爱的情感燃烧得愈来愈烈：为了他脸上的酒窝，为了他那顶大制帽，为了这个别人的孩子，她心甘情愿地献出了自己的整个生命，而且是含着感动的眼泪，怀着喜悦的心情把它奉献出来。就连奥莲卡自己也不知道为什么要这样做。

把萨沙送到学校后，奥莲卡便悄悄回家去了，她心中充满安详、平静和无限的爱意。最近半年来，她的面孔也变年轻了，而且总是面带微笑，一副喜气洋洋的样子。迎面走过来的人看到她，也会高兴地对她说：

“您好呀，亲爱的奥莲卡·谢苗诺夫娜！您日子过得不错啊，宝贝儿？”

“如今的孩子在中学念书可难啦。”她在市场上会对人说，“这可不是闹着玩的。昨天初一的老师就让学生背诵一篇寓言，又要翻译一篇拉丁文，还要做算术题……唉，一个小孩子，怎么受得了呢？”

于是，她讲起了功课、课本和老师——她所说的话，都是萨沙说过的。

两点多时，他们会在一起吃午饭，晚上一起温习功课，一起伤心抹泪。她一边打发萨沙上床睡觉，一边在他身上久久地画着十字，并小声地祷告。很晚了，她才躺下睡觉，幻想那遥远而朦胧的未来，到那时，萨沙毕业了，当上医生或者工程师，他会有自己的大房子，买了马和马车，还要结婚生子……她一边打瞌睡，一边想着这一切，泪水不由自主地从她那紧闭的双眼里涌了出来，并顺着脸颊往下流。那只躺在她身边的黑猫喵喵地叫着。

忽然传来一阵很响的敲门声，奥莲卡被惊醒，她害怕得不敢大声喘气，心也怦怦直跳。大约过了半分钟，敲门声又响起来。

“也许是从哈尔科夫来了电报，”她心里想，浑身开始打颤，“可能是萨沙的母亲要让他到哈尔科夫去……哦，我的上帝啊！”

她悲观绝望了，她的头、胳膊、腿脚都变得冰凉，觉得整个世界再也没有人比她更不幸了。可是，又过了一分钟，传来说话的声音，原来是兽医从俱乐部回来了。

“啊，感谢上帝！”她想道。

压在奥莲卡心头的一块重石终于落下来，她又感到轻松了。躺下睡觉时她仍然想着萨沙。

萨沙在隔壁房间睡得正香，偶尔也会说梦话：“我揍你！滚开！不要打架啦！”

六号病房

一

医院里有一座附属于它的厢屋，这房子被荨麻、野大麻和刺果植物组成的林子团团包围住了。房子的顶部已经生了锈，烟囱也倒塌了一半，门廊的台阶已经朽烂，杂草丛生，墙壁上一片斑驳的痕迹。厢房的正面对着医院，后面则是一片田野，它和田野之间还有一堵插着钉子的灰色围墙。这些尖头向上的钉子、围墙和这间厢房，外表凄凉、可怕，是医院和监狱之类的建筑物上经常见到的。

如果您不怕被荨麻刺痛，就让我们沿着通往屋子的狭窄小路走过去，看看屋子里到底有什么名堂吧。第一道门被打开后，我们进入穿堂间。这里的墙角和炉旁堆放着大堆大堆的医院垃圾，裤子、床垫、毫无用处的破鞋子、蓝白条子的衬衫、被撕得粉碎的旧睡袍，所有诸如此类的破烂混杂在一起，并且正在腐烂，发出难闻的气味。

嘴里咬着烟斗的看门人尼基塔常常躺在这堆垃圾上。他是一个退伍军人，旧军服上的绦带已经褪了色。他有一张枯瘦却严厉的脸，一对倒挂的眉毛让他的脸部表情看起来像一条草原上的牧羊犬。他还有一个常年都红彤彤的鼻子。看门人个子不高，看上去十分干瘦，青筋暴露，但是他的神色却十分威严，拳头粗大。他属于那种头脑简单、忠于职守、愚顽固执、办事牢靠的人。这种人偏爱有秩序的世界，把秩序看得高于一切，因而深信：人就得挨打。他会往人的脸部、胸口、背部和任何一个部位打，认为如果不这样做，人们就会没规没矩。

接着，您会走进一个巨大、宽敞的房间。如果不把穿堂间算在内的话，这个房间几乎占据了整座房子。这里的墙壁涂着肮脏的蓝色涂料，天花板也被熏得乌黑，就像没有烟囱的农舍那样，显然是冬天日夜生炉子时烟熏火燎造成的，屋里充满了煤烟味。从里往外钉的铁栅栏让窗户看起来十分难看。地板是灰色的，刨得十分毛糙。臭虫、酸白菜、氨气的臭味和灯芯的烟焦味扑鼻而来，这股臭味让您觉得自己好像走进了一个动物园。房间里放着几张用螺丝钉固定在地板上的床铺。穿着医院蓝色睡袍的人，或坐或躺在这样的床铺上，而且都戴着尖顶的帽子。这些人都是疯子。

这个房间里一共有五个人，其中一个是贵族，其他都是平民百姓。

靠近门口那个高高瘦瘦的小市民，长着亮闪闪的红褐色唇须，还有一双泪汪汪的大眼睛，他手托着头坐着，眼睛总是盯着一个地方。他整日整夜地摇头叹气，面露苦笑，闷闷不乐，也很少加入别人的闲谈，对别人的提问通常也不回答。如果送来食物，他就机械地吃、喝。从他那消瘦的模样、痛苦的咳嗽声和潮红的双颊来看，他是染上了肺结核病。

挨着他的是一个活泼好动的小老头，他蓄着一撮尖尖的胡须，长着一头卷曲的黑发，像一个黑人。白天他会从一个窗户走向另一个窗户，就这样一直在病房里踱步，或者像土耳其人那样盘起双腿坐在床上，也会像灰雀一样啼叫，不停地小声唱歌、吹口哨、嘻嘻地傻笑。即使在夜间，他这种活泼的性格和童稚般的欢乐也会表现出来。有时他会爬起来做祷告，用拳头捶打自己的胸口，并用手指抠门缝。他就是犹太人莫伊谢伊卡。大约二十年前，一把大火烧毁他的帽子作坊，从此他就精神失常了。

在六号病房的病人中，只有他一人被允许走出这间屋子，甚至可以走到医院的围墙外面去。他享有这种特权由来已久，大概因为他是一个长年住院的老病号，也是一个安分无害的文疯子。另外，他是一个可以供城里人逗乐取笑的人物，人们对于他被围在一群小孩和狗的中间，早已习以为常了。莫伊谢伊卡身穿睡袍，头戴可笑的尖顶帽，脚上穿着便鞋，有时也会光着脚板，甚至不穿裤子就在街头游来荡去。有时他还会在别人的大门口或小铺子旁停下来，乞讨一点小钱。人们会给他喝克瓦斯，有的人会给他吃面包，还有人会给他几个小钱。所以，当他回到屋子里时，通常都吃得饱饱的，而且囊中饱满。不过，他随身带回的东西都会被尼基塔搜走，从而成了尼基塔的外快。尼基塔做这件事时态度非常粗暴，还装出十分生气的样子，一边把他扯过来，一只只地翻他的口袋，一边装作呼唤上帝前来作证，说自己以后无论如何也不会放这个犹太佬出门，还说不守规矩就是世上最坏的事情。

莫伊谢伊卡喜欢帮助别人，他会给病友们端水，在他们睡着时帮他们盖上被子，还答应从街上给每人讨来一戈比的小钱，并给每人缝一顶新帽子。他甚至还会给左边的一个瘫痪病人用汤匙喂食。他之所以这样做，并非出于同情，也并非出于某种人道主义，而是出于对自己右边邻床格罗莫夫的模仿及不由自主的服从。

伊凡·德米特里奇·格罗莫夫出身贵族，曾经当过片警和省城的秘书，属十二品文官，是一个大约三十三岁的男人。他患的是被害妄想症。他有时会把身子蜷缩成一团躺在床上，有时则从屋子的一头走到另一头，然后再走回来，仿佛是在活动身体。他很少有坐着的时候，总是兴奋激动地期待某种捉摸不定、模糊不清的东西。只要穿堂里有一丁点窸窣声或者从外面传来喊叫声，他都会抬起头，竖起耳朵倾听：会不会是冲着自己来的？该不是来找自己的吧？这时的他会出现不安和反感的表情。

我喜欢他那张苍白、悲伤、颧骨突出的脸庞，他的脸如同镜子一样，反映出他那被争斗和持久的惊恐所折磨的心灵。他的面相奇怪而病态，但尽管有深沉的痛苦落在那脸上，面容却是知书达礼、善解人意的，而且他的目光温和而健康。我喜欢他，是因为他热忱殷勤，彬彬有礼，对所有人都一样和蔼可亲，不过尼基塔除外。如果有人掉了一颗纽扣或者勺子，他都会从床上一跃而起，把它捡起来。每天早晨他都会向病友们道早安，就寝时照样会祝他们晚安。

除了经常处于紧张状态和扮鬼脸外，他的精神失常还表现在以下方面：有时一到晚上，他就会把自己紧紧地裹在睡袍中，浑身颤抖，牙齿发出咯咯的响声，并开始迅速从房间的一头跑到另一头，或者在病床间来回走动，仿佛得了严重的疟疾。他还会突然停下脚步，仔细看着病友们，好像要对他们说一件很重要的事。但是看他那样子，好像他又认为病友们不会听他的，或者根本就听不懂，于是他就烦躁地摇着脑袋，继续走动。然而，过不了多久，说话的欲望压倒了他各式各样的想法，这时他便放任自己，率性、热烈、激昂地说起来。他说的话言辞激烈、语无伦次，好像在说梦话，断断续续的，他的每句话人们并不能都听懂，但是从他的言辞和声音，还是可以听出某种非常美好的东西。从他的话里，你分辨不出他是否真的疯了。他那些精神失常的话语难以通过纸张来传达。他会说到人的卑劣品性、压制真理的暴力，以及将来会在世界上出现的美好生活。一说到窗户上的栅栏，就会使他想到施行暴力的人的愚钝和残忍。结果他的话就成了一首毫无章法的曲子，尽管是老调重弹，但远没有奏完。

二

大约十二年或十五年前，城里的一条主要街道上住着一位官员，他叫格罗莫夫，是一个颇有声望、家境殷实的人。谢尔盖和伊凡是他的两个儿子。谢尔盖在念大学四年级时得了急性肺结核，最后一命呜呼。谢尔盖的死可以说是格罗莫夫家庭不幸的开端。谢尔盖下葬一个星期后，格罗莫夫因作伪和盗用公款被送上法庭，不久就因伤寒病而死在监狱的医院里。他家的房屋和一切动产都被悉数拍卖，伊凡·德米特里奇和他的母亲变得一贫如洗。

格罗莫夫在世时，伊凡·德米特里奇在彼得堡上大学，每个月可以得到六七十卢布，对“贫困”两个字毫无概念。如今他不得不去适应眼前发生的急剧变化。他必须从早到晚为菲薄的报酬去上课，还要替人抄写东西，但结果仍然不能避免挨饿，因为他所有的劳动所得都寄给母亲糊口了。伊凡·德米特里奇难以忍受这种生活，他垂头丧气，萎靡不振，最后不得不放弃学业，回到家里。在这座小城，他托人谋得一个在县立学校教书的工作，但是他和同事们相处得并不好，学生们也不喜欢他，因此不久就丢掉了这份工作。在这一期间，他的母亲也去世了。大约有半年时间，他没有找到工作，只能靠面包和白水糊口，后来他在法院当了庭警，这份差事他一直做到因病而被解职为止。

伊凡·德米特里奇从来没有给人留下身体健康的印象，甚至在念大学期间也是如此。他一向身体消瘦、面色苍白，吃得很少，睡眠也差，还易受风寒。只要喝上一杯酒，他就会感到头脑发晕，癔病发作。他一直渴望和人们走得近些，但是由于他容易激动、生性多疑，谁也跟他亲近不起来，更没有朋友。他对城里的市民向来不屑一顾，认为他们粗鲁无知，过着醉生梦死的生活，这让他感到厌恶和反感。他说话时用的是男高音，嗓门很大而且情绪热烈，总是显出怒气冲冲或者义愤填膺的样子，不过他永远是真诚的。不论他谈起什么，最后往往归结于一点：城市的生活毫无趣味，人们也没有高尚的情趣，一直过着浑浑噩噩、毫无意义的生活。社会又通过暴力和腐化使这种生活呈现出各种面貌：诚实之人食不果腹，卑劣之人锦衣玉食。这个社会需要学校、主持正义的报纸、剧院、大众读物及知识力量的凝结，必须让这个社会认清自己，感到害怕才成。他还认为，人只有黑白两色，而不承认存在任何色差；人类在他眼里也只有诚实和卑劣两种，没有居中之人。在谈到女人和爱情时，他总是很兴奋、很热烈，但却一次也没有坠入情网。

尽管他有点神经质，言辞激烈，人们倒还是喜欢他的，背地里总是亲切地称他为瓦尼亚。他与生俱来的热心殷勤、作风正派、彬彬有礼，他那又旧又小的礼服、病弱的外貌、家庭的不幸，都给人们留下了美好、热烈和忧郁的印象。另一方面，他也受过良好的教育，博览群书，在城市居民眼里无事不晓，是一个类似“活词典”的人物。

他读书很多，可以一直坐在俱乐部里，神经质地揪着胡子，不断翻阅期刊和书籍。从他的面部表情可以看出，他并不是在阅读，而是在吞吃那些书页，几乎来不及咀嚼。阅读可以说是他病态的习惯之一，因为任何在他手边的书籍，甚至是隔年的报纸和日历，他都可以如饥似渴地拿来就读。

三

一个深秋的早晨，伊凡·德米特里奇竖起大衣领子，沿着街巷，踩着泥泞的地面啪哒啪哒地走着。这一次，他是按一份法院的执行书去一个市民家中收钱。今天的他也像往常一样闷闷不乐——每天早晨他都这样。在街巷一角，他遇见两个被拘捕的戴着手铐的人，被四个带枪的士兵押解着。以前，伊凡·德米特里奇也多次遇见被拘捕的人，每次他心里都会产生同情和不自在的感觉。可是，这一次相遇却让他产生一种独特的奇怪的印象。不知为何，他突然觉得自己也有可能被铐起来，也会以这种方式，踩着泥泞的道路被送进监狱里。从那个市民家里回来时，他在邮局附近遇见一个熟悉的警监。警监向他问好，还和他一起在街上走了几步。不知为何他竟觉得此事有些值得怀疑。他在家里待了一整天，脑子里始终忘不了那四个带枪的士兵和两个被拘捕者，一种内心的恐惧使他无法集中精神，也无法阅读。到了傍晚时分，他没有点灯，夜间也无法入睡，一直想着自己可能被逮捕，被戴上手铐，被关进监狱。他清楚自己并没有背上任何罪名，而且可以保证今后也永远不会去放火、偷窃、杀人。然而，身不由己地犯罪有时也是非常容易的事。再说，难道就不可能出现因栽赃而最终导致法庭错判的事吗？千百年来，民间教诲人们不要发誓说自己永远不会乞讨和坐牢的经验还少吗？这不是没有可能的事。在如今的司法程序中，法庭错判是非常有可能的。与他人的苦难具有公务关系的人，如警察、医生、法官，时间长了就会习惯成自然，磨炼到随心所欲的地步，他们对待当事人的态度，除了应付不会再有其他了。从这一点来说，他们和在农舍后面的荒地里宰羊杀牛却对满地血污视而不见的农民毫无区别。在对人冷漠无情的情况下，如果想让一个无罪的人丧失全部财产并被判处苦刑，法官仅仅需要一样东西——那就是时间。只要有履行某些手续的时间，法官将会执行这些手续而被付给报酬，然后就万事大吉了。接着，你就去这个远离铁路二百俄里以外的肮脏泥泞的小城去寻求公正和保护吧！而且，任何一种强权都会被社会作为一种理性的必要而接受，各种仁慈行为，例如宣告无罪的判决，会引起沸沸扬扬的不满和报复情绪，在这种时候去思考公正就显得十分可笑。

一大早，伊凡·德米特里奇刚从床上起来心中就惊恐万分，直冒冷汗，好像完全确信自己随时都会被捕。他认为既然自己昨天那么久都没有摆脱那些沉重的想法，说明其中应该有点真实的成分，这些想法不可能无缘无故地钻进自己的脑子里。

一个警察从窗外走过，于是，他的怀疑更加确实了。在房子附近，有两个人不说话也不动地站在那里，他们为什么沉默不语呢？

对伊凡·德米特里奇来说，难熬的日子来临了。凡是从窗外走过和走进院子的人，他都认为是奸细和密探。中午时分，警察局长通常会乘坐双套马车驶过大街，他这是从城郊的庄园去警察局，但是，每一次伊凡·德米特里奇都觉得他行驶的速度太快了，而且他的表情不同寻常，好像急着赶去宣布城里出现一个非常重要的罪犯。每当门铃或敲门声响起时，伊凡·德米特里奇都会吓得心惊肉跳。如果遇到女房东家碰巧来了客人，他就不胜苦恼。与警察相遇时，他面露笑容，吹着口哨，以表明自己根本就不当回事。每到夜间，伊凡·德米特里奇总是彻夜难眠，担心有人来抓他，但仍假装大声打鼾，就像睡熟了一样，目的是想让女房东觉得自己睡着了。因为如果他睡不着，就表示他在遭受良心的谴责——这是多么有力的证据！事实和合理的逻辑都在表明，他所有的恐惧都是无稽之谈和病态的心理，如果他能把眼光放远一点，从本质上讲，被捕和坐牢也没有什么可怕的——只要自己问心无愧。然而，他越是理智和有逻辑地去思考，他内心的恐惧就越强烈。最后，伊凡·德米特里奇陷入绝望和忐忑之中。

他开始避免与人接触，孤立自己。以前他就反感公事，现在更是不堪忍受了。他生怕有人设法陷害，偷偷摸摸地把贿赂钱款放进自己的口袋，然后再去告发。或者他无意间在官方文书中犯下与作伪证具有同样后果的错误，或者把别人的钱弄丢了。令人奇怪的是，他的思想在其他时间从来没有像现在这样灵活机敏过，如今他每天都会臆造出成千上万个形形色色的理由，为个人的自由和名誉伤神担忧。与此同时，他对外部世界，尤其是对书籍的兴趣也大大降低了，他的记忆力开始严重衰退。

春天积雪化尽的时候，人们在峡谷的墓地边发现了两具已部分腐烂的尸体——一个男孩和一个老太婆，两具尸体都具有暴力致死的特征。关于这两具尸体和尚未查明的凶手，城里传得沸沸扬扬。为了让人们认为这两个人不是自己杀的，伊凡·德米特里奇在城里的大街上走来走去，脸上带着笑容，每当遇见熟人，他的脸色便白一阵红一阵，开始说服对方赞同自己“罪行的卑劣莫过于杀害弱者和无力自卫的人”的观点。然而，不久他就腻烦了这种生活，经过一番深入思考，他认为处在自己的位置，最好的办法就是躲进女房东的地窖。于是，他就在地窖坐了一个白天，然后又坐了一个晚上和一个白天，他浑身打冷战，直到天黑时才像贼一样偷偷溜回自己房里。他站在房子中间，纹丝不动，侧耳细听，一直到天明。早晨，太阳还没有升起，女房东家里来了几个修炉工。伊凡·德米特里奇明明知道他们是来重砌厨房炉灶的，但是内心的恐惧却向他暗示，这些人是化装成修炉工的警察。他悄悄溜出屋子，心里充满恐惧，既没有戴帽子也没穿外衣，就跑到大街上去了。狗在他的身后吠叫着追赶，风也在耳边呼呼直吹，伊凡·德米特里奇觉得全世界的暴力都汇集到自己的背后，正在追近自己。

人们把他拦住，并送他回家，女房东替他请来医生。医生安德烈·叶非梅奇（关于他我们以后还会说到）吩咐给他的头部冷敷，并开了桂樱叶滴剂的药方。临走时，他告诉女房东不会再来了，因为不该去打扰一个发疯的人，说完他就担忧地摇着头走了。由于家中既没有赖以生活的条件，又无法进行治疗，伊凡·德米特里奇被送进医院，安置在花柳病房。他整夜整夜地不睡觉，还常常使性子，搅得病人们都不得安宁。后来，按照安德烈·叶非梅奇的吩咐，他被转到了六号病房。

一年后，城里的人已经不记得伊凡·德米特里奇，他的书被女房东堆在遮阳篷下的雪橇上，给孩子们拿光了。

四

伊凡·德米特里奇左边的邻床是犹太人莫伊谢伊卡，而他右边的邻床则是鼓着一身肥肉、身子几乎呈圆形的一个农民。这个农民面部表情十分迟钝，简直与痴呆没有区别，他是一头贪食、不会动弹、肮脏不堪的动物，早已丧失思维和感知的能力，身上散发出令人透不过气的刺鼻臭味。

尼基塔帮他收拾时，总是使尽全力狠狠地揍他，也不知心疼自己的拳头。令人感到可怕的并不是农民挨打这件事，而是这头迟钝的动物面对挨打，既不吭声也不动弹，就连眼神也毫无变化，只是像一只沉重的木桶那样微微晃动。

住在六号病房里的第五个人，也就是最后一名病人，是一个小市民，曾是邮局的邮件分拣员。他是一个矮小瘦弱的金发男子，长着一张善良却有些调皮的脸。从他那双明朗、愉快的眼睛及聪明、安详的神色可以断定：他心思深沉，一个非常重要而愉快的秘密正隐藏在他的心底。他的枕头和褥子下面藏着某种不可示人的东西，他并不害怕被人夺走或偷走，而是由于不好意思。有时他走到窗前，转过身去背对着病友，然后在胸前戴着什么，低下头去端详。如果此时有人走到他面前，他就显得忸怩不安，赶快把那个东西从胸前摘下来。

不过，要想猜出他的秘密也并不难。因为他常对伊凡·德米特里奇说：“祝贺我吧，我已经被提名，呈请授予二级圣斯坦尼斯拉夫星章。二级星章向来只授予外国人，但是不知为何他们愿意为我破例。”他笑吟吟地说着，同时不解地耸耸肩膀，“是啊，说真的，我一点也没有想到！”

“我对此可是一无所知。”伊凡·德米特里奇闷闷不乐地说。

“可是，您知道我最终会得到什么吗？”前邮件分拣员狡黠地眯起眼睛说，“我一定会得到瑞典北极星勋章的。为了得到这枚勋章，我要忙活一阵子了。白色的十字章，黑色的带子，真是太漂亮了。”

大概没有什么地方的生活能比这座厢屋里更单调了。早晨，除了瘫痪在床的病号和那位胖农民，所有病人都从穿堂间的一只双耳大木桶里舀水洗脸，然后用睡袍的里襟擦干。之后用锡杯子喝尼基塔从医院大楼取来的茶，按规定每人只能喝一杯。中午他们吃酸菜做的汤和粥，晚上的饭菜就是中午剩的粥。三餐之间的空隙，他们只能躺在床上睡觉，或者从房间的一头走到另一头。天天如是，就连前邮件分拣员说的也总是关于勋章的那几句话。

六号病房里难得见到新来的人，很久以前医生就不再接收精神病患者了，而这个世界上喜欢访问疯人院的人也不多。剃头匠谢苗·拉扎里奇每两个月就来一趟厢屋，至于他如何给疯子剃头，尼基塔又是如何帮助他做这件事，以及每当酒醉糊涂、笑容满面的剃头匠出现时，病人又是如何的惶惑不安，我们在此就不谈了。

除了剃头匠，谁也不愿意往厢屋里看上一眼。病人们命中注定只能日复一日地和尼基塔一人照面。

但是，一则相当奇怪的流言很快就传遍医院的大楼。

有人说，医生似乎准备开始光顾六号病房了。

五

真是一个奇怪的流言！

在某种程度上，安德烈·叶非梅奇·拉京医生的确是一个出色的人。据说他年轻时就非常虔诚地信仰上帝，时刻准备着担任神职。他中学毕业后，打算进入神学院。但是，他的父亲，一个医学博士和外科医师，狠狠地嘲笑了他一番，并扬言说如果他去当神父，就不认他这个儿子。这件事似乎有几分可信，但我不知道实情。不过，安德烈·叶非梅奇本人不止一次说过觉得自己根本不是搞医学的料，或者说不是搞专门学科的料。

但不管怎样，他从医学系毕业后并没有去当教士。他根本没有表现出对上帝的虔诚，不管是从医之初还是现在，他都不大像个神职人员。

安德烈·叶非梅奇·拉京外形敦实、粗犷，很像一个农民。他的脸和胡子，扁平的头发和结实、笨拙的身体，使他更像一个在大路旁小饭馆里饮食过度、放荡不羁、刚愎自用的店老板。他眼睛小小的，鼻子红红的，脸上青筋鼓起，显得很严厉。与他宽阔的肩膀和高大的身材相配的是一双大手和大脚，似乎只要他一拳下去，保管叫人一命呜呼。不过，他的脚步十分轻巧，走起来轻手轻脚、小心翼翼。如果与人在狭长的走廊里相遇，他总是先停下来给人让路，而且还会用尖细的男高音轻柔地说："对不起！"他的脖子上有一个不大的瘤子，因此他穿不了领子浆硬的衣服，只能穿一些柔软的亚麻布或印花布衬衫。总之，他根本不按医生的样子穿着。同一套衣服他会穿上十年左右，他的新衣服一般是在犹太人开的铺子里买的，但穿在他身上总是显得那样陈旧、皱皱巴巴，仿佛是旧衣服。他会穿同一件外衣接诊病人、用餐，以及外出做客。然而，他这样做并非出于吝啬，而是因为他根本不把自己的仪表放在心上。

安德烈·叶非梅奇来城里上班时，这所“慈善机构”的状况十分糟糕，病房、走廊和院子里，都臭得让人喘不过气来。医院的助理护士、勤杂男工，以及他们的孩子，都跟病人一起睡在病房里。他们抱怨到处都是蟑螂、臭虫和老鼠，让人不得安宁，外科病房的丹毒尚未被消灭干净。整个医院只有两把手术刀，连一个体温计也没有，马铃薯存放在浴室里。女看门人、总务主任和医士都在勒索病人，大家都说安德烈·叶非梅奇的前任老医生在暗中出售医院的酒精，而且将助理护士和女病人变成自己的一群妻妾。城里的人对这种混乱情况十分清楚，他们估计的情况甚至比这还要严重，然而大家对此却都泰然处之。有些人还为此开脱，说住在医院里的只是一些小市民和庄稼汉，他们没有理由不满意，因为他们家里的条件比医院差得多，总不能给他们吃松鸡吧！还有些人辩解说：“如果没有地方自治局的资助，仅仅靠一座城市，无力维持一家良好的医院。托上帝的福，这所医院虽然不好，但毕竟有一家。”刚成立的地方自治局，既不在城里开另一家诊所，也不在附近开办任何诊所，他们的理由是城里已经有一座医院了。

安德烈·叶非梅奇巡视医院后，得出结论，这是一个不道德并高度损害病人健康的机构。他认为最明智的做法就是放病人出院，关闭医院。不过，经过再三考虑，他认为要做到这一点，仅仅凭自己一个人的意愿是办不到的。如果想从一个地方驱除人肉体和精神上的污秽，它就会转移到另一个地方，所以只能等它自行消失。并且，既然人们创办了医院，又能容忍它的存在，就表示人们需要它。种种成见和所有生活中的污秽与丑恶现象，都是大家需要的，因为随着时间的推移，它们将转化为其他某种有用的东西，就像粪便可以化为黑土一样。在开始阶段就没有污点的好东西，在这个世界上是不存在的。

安德烈·叶非梅奇上任以后，对医院存在的混乱现象，表面上相当漠然。他仅仅要求勤杂男工和助理护士不要在病房里过夜，还添置了两个存放器械的柜子。女看门人、总务主任、医士和外科的丹毒依然如故。

安德烈·叶非梅奇非常喜欢智慧和诚实，但是，如果要他在自己身边建立智慧诚实的生活，他还缺乏坚定的性格和信心。他似乎曾许诺过，永远不提高嗓门说话和使用命令口气，要想让他说“给我”或“拿来”是相当困难的。当他想吃饭的时候，他总会犹豫地咳嗽几声，然后才对厨娘说：“如果我能吃午饭”或者“我如果能喝点茶”。要是让他禁止总务主任偷东西，或者赶走他，或者完全废除这个毫无必要、尸位素餐的职务，他将感到无能为力。当别人有意欺骗或者讨好他，或者将一份明显有诈的账单拿到他面前让他签字时，他便面红耳赤，好像自己做了错事一样，但是账单他仍会照签不误。当病人向他诉苦说吃不饱，或者说助理护士对他们过于粗暴时，他就显得局促不安，十分歉疚地喃喃说：

“好，好，我一会就去了解一下到底是怎么回事……也许这里面存在误会……”

起初，安德烈·叶非梅奇工作十分勤勉。他从清早到午间都在接诊病人，有时还要做手术甚至接生。女士们都说他细心，能够准确诊断出病症，尤其是儿科和妇科疾病。但是，由于工作单调和明显的徒劳无功，他渐渐感到乏味。如果今天接诊三十个病人，明天就会涌来三十五个，后天就会是四十个，日复一日，年复一年，而城里的死亡率并未减少，病人也从未停止过就诊。一上午给就诊的四十个病人认真看病，在体力上是不可能的，这也就不由自主地产生了谎言。简单想想，一年给一万两千个人看病，相当于欺骗了一万两千个人。而把重病号安置到病房里，并按科学的规定对他们加以照料也不可能，因为规定虽有，科学却无。如果抛开这些空头议论，而像其他医生那样死死遵照规定办事，首先要做的就是清洁和通风，而不是满地肮脏杂乱；应该是健康的食物，而不是用发臭的酸菜做的汤；应该是良好的助手，而不是小偷。

而且，为什么要妨碍人们的死亡呢，如果死亡是每个人正常且合理的结局？如果一个商人或者官吏能够多活五年、十年，结果又会如何呢？如果从药物能够减轻病痛这一点上可以看到医学的目的，那就不由得引出一个问题：为什么要减轻人们的病痛？第一，据说病痛能把人引向完善；第二，如果人类真的学会了用药丸和药水减轻自己的病痛，他们便会彻底抛弃宗教和哲学。而迄今为止，人类在这两者中，不仅寻求借以躲避不幸的庇护，甚至还寻求幸福。普希金临死前就经受了可怕的折磨，苦命人海涅也曾瘫痪在床数年，那为什么马特连娜·萨维什尼娅或安德烈·叶非梅奇就该不生病呢？而且人们的生活真是空虚无聊，如果连病痛也没有的话，他们就会变得空无一物，几乎与阿米巴虫的生活一样了。

这些想法令安德烈·叶非梅奇心情十分沮丧，甚至无心工作，因此，他也不再每天都去医院了。

六

安德烈·叶非梅奇的日子是这样打发的：一般情况下，他会在早晨八点起床、穿衣和喝茶，然后在自己的书房里看书，或到医院去。在医院狭窄幽暗的走廊上，门诊病人坐着等待，勤杂男工和助理护士快步奔走着经过他们身边，皮靴踩在地砖上咚咚响着；也有一些形容消瘦、穿着睡袍的病人走过；还有一些死者和盛污物的器皿被抬过去；生病的小孩在啼哭，穿堂风长驱直入。安德烈·叶非梅奇非常清楚，对于结核病患者、疟疾患者和所有敏感气质的病人来说，这样的环境会让他们十分难受，可又有什么办法呢？他在门诊间里遇见医士谢尔盖·谢尔盖依奇，这个人小小的个子，胖胖的脸部洗得干干净净，举止从容不迫、态度温和，穿一件宽大的西服，倒像是一个议员。医士在城里私自接诊了大量病人，他戴着白领结，自以为十分精通业务，因为医生是不私下接诊病人的。门诊间一角的神龛里，竖立着一尊大圣像，还吊着一盏沉甸甸的长明灯，旁边是一个罩着白色套子的大烛台，墙上挂着几幅大主教的肖像、几个用干矢车菊编成的花环和一幅斯维亚托戈尔斯克修道院的风景画。谢尔盖·谢尔盖依奇喜欢壮观的场面，信仰宗教，圣像是由他花钱布置的。每逢星期日，就会有一位病人按照他的吩咐在这里诵读赞美上帝的颂歌，诵读完毕后，谢尔盖·谢尔盖依奇便手提香炉巡视所有病房，他不停地摇动香炉，好让香气散发出来。

病人很多，而时间却很少，所以医生们只能简单地询问一下，开点氨搽剂或蓖麻油之类的药就草草完事。安德烈·叶非梅奇用拳头托着腮，坐在那里机械地发问。谢尔盖·谢尔盖依奇也搓着双手坐着，有时插几句话："我们生病、受穷都是因为没有好好地向仁慈的上帝祈祷。真的！"

在门诊看病时，安德烈·叶非梅奇不做任何手术，这项工作他早已荒废了。而且，现在他一见到血就心神不宁。当他不得不让婴儿张开口，以便察看他们的咽喉时，婴儿的哭叫声会让他头晕眼花，甚至流出眼泪来。每当这时，他就匆匆开个药方，挥挥手让女人赶快把婴儿抱走。

给病人看病时，糊里糊涂的病人，外表华丽又近在眼前的谢尔盖·谢尔盖依奇，还有那些一成不变、提了二十多年的问题，都让他感到厌烦。每次看过五六个病人后他就走了，剩下的病人交给医士去看。

安德烈·叶非梅奇早就不开私人诊所了，因此他很高兴没有人来打搅他，他每次回家时都会产生这样的念头。回到家后，他立刻坐到书房的桌子前开始看书。他看的书很多，最喜欢看的是历史和哲学方面的著作，而且总是看得津津有味。他把几乎一半的薪水都花在购书上，家里的六个房间中，有三个堆满了书和旧期刊。在医学方面，他只订了一本《医生》杂志。每当这本杂志送来时，他总是从最后一页读起。他每次看书都会不间断地持续几个小时，从不感到疲劳。他看书与伊凡·德米特里奇不同，他看的速度不快，也不会激动不安，而是慢慢地、细细地去品味，还常常在自己喜欢或尚未读懂的地方做上标记。一个装着伏特加的长颈酒瓶总是放在书旁，另外还有一些腌黄瓜或者盐渍苹果，并不装在盘子里，而是直接放在呢桌布上。每过半个小时，他的眼睛也不离开书本，就给自己倒上一杯酒喝掉，然后也不用眼睛看，摸过来一根黄瓜就咬。

三点时，他会小心地走到厨房门口，咳嗽几下说："达里尤什卡，如果我现在能吃午饭……"

吃过相当糟糕且不干净的午饭后，安德烈·叶非梅奇通常会把双手交叉在胸前，在自己的房间里踱来踱去，不停地思考。钟敲了四下，然后是五下，可他还在踱步，在思考。有时厨房的门吱嘎一响，达里尤什卡红扑扑、睡眼惺忪的脸从里面探了出来。

、她关切地问道："安德烈·叶非梅奇，您是不是该喝啤酒了？"

"不，还不到时候……"他答道，"等一会儿……再等一会儿……"

傍晚时，邮政支局局长米哈伊尔·阿维里扬内奇通常会来访，对安德烈·叶非梅奇来说，他是城中唯一与之交往而不会觉得厌烦的人。米哈伊尔·阿维里扬内奇曾经是一个十分富裕的地主，在骑兵部队服过役，后来他破产了，临近老年时才进了邮政部门。他长着茂密而秀美的灰白色连鬓胡，嗓音洪亮悦耳，举止风度富有教养，从外表上看，他是一位朝气蓬勃、身体健壮的人。他心地善良，多愁善感，但性情却很急躁。如果邮局里的顾客提出一些不同意见，或者因为不愿意配合而争辩起来，米哈伊尔·阿维里扬内奇就会气得浑身发抖，涨红了脸，用雷鸣般的声音喊道："给我住口！"因此，邮政支局有了"令人害怕的机关"这样的名声。米哈伊尔·阿维里扬内奇喜欢并敬重安德烈·叶非梅奇，因为他有学问，还有高尚的心灵。但是除了医生，他对其他居民总是居高临下，就像对待自己的下属一样。

"我来啦！"他走进安德烈·叶非梅奇的家门时说，"您好啊，亲爱的！我的到来该不会让您觉得讨厌了吧？"

"怎么会呢，恰恰相反，我非常高兴，"医生回答说，"见到您我总是很高兴。"

两个朋友坐在书房的沙发上，默默地抽了一阵子的烟。

"达里尤什卡，最好能让我们喝点啤酒！"安德烈·叶非梅奇说。

第一瓶啤酒不声不响喝完了，医生若有所思，米哈伊尔·阿维里扬内奇则表现出快乐而兴奋的神色，好像有非常有趣的事情要说，不过最后总是由医生先打开话匣子。

"真是遗憾，"他摇了摇头，并没有正视自己谈话的对象（他从来不正面看人），慢条斯理地说，"我真是感到深深的遗憾，尊敬的米哈伊尔·阿维里扬内奇，在我们城里竟然没有可以进行聪明而有趣的谈话的人，而且他们也不喜欢这样的交谈方式。这真让我大伤脑筋，就连知识分子都不能免俗而超然卓立。我告诉您，他们的发展水平比下层人也高不了多少。"

"完全正确，我完全同意。"

"您知道，"医生轻轻地、一字一句地接着说道，"这个世界上的一切都微不足道，没有趣味，当然，人的智慧在高级精神活动中的表现除外。智慧是动物和人之间一条鲜明的分界线，暗示着人类的神性，而且在某种程度上甚至取代人类的不朽，尽管不朽并不存在。可以说智慧是快乐唯一可能的源泉。如果智慧在我们身边看不见也听不到，就意味着我们已经丧失了快乐。不错，虽然我们有书籍，但这完全不是生动的交谈和交往。如果您允许我做一个并不完全恰当的比喻，那么我认为书籍就是乐谱，而交谈则是演唱。”

“完全正确。”

又是一阵沉默。这时，达里尤什卡带着迟钝、哀伤的表情从厨房里走出来，她用握着的拳头支着腮，在门口停住脚步，想听听他们的谈话。

“唉！”米哈伊尔·阿维里扬内奇叹了口气说，“真希望如今的人都拥有智慧！”

于是，他讲述了自己以前健康、欢乐、有趣的生活，讲起了俄国曾有过的知识分子，他们都把名誉和友谊看得至高无上，借钱也从来不开借据，如果不向有急需的伙伴伸出援助之手，就会感到莫大的耻辱。他还提到曾经有过什么样的历险、冲突、征战！有过什么样的女人和同志！高加索是一个多么神奇的地方！一个古怪的女人，营长的妻子，每到夜晚就穿上军官的服装只身进山，也不要向导。据说她和当地山村里的某个首领还有过一段风流韵事。

“真是天仙一般的女皇，一位……母亲……”达里尤什卡赞叹道。

“再来看看他们的豪饮，看看他们的大嚼！这是一群不可救药的自由主义者！”

安德烈·叶非梅奇虽然在听，但却没有听进去，他好像在想着什么，只是一小口一小口地啜饮啤酒。

突然，他打断米哈伊尔·阿维里扬内奇的话，说：“我经常会梦见聪明的人，并和他们交谈。我的父亲让我接受了良好的教育，但是，在六十年代思潮的影响下，他硬是让我当了一名医生。我觉得如果我当初没有听从他的安排，现在的我也许就处于思想运动的中心了，说不定还会成为某个大学某个系的教授。当然，智慧也不是永恒的，容易逝去。不过，您知道我为什么对它如此偏爱。生活是一个讨厌的陷阱。当一个有思想的人达到成熟的意识阶段时，就会情不自禁地感到自己仿佛走进一个没有出路的陷阱。而事实上，他是违背了自己的意愿，并受到某些偶然性的引诱，从虚无走向生活……为什么呢？因为他想知道自己存在的意义和目的。人们并没有告诉他，或者告诉他的是一些荒诞的东西。即使他叩响了门，但人们却没有为他打开门。死亡正向他走来，同样这也违背他的意愿。在监狱里，由于共同的不幸而相互维系的人们聚集在一起时，大家反而觉得更加轻松。同样，当生活中喜欢分析和总结的人们聚集在一起，并在交流思想的过程中打发时光时，你并不会发现陷阱。从这个意义上说，智慧确实是一种不可替代的享受。”

“完全正确。”

安德烈·叶非梅奇仍然不看对方，只是轻声地说说停停，然后又继续讲述聪明的人以及与他们的对话。米哈伊尔·阿维里扬内奇专注地听他讲述，表示自己的赞同：“完全正确。”

“您相信灵魂会死吗？”邮政支局局长突然发问。

“是的，我相信。尊敬的米哈伊尔·阿维里扬内奇，而且没有理由不相信。”

“说句实话，我也曾怀疑过。不过，我也曾有这样一种感觉，似乎我永远都不会死。哎哟，我暗自想道，你这个老东西，该死了！可我内心深处却有另一个声音在说：不要相信，你是不会死的！……”

刚过九点，米哈伊尔·阿维里扬内奇要走了，他来到前厅，穿上大衣，然后叹了口气说：

“可命运却把我们引到这么荒凉的一个地方！最悲惨的是，我们还不得不死在这里。唉！……”

七

送走朋友后，安德烈·叶非梅奇又坐在案前开始看书，周围一片宁静，时间也仿佛停止了，似乎除了书和罩在绿色罩子下的灯火，一切都不存在了。医生粗犷的脸庞上渐渐显露出欣慰和兴奋的笑容。“哦，人为什么要不死呢？”他思忖道，“为什么要有脑回和大脑中枢？为什么要有视觉、语言、自我感觉这些东西呢？既然这些注定了要埋进土里，到最后和躯壳一起变冷，在随后的几百万年中毫无意义、没有目标地跟随地球绕着太阳转圈。只为了叫人变凉，然后去旋转，那根本不用把人以及人的崇高的近似神的智慧从虚无中拉出来，然后好像开玩笑似的再把他变成泥土。”

“新陈代谢！用这种替代不灭的理论来安慰自己的做法，是多么怯懦的行为啊！在自然界发生的毫无意识的变换过程，比人类的愚蠢行为还要低下，毕竟愚蠢的行为中还是有意识和意志的，而那些变换过程却一点也没有。只有对死亡的恐惧超过自尊的懦夫，才会用这样的理论来宽慰自己，才会认为人体将会在岩石、野草和蛤蟆体内得到生存。从新陈代谢中看到自己不灭的理论，同样是奇怪的。一把珍贵的小提琴被打碎后，装它的盒子也不会有辉煌的前程。”

时钟敲响了，安德烈·叶非梅奇靠在椅背上，闭起眼睛想休息一会儿。可是，无意之间，他受到书中美好思想的影响，把目光投向自己的过去和现在。过去是令人厌恶的，最好还是不要去想它了。而现在看到的又与过去的毫无区别。他知道，当自己的思想和变冷的地球环绕太阳旋转之时，在医生住所旁边的大楼里，人们正在遭受疾病和身体不洁的煎熬，也许有人会无法入睡，与昆虫搏斗，也许有人染上丹毒，或者因绷带扎得过紧而呻吟，也许病人正在和助理护士打牌、喝酒，也许在一个会计年度中就有一万两千名就诊的病人受骗。医院的一切工作仍然和二十年前一样，建立在口角、偷盗、徇私的流言飞语和不可容忍的招摇撞骗之上，医院还是一个没有道德、有害居民健康的机构。他也知道，在六号病房的栅栏里，尼基塔会殴打病人，莫伊谢伊卡会天天在城里转悠，并收集施舍物。

从另一方面来看，安德烈·叶非梅奇清楚地了解最近二十五年来医学发生了神话般的变化。在大学求学时，他就曾感觉医学似乎将要面临与炼金术和形而上学一样的遭遇。而现在，经过每日夜读，医学却使他怦然心动、兴奋、惊诧。确实，这是意想不到的辉煌，一个伟大的革命！由于出现了灭菌法，被伟大的彼罗戈夫认为即使将来也不可能实行的手术，现在已经在做了。即使是地方自治局派任的普通医生，也能做膝关节部分切除的手术，在一百例剖腹手术中只有一例死亡，结石症更被认为是不值一提的小事，梅毒也能彻底治愈。俄罗斯地方自治局属下的医学就有催眠学、遗传理论、卫生学和统计学，以及巴斯德和科赫的发现。精神病学及其诊断和治疗法、疾病分类法，简直是一整座厄尔布鲁士山。如今已不再向精神病患者头上浇冷水，也不给他们穿热病患者所穿的衬衫，对待他们的方法更合乎人道原则，甚至还像报上所写的为他们演戏和举办舞会。安德烈·叶非梅奇知道，按照现在的观点和时尚，六号病房发生的那种可恶的现象只会发生在远离铁路二百俄里以外的小城里，在那样的地方，市长和议员大都是半文盲的小市民，通常把医生看成术士，即使医生把熔化的锡灌进病人嘴里，他们也不会加以批评。而换做别的地方，公众和媒体早就把这个巴士底狱给砸个稀巴烂了。

“但是，这又能怎样呢？”安德烈·叶非梅奇睁开眼睛后默默地问自己，“这又有什么结果呢？又是科赫，又是巴斯德，又是灭菌法，但事情的本质却丝毫没有变化。发病率和死亡率依然和以前一样。尽管为疯子们举办舞会、演戏，但依然把他们关起来。显而易见，这些都是虚妄和徒劳，其实，维也纳最好的医院和我的医院之间并没有什么不同。”

然而，哀伤和带有妒意的情绪使他难以无动于衷。也许是疲劳所致，安德烈·叶非梅奇沉甸甸的脑袋垂向书本，双手垫在脸的下面，于是，他又想道：

“我所做的竟是一项有害的工作，从被我欺骗的人那里获得薪水，我是一个不诚实的人。不过，就本身而言，我什么也不是，只是社会上必然存在的坏事中的一部分：县里所有的官僚都是有害的，而且他们也平白无故地领取薪水……即使我不诚实，错也不在我，而在时代……如果我晚出生二百年，也许我就成为另一个人了。”

三点的钟声敲响，他关灯走进卧室，却毫无睡意。

八

大约两年以前，地方自治局突然变得慷慨起来，每年都会拨款三百卢布，作为市立医院医务人员的津贴，拨款一直持续到地方自治会的医院开张。于是，县医院的医生叶甫盖尼·费奥多雷奇·霍鲍托夫被市里派来协助安德烈·叶非梅奇。他还很年轻（连三十岁都不到），是一个高个子的黑发男子，有着高高的颧骨和一双小小的眼睛，也许他有外国血统。他来到城里时，身无分文，只带了一只小手提箱和一个其貌不扬的年轻妇女。他叫年轻的妇女为厨娘。这个女人还有一个正在吃奶的孩子。叶甫盖尼·费奥多雷奇头戴鸭舌帽，脚穿高帮靴，冬天则加上一件短大衣。他很快就与医士谢尔盖·谢尔盖依奇、出纳员成了朋友。其他职员都称他为贵族，并对他敬而远之。他的寓所里只有一本《一八八一年维也纳医院最新处方》。他给人看病时，总是带着这本书。每天晚上他都会去俱乐部里打台球，但却不喜欢打牌。聊天时，他非常喜欢使用诸如“单调无聊的麻烦事”“带醋的曼蒂福里亚”“叫你背上恶名”之类的字眼。

他一个星期来医院两次，一般会巡视一下病房，再给门诊病人看病。他对灭菌措施和拔血罐感到不满，但是他也不采用新的办法，生怕自己的做法会冒犯安德烈·叶非梅奇。他把自己的同事安德烈·叶非梅奇看成一个老油条，怀疑他有一大笔经费，因此暗中妒忌他，很想代替他的位置。

九

三月末的一个傍晚，地面已经没有积雪了，椋鸟正在医院的花园里鸣叫。医生正送自己的朋友邮政支局局长出门，这时，乞讨回来的犹太人莫伊谢伊卡正好走进院子，他没有戴帽子，光脚穿了一双低帮套鞋，手里还拿着一个装有施舍物的小袋子。

“给个小钱吧！”他的身子冻得瑟瑟发抖，脸上却挂着笑容。

安德烈·叶非梅奇从来都不会拒绝他，给了他一枚十戈比的银币。

他望着那双赤脚和瘦得皮包骨且发红的脚踝，说：“这多凉啊，都湿了。”

在怜悯和厌恶双重情感的驱使下，他跟着犹太人进了侧屋，时而看看他的秃顶，时而看看他的脚踝。看到医生来了，尼基塔从垃圾堆上一跃而起，一下挺直了身子。

“你好啊，尼基塔！”安德烈·叶非梅奇和蔼地说，“最好给这个犹太人发一双靴子，否则他会感冒的。”

“好的，大人。我这就去报告总务主任。”

“去吧。你以我的名义向他请求，就说是我要你这样做的。”

从穿堂间到病房的门开着，躺在床上的伊凡·德米特里奇用臂肘支撑着稍稍抬起的身子，惊恐地聆听陌生人的声音，后来他突然认出了医生。他愤怒得全身都颤抖起来，霍地跳起来，涨红了脸，恶狠狠地圆瞪着眼，然后跑到病房中间。

“医生来了！”他喊道，随即哈哈大笑起来，“医生终于来了！先生们，祝贺你们，医生来了，这是对我们的恩赐啊！该诅咒的恶棍！”他尖声大叫着，异常狂暴地跺了一下脚，病房里的人从来没见过他这副模样，“杀了他！杀了这个恶棍！不，杀死他还不够！把他扔进茅坑里淹死他！”

安德烈·叶非梅奇听了，从穿堂间往病房里看了一眼，柔声细语地问道：“这是为什么呢？”

“为什么？”伊凡·德米特里奇一副咄咄逼人的样子，走近医生喊道，“为什么？你还问为什么？简直是小偷！”他厌恶地说，做出想呸他一口的样子，“骗子！刽子手！”

“您安静一会儿。”安德烈·叶非梅奇歉疚地莞尔一笑道，“请您相信我，我从来没有偷过任何东西。看来您过分夸大了。我看您还在生我的气，请您安静下来。我请求您了，如果可以，请您冷静地告诉我，您为什么要生气？”

“为什么要把我关在这里？”

“因为您有病。”

“没错，我是有病，可成百上千名疯子都在自由地游荡，因为你们无知，因为你们无法把他们与健康人区别开来。究竟是为什么？我，还有这些不幸的人却要当替罪羊？您、医士、总务主任，还有所有医院里的混蛋，在道德方面甚至没有我们高，为什么倒要让我们住在这里？这是什么逻辑？”

“这倒谈不上道德和逻辑，一切都取决于机缘。被关的人住在这里，没有被关的人逍遥自在，就这么回事。而对于我是医生，您有精神病人，这其中既无逻辑关系，也无道德问题，只不过是偶然罢了。”

“我不懂这种怪论……”伊凡·德米特里奇坐到自己床上说。

由于医生在场，尼基塔不便搜莫伊谢伊卡的身，于是，莫伊谢伊卡把一块块小面包、纸币和小骨头摆在自己床上，身子冻得瑟瑟发抖，用犹太语快速地说着什么，就像唱歌一样，他大概在想象自己开了个铺子。

“快放我出去！”伊凡·德米特里奇嗓音颤抖着说。

“这是不可能的。”

“可这到底是为了什么？为什么啊？”

“因为这不是由我做主的。您可以想想，如果我把您放出去，对您又有什么好处呢？您走出去后，市民或警察还会把您送回来的。”

“是的，没错，这倒是实话……”伊凡·德米特里奇说话的同时擦了擦自己的前额，“这真是可怕！可我又该怎么办呢？怎么办呢？”

安德烈·叶非梅奇十分喜欢伊凡·德米特里奇的嗓音和他那张年轻、聪明的脸，因此他尽量对他温和些，给他一些安慰。他坐到伊凡·德米特里奇身边，想了想说：

“您真想让我实言以告吗？现在最好的办法就是从这里逃走。遗憾的是，如果您这样做，一点益处也没有，您将会被抓住。如果社会想把罪犯、精神病患者和所有不合适的人与自己隔离开来的话，它将是不可战胜的。所以，您能做的只有平心静气地待在这里。”

“这对谁都没有必要。”

“既然存在监狱和疯人院，就应当有人被关在里面。不是我，就是您；不是您，就是其他的第三个人。等着吧，当监狱和疯人院不再存在时，无论病人穿的睡袍还是窗户上的栅栏，都将不复存在。而且，这样的时代迟早会到来的。”

伊凡·德米特里奇讥讽地一笑，然后眯起双眼说：“您在开玩笑吗？像您和尼基塔那样的先生们与未来毫无关系。但是，仁慈的先生，您应该相信美好的时代终将到来！就算我说的话过时了，您想嘲笑就嘲笑吧，但是新生活的曙光终将放射出光芒，真理终将取得胜利，而且节日的喜庆也会出现在我们这条街上！我肯定是等不到了，我会死去，但是总有子孙后代会等到那一天。我衷心地为他们感到高兴，为他们高兴呀！前进！愿上帝保佑你们，我的朋友们！”

伊凡·德米特里奇站起来，带着炯炯有神的目光，双手伸向窗口的方向，嗓音里饱含激动，继续说道：

“我会在栅栏里面为你们祝福！真理万岁！我感到十分高兴！”

“我可找不出值得高兴的特殊理由。”安德烈·叶非梅奇说，他觉得伊凡·德米特里奇的动作像是演戏，但是他也非常喜欢，“监狱和疯人院将不复存在，真理也如您所说终将获得胜利。然而事情的本质却没有发生变化，大自然的规律依然如故。人们仍然会和现在一样衰老、生病、死亡。无论多么辉煌的曙光照耀您的生活，您都会被钉在棺材里，再被扔进墓穴。”

“那么永生呢？”

“唉，还是不说了吧！”

“您不相信？可我是相信的。我不记得是在陀思妥耶夫斯基还是伏尔泰的作品里说过，‘如果没有上帝，人们也会臆造出一个上帝’。我深信，如果没有永生，人类中伟大的天才迟早有一天会创造永生。”

“说得太好了！”安德烈·叶非梅奇满意地微笑着说，“您真是有信念，这很好。有了这样的信念，即使一个藏在壁龛里的人也能生活得很好。您一定在哪儿受过教育吧？”

“是的，我上过大学，但是没有毕业。”

“您真是一个善于独立思考的人，而且思想很深刻。在任何情况下，您都能在自己的内心中求得安宁。追求对生活的理解，追求思想的深刻，蔑视世间无谓的奔忙，这就是一个人的幸福。而您就拥有这样的幸福，尽管您身处三重栅栏之内。第欧根尼只住在一个木桶里，但是他比世界上所有君王都要幸福。”

“您那个第欧根尼简直是一个笨蛋！”伊凡·德米特里奇闷闷不乐地说，“您干吗和我说起第欧根尼的事呢？”他突然生气了，霍地跳起来，“我热爱生活，热烈地爱着它！我患有被害妄想症，一直受到恐惧的折磨。但是我的内心也有对生活充满渴望的时候，这时我便担心自己会发疯。我渴望生活，非常渴望！”

他激动地在病房里走了几步，然后压低声音说：“每当我幻想的时候，幽灵就来拜访我。我看到有一些人向我走来，我听到人声、音乐声，觉得自己好像漫步在某处森林和海岸上，于是我渴望忙碌、渴望奔波……请告诉我，外面有什么新闻吗？”伊凡·德米特里奇问道，“外面怎样了？”

“您是想知道有关城市里的新闻，还是只想知道一般的新闻？”

“那您就先讲有关城市的，然后再讲一般的。”

“有什么好说的呢？城市里的生活乏善可陈……没有人可以说话，没有什么人的话可以听，也没有新人。不过，不久前刚刚来了一个年轻的医生霍鲍托夫。”

“我还在这里时他就来了。怎么样，他是一个粗俗无礼的人吗？”

“是的，真是一个缺乏教养的人。您知道吗，我很奇怪，从各方面来看，我们的大都市里都没有思想停滞不前的现象，它一直在运动，也就是说，那里应该有真正的人。可不知为什么，每次从那里派给我们的人，我都看不上。真是个不幸的城市！”

“是啊，真是不幸的城市。”伊凡·德米特里奇叹了口气，笑着说，“那么一般情况又怎么样呢？报纸和刊物上都写了些什么？”

病房里暗下来，医生站起身，开始告诉他有关国外和俄罗斯国内的一些消息，以及出现了什么样的思想潮流。伊凡·德米特里奇专心地听着，不时提出一些问题。突然，他好像想起一件可怕的事情，狠狠地抓住自己的脑袋，背对着医生躺到床上。

“您这是怎么啦？”安德烈·叶非梅奇问道。

“您别想再从我这儿听到一句话！”伊凡·德米特里奇粗暴地大声说，“不要管我！”

“这究竟是为什么？”

“我不是告诉您了吗，不要管我！您这是干吗呀？”

安德烈·叶非梅奇耸耸肩，叹了口气，走出去了。

经过穿堂间时，他说：“尼基塔，您能不能把这里打扫一下……气味真是难闻极啦！”

“是，大人！”

“真是一个讨人喜欢的年轻人！”安德烈·叶非梅奇走回自己的寓舍，“在我住在这里的全部时间里，他似乎是第一个可以与我交谈的人。他善于思考，关心的也是应当关心的事情。”

回到家后，无论是看书还是睡觉，他都一直在想伊凡·德米特里奇。翌日清晨，他想起自己昨天结识了一个聪明而有趣的人，于是决定一有时间就去看他。

十

伊凡·德米特里奇双手抱头，双腿紧缩，平躺的姿势和昨天一样，却看不到他的脸。

“您好啊，我的朋友。”安德烈·叶非梅奇说，“您不会在睡觉吧？”

“我要声明一下，首先，我并不是您的朋友。”伊凡·德米特里奇把头埋在枕头里说，“其次，如果您想从我的嘴里套出话来，那您就白费心机了。”

“奇怪了……”安德烈·叶非梅奇尴尬地自言自语道，“昨天我们不是谈得很投机吗？可您突然之间好像觉得受了委屈，一下子就把谈话中断了。也许是我说得不太恰当，或者是我说的话违背了您的信念……”

“是啊，您竟然要我相信您说的话！”伊凡·德米特里奇稍稍抬起一点身子，讥讽而惶恐地望着医生，接着他的双眼就红了，“您完全可以到别的地方去做密探，去打听消息。在我这儿您什么也得不到。我昨天就明白您的来意了。”

“真是奇妙的想象！”医生冷笑一声，“您是说，您认为我是密探？”

“是的，我认为……是对我进行试探的密探或者医生，两者都差不多。”

“唉！您啊，请原谅我说句实话，您可真是一个怪人！”

医生坐在床边的方凳上，责备地摇摇头，然后说：“可是，即便我像您所说是一个密探，就算我背信弃义把您出卖给警察。您会被捕，然后受审，但是，难道您在法庭和监牢里的处境会比这里更差吗？即使您被判处永久流放甚至服苦役，难道会比坐在这间厢屋里更坏？我认为并不比这里更坏……您究竟害怕什么呢？”

安德烈·叶非梅奇的话对伊凡·德米特里奇起了作用，他安静地坐起来。

这时是下午四点多，平常这个时间安德烈·叶非梅奇会在自己的房间里踱步，达里尤什卡会问他是不是该喝啤酒了。今天外面的天气宁静而晴朗。

“我吃完午饭后出来散步，顺便走了过来，这您都看见了。”医生说，“完全是春天啦。”

“现在是几月份？三月吗？”伊凡·德米特里奇问。

“是的，都三月底啦。”

“外面的地上还泥泞吗？”

“不，好多了。花园里已经露出了小路。”

“能乘车到城外去走走就好了。”伊凡·德米特里奇一边说，一边揉着自己发红的眼睛，仿佛刚睡醒似的，“然后回到家里，走进温暖舒适的书房，再让一个像样的医生给我治治头痛……我很久没有过普通人一样的生活了。我真讨厌这里，真讨厌！讨厌至极！”

昨天他太兴奋激动了，所以今天有些疲倦，无精打采，也懒得说话。他的手指颤抖着，从他的脸色可以看出他正头痛得厉害。

“温暖舒适的书房和这间病房其实也没什么区别。”安德烈·叶非梅奇说，“人的安宁和满足并不在他的身外，而恰恰在他的内心。”

“也就是，怎么说呢？”

“一般人总是期望从外部，也就是从马车和书房得到好的或坏的东西。而一个善于思考的人则从自身得到安宁和满足。”

“您可以到希腊去宣传这套哲学，那里气候温和，酸橙花香飘四野。这里的气候对它不合适。我是不是跟您说过第欧根尼？”

“是的，昨天说起过。”

“第欧根尼根本就不需要书房和温暖的房间。没有这些，他那里也已经够热了。他住在木桶里，嘴里还吃着橙子和油橄榄果。如果他到俄国来生活，不用到十二月，恐怕到五月他就要求进屋去了，身子冷得缩成一团。”

“不。寒冷和一般的疼痛是一样的，人们可以不去感知它。马可·奥勒留说过：‘疼痛只是生命体关于疼痛的一种印象，可以通过意志的努力而改变。如果抛弃它，停止诉苦，疼痛就会消失。’这种说法是正确的。圣贤或善于思考的人之所以独特，就在于他们能蔑视苦难。”

“那您的意思是说，我是白痴，因为我无法忍受苦难，又心怀不满，还对人的庸俗感到奇怪。”

“您这样想是没有用处的。如果您经常深入地思考，您就会明白，外部那些令我们激动不安的东西根本不值一提。我们需要努力去感悟生活，在感悟中我们会得到真正的幸福。”

“感悟……”伊凡·德米特里奇皱了皱眉头，说，“外部的，内心的……对不起，我不明白这些事。我只知道，”他气呼呼地望着医生说，“我只知道上帝用热血和神经创造了我。是的！有机组织如果真的有生命力，那么它就应当对各种刺激有反应。我就是有反应的！对下流的行为我会表示愤怒，对卑鄙的事情我会表示反感，对疼痛我会报以叫喊和眼泪。我认为从本质上讲，这就叫做生命。有机体越低级，敏感度就越小，对刺激的反应也就越弱；相反，有机体越高级，它对现实的反应就越敏感、越强烈。您怎么连这个道理也不懂呢？作为一名医生，竟然连这种小事也不知道！为了蔑视疼痛，永远保持知足和对任何事情都麻木不仁，就需要达到这种状态——”伊凡·德米特里奇说着指向长着一身肥肉的胖农民，“或者用苦难磨炼自己，直到对它失去感觉。换句话说，也就是停止生存。请您原谅，我不是哲学家，也不是圣贤，”伊凡·德米特里奇激动地往下说，“我对此也一无所知。我不会讲大道理。”

“不，恰恰相反，您讲的道理很精彩。”

“您拙劣效仿的斯多葛派哲学家，都是一些杰出的人物。但是，他们的学说在两千年前就已经僵化了，没有丝毫进步，也不会有进步，因为它完全不切合实际，也没有生命力。这种学说只能在少数人中获得成功。这些人会对形形色色的学说进行深入钻研和细细品尝，大部分人无法理解这种学说。鼓吹对苦难和死亡不屑一顾、对财富和舒适的生活无动于衷的学说，在多数人看来是不可理解的，因为大多数人既没有拥有过财富，也没有领略过舒适的生活。而让他们对苦难不屑一顾，也就意味着让他们对生命本身不屑一顾。因为人的整个生命体就是由对寒冷、屈辱、丧失、饥饿和哈姆雷特式的面对死亡的恐惧构成的。整个生命就存在于这些感觉之中，可以对它苦恼，可以对它仇恨，但却不是蔑视。是的，所以我要重申一下，斯多葛派的学说永远不会有前途。从世纪初直至今天，人们一直在鼓吹对斗争和痛苦的敏感、对刺激的反应能力。”伊凡·德米特里奇好像突然失去思维的线索。

他停了下来，懊丧地擦了擦前额说：“我想说一个重要的话题，但却有点离题了。——我刚才说什么来着？对了！我想说有一位斯多葛派的学者为了替自己的一个近亲赎身，结果将自己卖身为奴。您看到了，这就说明斯多葛派学者也是对刺激有反应的，因为做出如此舍己为人的行为需要一颗充满激愤之情、富于同情的心灵。在这里的监牢里，我把曾经学过的一切都忘了……否则我还能记起一些来。比如基督被捕的事。基督对现实的回答是忧伤、愤怒、哭泣、微笑，甚至怀念。但是他并未含着笑容去迎接苦难，也没有蔑视死亡，而是在客西马尼园里祈祷让这些苦难离开自己。”

伊凡·德米特里奇笑了笑，坐了下来。

“就算满足和安宁不在他的身外，而在他的内心。”他说，“就算他对苦难不屑一顾，对任何东西都不感到奇怪。可是，您凭什么来宣扬这一点？您是圣贤还是哲学家？”

“我不是哲学家，但是每个人都有责任宣扬这一点，因为它是合乎情理的。”

“不，我想知道，您为什么认为自己有资格宣扬蔑视苦难、探明生活意义之类的观点？难道您曾经遭受过苦难吗？您知道什么叫苦难吗？请您告诉我：您小时候挨过打吗？”

“没有，我父母从来不体罚我。”

“可是，我的父亲就曾残暴地打过我。我的父亲是一个专横的官员，有一个长长的鼻子和灰黄的脖子。不过，我们要谈的却是您。在您的一生中，有没有人用手指碰过您一下，有没有人吓唬过您？您在父亲的羽翼下成长，靠他的供给读书，然后得到一份待遇优厚的挂名差事。二十多年来，您都住在免费的公寓里，有仆役，有照明设备，有取暖装置，还可以随心所欲地工作，哪怕什么都不干也行。您生性懒散、意志薄弱，所以一直努力把生活安排得什么也不用自己担心。您可以把事情交给医士和其他的一些混蛋去做，自己则坐在温暖、安静的地方阅读书籍，积攒钱财，陶醉于各种各样的高雅的荒唐事中，而且——”伊凡·德米特里奇望了望医生的红鼻子，“可以喝啤酒。总而言之，您根本就没有见识过生活，也没有完全认识它。您对现实的认识仅仅停留在理论层面上。而您能够蔑视苦难，什么都不觉得奇怪，凭的就是尘世的空虚，对生与死、苦难的蔑视与理解——这一切都是最适合俄罗斯懒汉的空头议论。比如，当您看见农民殴打他的妻子时，您可能会说：‘管他干什么呢？让他揍去吧，反正人早晚是要死的，而且打人的人正以他的行为侮辱自己。’酗酒是愚蠢的，也有伤大雅，但是喝酒会死，不喝酒也会死啊。来了一个女人，得了牙痛病——这算什么呢？疼痛不过是关于疼痛的印象，并且在这个世界上，如果没有疾病，你就活不下去，我们都是会死的，所以你这个女人赶紧滚吧，不要打扰我思考和喝酒。一个年轻人前来请教应该如何生活，如果换成另外一个人，他在回答之前会认真思考一下，而在您这里却已有了现成的答案：努力去理解和追求真正的幸福。而那虚无缥缈的‘真正的幸福’又是什么呢？当然是没有答案的。我们被拘禁在这铁牢里，忍受煎熬，受尽折磨，而这些却是‘美好而合乎情理的事情’，因为这间病房与温暖舒适的书房并没有任何区别。真是适宜的哲学！既无事可做，良心又很纯洁，还觉得自己是个圣贤……不，先生，这不是哲学，不是视野开阔，也不是思考；而是江湖骗术，是痴人说梦话，是懒惰！是的！”

伊凡·德米特里奇又生气了，他说：“您还是蔑视苦难去吧！说不定您不久就会被门夹了手指，那时您肯定会放开嗓子大叫一声！”

“可能我不会叫的。”安德烈·叶非梅奇温和地莞尔一笑。

“那当然了！如果您突然间得了瘫痪症，或者有个傻瓜或无耻之徒利用自己的地位和头衔当众羞辱您，而您也知道他不会因此而受惩罚，这时您也许就真正明白什么叫‘让别人去寻求理解和真正的幸福’了。”

“您的想法真是独特！”安德烈·叶非梅奇满意地笑着，搓着双手说，“您善于总结的天赋让我甘拜下风，而您刚才对我所作的评价也非常精彩。说实话，和您谈话是我的一大快事。好吧，我倾听了您的意见，现在该轮到您听听我的了……”

十一

这次谈话大约又持续了一个小时，给安德烈·叶非梅奇留下深刻的印象。从此，他每天都到厢屋里去，早晨和午后他都去那里，经常和伊凡·德米特里奇一直交谈到黄昏。起初，伊凡·德米特里奇还有点害怕，怀疑他居心不良，所以公开表示对他的反感，后来习惯了，对待他的态度也由激烈变成宽容的讥诮。

不久，一种流言便在医院里传开了，大家都说安德烈·叶非梅奇医生经常拜访六号病房。任何人——尼基塔，医士，以及助理护士，都无法理解他的行为，而且他在那里一坐就是几个小时，大家对他谈话的内容和不开药方的行为有些奇怪。米哈伊尔·阿维里扬内奇经常在他的家里见不到他，这在以前是从来没有过的。达里尤什卡也觉得为难，因为医生喝啤酒的时间不再固定，有时连午饭也不准时了。

六月末的一天，霍鲍托夫医生因事前来找安德烈·叶非梅奇，在他的家里没找到，于是就来到院子里。正好有人告诉他，老医生去看精神病患者了。他走进厢屋，在穿堂间停下脚步时，听到这样的对话——

“我们永远也不会取得一致。如果您想让我接受您的信仰，那是不可能的。”伊凡·德米特里奇激动地说，“您根本就不了解现实情况，您也从来没有受过苦，而只是在他人的痛苦中觅食维生。而我呢，我从一出生就不停地在受苦。所以我实话告诉您，我认为自己比您高明多了，在各方面都比您精通，轮不到您来教训我。”

“我并没有要您接受我的信仰。”安德烈·叶非梅奇小声地说，很遗憾对方不愿理解自己，“问题并不在这里，我的朋友。问题不在于您经受过苦难，而我却没有。痛苦和欢乐只是暂时的，我们还是不要去管它们，它们和上帝在一起。问题在于我和您都有思维，我们可以从彼此身上看到有能力思维和推理的人——仅仅这一点就能使我们取得一致的意见，不论我们的观点存在多大的分歧。如果您知道，我的朋友，我是厌恶狂妄、平庸和迟钝的，而每次和您交谈我又是快乐的，这多么好啊！您是一个聪明的人，您给我带来了快乐。”

霍鲍托夫把门推开一俄寸宽的缝隙，朝病房里看了一眼，只见伊凡·德米特里奇戴着尖顶帽，安德烈·叶非梅奇和他并排坐在病床上。疯子做着鬼脸，咆哮着用睡袍裹紧身子。医生坐在那里纹丝不动，脸色通红，一副无奈、忧郁的样子。霍鲍托夫耸了耸肩，冷笑一声，和尼基塔交换了一下眼色。尼基塔也耸耸肩以示回应。

第二天，医士跟随霍鲍托夫来到厢屋，两人站在穿堂间里偷听。

“我们这位老爷子完全昏头了！”霍鲍托夫从厢屋出来时说。

“主啊，请饶恕我们这些有罪的人吧！”衣着讲究的谢尔盖·谢尔盖依奇一边说一边小心地绕过一片小水洼，以免弄脏他锃亮的靴子，“说实话，尊敬的叶甫盖尼·费奥多雷奇，我早就料到会出这种事！”

十二

自此以后，安德烈·叶非梅奇发觉周围总有一种神秘的气氛。助理护士、勤杂男工和普通病人遇见他时，都用一种怀疑的眼光看着他，然后窃窃私语。小姑娘玛莎是总务主任的女儿，安德烈·叶非梅奇很高兴在医院的花园里遇见她，而现在每当他笑吟吟地靠近她想摸摸她的小脑袋时，她不知为何很快就从他身边逃开了。听自己谈话时，邮政支局局长米哈伊尔·阿维里扬内奇也不再说“完全正确”了，而是露出难以理解的尴尬表情，喃喃地说：“是的，是的，是的……”一副若有所思、神情凄楚的样子。不知何故，局长开始劝说自己的朋友戒掉伏特加和啤酒，不过他一向行事委婉，所以没有直说，而是暗示——有时讲述一个挺不错的营长的故事，有时讲述一个可爱的神父的故事，他们都因为喝酒害了病，但戒酒后完全康复了。同事霍鲍托夫也来看过安德烈·叶非梅奇两三回，劝安德烈·叶非梅奇戒酒，但却没有任何合理的理由。

八月，安德烈·叶非梅奇接到市长的一封来信，请他前去商讨一件非常重要的事情。安德烈·叶非梅奇于指定时间来到市政府，在那里遇到地方军事长官，也就是县立学校的校长、参议员霍鲍托夫；还有一位头发很浅的胖先生，据称是一位医生。这位医生有一个难念的波兰姓氏，住在离城三十俄里的育马场，因为顺路进城来到这里。

“这里有一份与您的科室相关的申请。”互致问候后，全体人员在桌边就座，参议员对安德烈·叶非梅奇说，“叶甫盖尼·费奥多雷奇说把药房放在主楼实在太拥挤了，应当把它迁到厢屋里去。这是没有问题的，完全可以搬迁，但关键问题是厢屋需要修理。”

“没错，不修是不行了。”安德烈·叶非梅奇想了想说，“而且如果把拐角处的那间厢屋改成药房，我估计至少得花五百卢布，这笔开支可是非生产性的。”

大家沉默了一会儿。

“我在十年前就打过报告，”安德烈·叶非梅奇轻声说，“不过上司说按目前的样子，这所医院对城里来说有一种与它的设施不相称的奢侈。它建于四十年代，当时的设施并不是这样。花在不必要的建筑和多余人员上的支出实在太多了。我认为这些钱足够建造两所模范医院。”

“那就让我们想想其他办法吧！”参议员紧接着说。

“我已经有幸打过报告了，请把医疗部门规划给地方自治局管理。”

“是啊，那就把钱也转给地方自治局吧。不过它会把钱偷走的。”浅色头发的医生笑了起来。

“确实有这种情况。”参议员同意道，也笑了起来。

安德烈·叶非梅奇一副无精打采的样子，他看着浅色头发的医生说：“您可得秉公办事啊。”

大家又陷入沉默，有人端上茶水。不知为何，军事长官显得有些不好意思，他越过桌子碰了碰安德烈·叶非梅奇的手臂，说：“您完全忘记我们了，医生。不过您像是一个教士，既不打牌，也不喜欢女人。和我们在一起，您肯定会觉得乏味。”

大家接下来又谈到生活在这座城市里是多么枯燥无趣，既没有音乐，也没有戏院，而最近一次在俱乐部举办的舞会上，大约有二十个女士，却只有两个男舞伴。青年人不跳舞，总是聚集在小吃部旁边打纸牌……安德烈·叶非梅奇没用眼睛看任何人，开始缓慢地诉说，城里的市民如何把心思、精力和智慧都浪费在纸牌和飞短流长上，他们不会也不想在有趣味的阅读和交谈中度过时光，也不想领略智慧所赋予的乐趣，他们的行为真令人可惜、令人遗憾，只有智慧才是有趣的，才是精彩的，其余一切都是渺小的、低下的。霍鲍托夫专心地听自己同事的发言，突然发问道：

“安德烈·叶非梅奇，今天是几号？”

在得到答复后，他和浅色头发的医生用自己也认为笨拙的考试官的语气问安德烈·叶非梅奇今天是星期几，一年有多少天，六号病房里是否住着一个了不起的预言家。

对于最后一个问题，安德烈·叶非梅奇有些脸红，他说：“是的，是有这么个病人，不过他是一个有趣的年轻人。”

之后大家没有再向他提任何问题。

当安德烈·叶非梅奇在前厅穿大衣时，地方军事长官把一只手搭在他的肩膀上，叹息着说：“我们这些老人真该休息了！”

走出市政府后，安德烈·叶非梅奇突然明白了，这不过是一个意在检验自己思维能力的委员会。他一想起他们向自己提出的问题，不禁脸红了，不知为何平生第一次开始为医学感到沉痛的惋惜。

“我的上帝！”他在回忆刚才两个医生对自己的盘问时想道，“他们才刚刚学过精神病学这门课，刚刚通过了考试——为什么会有这种彻头彻尾的无礼行为呢？他们连一点精神病学的概念都没有呀！”

于是，他平生第一次感到自己受了侮辱，非常气恼。

当天傍晚，邮政支局局长米哈伊尔·阿维里扬内奇来到他的家里，没有向他问好就走到他面前，紧紧握住他的双手，用激动的声音说：

“我亲爱的朋友，请您向我证明：您相信我对您是真诚和敬仰的，您认为我是您的朋友……我的朋友！”安德烈·叶非梅奇还没开口，他又继续激动地说，“我喜欢您高尚的心灵和教养。听我说，我亲爱的朋友，可能科学的规则要求医生必须对您隐瞒真实的情况，可我会像个军人那样对您说真话：您生病了！请您原谅我说了实话，我亲爱的朋友，但这是真的。关于这一点，周围所有人都觉察到了。刚才叶甫盖尼·费奥多雷奇对我说，为了您的健康，您必须马上休息和治疗。这是完全正确的！真是好极了！这几天我请了假，想出去换换空气。请您向我证明，您是我的朋友，我们一起走！一起走吧，还像当年那样一起走。”

“我觉得自己很健康。”安德烈·叶非梅奇考虑了一下说，“我不能出门。请您允许我用其他方式向您证明我们的友情吧。”

安德烈·叶非梅奇觉得毫无理由就到某个地方去，离开书，离开啤酒，离开达里尤什卡，突然打破自己二十年来建立的生活秩序，这样的想法简直是一种空想，根本无法实现。然而，他又想起在市政府发生的对话，以及自己从市政府回家时体验到的那种沉重心情，他觉得短期离开这些把自己当做疯子的愚蠢人们，离开城市倒也不错，于是他对邮政局长露出微笑，问道："您打算去哪儿呢？"

"去华沙，去彼得堡，去莫斯科……在华沙，我曾度过一生中最幸福的五年——那是一个迷人的城市！我们一起去吧，我亲爱的朋友！"

十三

一个星期后，安德烈·叶非梅奇提交了辞呈，他对此毫不在意。又过了一个星期，米哈伊尔·阿维里扬内奇和他坐上邮局的四轮马车，前往最近的一个火车站。天气凉爽晴朗，天空蔚蓝，虽然到火车站只有两百俄里，但他们却走了两天两夜，沿途留宿两次。有时驿站端来的喝茶杯子一点也不干净，有时套马浪费的时间太长，每当这时，米哈伊尔·阿维里扬内奇的脸就会涨得通红，浑身哆嗦着大声吼道："住口！不要强词夺理！"他坐在马车上，一分钟也没闲着，不停地讲述自己在高加索和波兰王国的旅行经历，有多少历险，有多少邂逅。他大声地说话，做出惊讶的表情，看他的眼神就知道他在说谎。另外，他说话时还向安德烈·叶非梅奇脸上喷气，对着他的耳朵哈哈大笑。他这种做法使医生感到很难受，也影响他思考。

为了节约开支，他们乘坐三等车厢，一个不能吸烟的车厢。一半乘客都是上层人士，米哈伊尔·阿维里扬内奇很快就和他们混熟了，不停地从一张椅子走到另一张椅子，大声地说："真是不该走这条让人生气的路线，这是一个彻头彻尾的诈骗行为！骑马可就大不相同啦，虽然一天只能走上一百俄里，但会让人感到身体健康、精力充沛。至于我们歉收的原因，主要是平斯克沼泽干涸，各方面都太混乱了。"他激动不已，高谈阔论，别人根本插不上嘴。他这种掺杂着响亮笑声和生动手势的无休止的闲聊，让安德烈·叶非梅奇感到特别疲乏。

“究竟我们两个人谁是疯子呢？”他沮丧地想道，“是努力不干扰乘客的我，还是这个自以为是、不给任何人安宁的自私鬼？”

抵达莫斯科后，米哈伊尔·阿维里扬内奇穿上他那没有肩章的军礼服和镶着红色牙线的裤子，戴着军官制帽，穿着披风走在街上，见了他的士兵都向他行军礼。现在，安德烈·叶非梅奇感到这个曾经拥有贵族气质的人，把所有贵族气质中好的方面都糟蹋干净了，剩下的只是一些坏习气：他喜欢别人侍候，甚至在根本不必要的情况下也是如此。例如，他明明看见火柴就放在面前的桌子上，却大声叫来仆人，让仆人把火柴递过来；当着女仆的面，他只穿一件内衣也不会感到难为情；对仆人甚至老人，不加区分地一律称“你”；他一生起气来就叫别人笨蛋、傻瓜……安德烈·叶非梅奇觉得他的做法都是老爷作派，令人厌恶。

米哈伊尔·阿维里扬内奇首先带朋友去了伊维尔教堂，他由衷地祷告，含着眼泪深深叩首。祷告完毕，他长叹一声，说道：

“虽然您不信教，但是在您祈祷的时候，您的心里会感到安宁。去吻吻圣像吧，亲爱的朋友。”

安德烈·叶非梅奇觉得有些尴尬，但还是吻了圣像。而米哈伊尔·阿维里扬内奇却噘起嘴唇，摇头晃脑，又悄声祷告一会儿，泪水又涌出他的眼眶。之后，两人去了克里姆林宫，在那里参观了炮王和钟王，还亲手摸了摸它们。他们还欣赏了莫斯科河南岸的市区景色，参观了救世主教堂和鲁米扬采夫博物馆。

他们在台斯托夫餐馆吃午餐，米哈伊尔·阿维里扬内奇一边捋着络腮胡子，一边看菜单，以一个美食家的口吻说：

“看看今天你们用什么来招待我们，天使！”

十四

医生吃也吃了，喝也喝了，看也看了，走也走了，然而他心里只有一种感觉：对米哈伊尔·阿维里扬内奇十分恼火。他真想丢下他独自休息一会儿，或者干脆离开他躲起来。可米哈伊尔·阿维里扬内奇却认为有责任不让他离开自己一步，并为他提供尽可能多的消遣。没什么可参观的时候，他就用聊天来帮他打发时间。安德烈·叶非梅奇苦熬了两天，到第三天时，他对朋友宣称自己病了，只想待在屋子里。朋友却说："既然这样，那我也留下来吧。事实上我也该休息休息了，否则腿是吃不消的。"安德烈·叶非梅奇躺在沙发上，把脸朝向里面，咬紧牙关听朋友絮絮叨叨。而那一位正兴奋地说，法国终有一天会把德国打得落花流水，莫斯科的骗子太多了，仅凭马的外表不可能判断它的优劣……医生的耳朵嗡嗡作响，心跳也开始加快，但是出于礼貌，他并没有请朋友走开或者闭嘴。幸好米哈伊尔·阿维里扬内奇在客房里呆腻了，午饭后，他独自出去溜达了。

只剩下自己一个人，安德烈·叶非梅奇现在可以尽情地休息了，他一动不动地躺在沙发上，意识到独自待在房间里是多么惬意！真正的幸福不可能没有孤身独处的时候。天使之所以背叛上帝，大概也是想孤身独处吧。安德烈·叶非梅奇一直想思考一下近几天自己看到和听到的事，但是米哈伊尔·阿维里扬内奇一直无法离开他的脑海。

这让医生感到沮丧，但他转念一想："他可是出于友情，出于博大的胸怀，才请假和我一起出来的。他看起来又善良、又大度、又开心，可惜十分无聊，无聊得叫人有点受不了。有些人就是这样，向来只说聪明话和好话，可是让人觉得他们十分愚蠢。"

接下来的日子，安德烈·叶非梅奇声称自己有病，一直没有出过客房。他面对沙发靠背躺着，在朋友用聊天来替他解闷时，他总是忍受煎熬；当朋友不在的时候，他才能得到休息。他为这次出行感到郁闷，也为朋友的唠叨和肆无忌惮感到恼火。他试图将自己的思绪调整到认真的高层次状态，但总是徒劳无功。

“这就是伊凡·德米特里奇所说的：现实对我产生了影响。”他思忖道，同时也为自己斤斤计较而生气，“不过，真是荒唐……反正一回到家就可以一切照旧了。”

在彼得堡的日子，他同样整天不出客房，而是躺在沙发上，只在要喝啤酒的时候才起来。

米哈伊尔·阿维里扬内奇总是催他去华沙。

安德烈·叶非梅奇不得不央求道：“亲爱的，我去那儿干什么呢？您还是一个人去吧。让我回家吧，我请求您！”

“无论如何也是不行的！”米哈伊尔·阿维里扬内奇反对道，“那是一座迷人的城市。我一生中最幸福的五年就是在那里度过的。”

安德烈·叶非梅奇一直缺乏坚持己见的意志，迫不得已他又去了华沙。在华沙，他从未走出客房，仍然躺在沙发上，他既生自己的气，也生朋友的气，还生仆人的气，因为仆人怎么也听不懂俄语。而米哈伊尔·阿维里扬内奇则和平常一样，心情愉快，身体健康，从早到晚满城游荡，还去寻访自己的老相识，好几次他都没有回来过夜。有一次，他大清早回来后，一直处于极度兴奋的状态中，脸色通红，头发蓬乱，而且久久地在房间里踱来踱去，口里还喃喃自语，最后他停下脚步说：“名誉第一！”

他又踱了一会儿，然后用双手抱住脑袋，悲哀地说：“是的，名誉最重要！这该死的一瞬间让我第一次想到不该到这个巴比伦来！亲爱的，”他对着医生说，“您就蔑视我吧！我赌输了！请您给我五百卢布！”

安德烈·叶非梅奇数出五百卢布，默默交给他。他因羞愧和愤怒而满脸通红，说了一些前言不搭后语的无用誓言后，戴上制帽出门去了。大约两个小时后，他回来了，猛地坐在安乐椅里，大声叹了口气说："名誉算是保住啦！我们走吧，我的朋友！这该死的城市，我一分钟也不想待下去了。都是骗子！奥地利的奸细！"

当两个朋友回到他们居住的城市时，已经是十一月了，街上积满了厚厚的雪。安德烈·叶非梅奇的职位已经由霍鲍托夫接替，不过，他仍住在原来的住所，等着安德烈·叶非梅奇回来腾出医院的公寓。被他称做厨娘的那个其貌不扬的女人，也已经住进厢屋。

关于医院的新流言在城里传播着，据说那个其貌不扬的女人和总务主任吵过架，后者不得不跪着爬到她跟前，请求她的宽恕。

回来的第一天，安德烈·叶非梅奇就不得不给自己寻找住所。

邮政支局局长胆怯地对他说："我的朋友，请您原谅我提个无礼的问题：您还有多少钱？"

安德烈·叶非梅奇默默数着自己的钱，说："八十六卢布。"

"我的意思是，"米哈伊尔·阿维里扬内奇尴尬地说，"您总共有多少财产？"

"我不是已经告诉您了：八十六卢布……此外我一无所有。"

米哈伊尔·阿维里扬内奇一直把医生看做一个诚实、高尚的人，但他仍然怀疑他至少有大约两万卢布的存款。现在，当他得知安德烈·叶非梅奇只是一个穷人，并无以为生时，突然大哭起来，并紧紧抱住自己的朋友。

十五

安德烈·叶非梅奇搬进女市民别洛娃的一所带三个窗户的小房子，不算厨房的话，这个房子只有三个房间，医生住在两间临街的房间里，达里尤什卡、女市民和她的三个孩子则住在第三个房间和厨房里。女房东的相好是一个醉汉，有时会来过夜，所以每到夜里就会大吵大闹，使孩子和达里尤什卡都饱受惊吓。醉汉一来就会坐到厨房里，开始要伏特加酒，大家都觉得很别扭。出于怜悯，医生把哭哭啼啼的孩子带到自己房里，把他们安顿在地板上睡觉，这给他带来了巨大的快慰。

他依然早上八点起床，喝过茶后就坐下来阅读旧书刊，他已经没钱买新书了。不知是因为书旧，还是因为环境的改变，阅读已不能深深吸引他，而使他觉得疲倦。为了不让自己在无聊中虚度光阴，他给自己的藏书编写了详细的目录，并在书脊上贴上小标签，他觉得这种机械呆板的工作比阅读更有趣，他可以什么也不想，而时间却飞快地流逝。即使是坐在厨房里和达里尤什卡一起洗马铃薯，或是从荞麦米中挑拣杂质，也让他觉得有趣。每逢星期六和星期天他都会去教堂，站在墙边合上眼，一边听着圣歌，一边想着自己的父亲、母亲、大学、宗教，这时的他觉得心中安宁而忧郁。离开教堂时，他会遗憾礼拜仪式这么快就结束了。

他到医院去看过伊凡·德米特里奇两次，想和他聊聊天。但是，伊凡·德米特里奇两次都异常激动和恼怒，要求医生让他安静，因为他早已厌倦了空洞的闲聊。他说为了自己所受的苦难，他只求该死的卑鄙小人们给他一个奖赏——单独拘禁。难道连这一点要求他们都要拒绝吗？当安德烈·叶非梅奇向他道别并祝他晚安时，他总是吼着说："见鬼去吧！"

所以，现在安德烈·叶非梅奇拿不定主意还要不要去第三次，当然他内心是想去的。

往常的午后，安德烈·叶非梅奇都会在各个房间里来回走动，想想心事。而如今，从午餐到喝晚茶这段时间，他一直面朝里躺在沙发上，沉浸在无法排遣的无谓思绪中。他感到委屈，工作了二十多年，竟然没有养老金，也没有一次性津贴。虽然他工作得并不十分尽心，但是所有的公职人员，不论他们工作是否尽心，都领到了养老金。当今社会的公正仅仅在于官阶、勋章和养老金，并不是对道德品质和能力的奖励，而是对所有公职人员的奖励，无论他们工作做得怎么样。为什么偏偏让他成为例外呢？他不好意思从小铺子的门口走过，不好意思面对女房东。他已经欠了小铺子三十二卢布的啤酒钱。他在女市民别洛娃那里也欠了房租。达里尤什卡悄悄地卖掉一些旧衣服和旧书，并向女房东谎称医生很快就会赚到一大笔钱。

安德烈·叶非梅奇很生自己的气，因为他在旅行中花光了所有积蓄，大约有一千卢布。怎么说这一千卢布也能派上一点用场吧！他也恼恨人们不让他安宁片刻，霍鲍托夫不时把看望有病的同事当做自己的责任。安德烈·叶非梅奇厌恶他身上的种种东西：无论是他那脑满肠肥的样子，还是他那令人难受的宽容语气，还有他经常用的“同事”这个称谓，以及他那双高筒靴子。最令人反感的是，他认为有责任给自己治病，而且自认为确实是在看病。但是，每次来访他都只带一小瓶溴化钾和一些大黄丸。

认为有责任看望朋友的还有米哈伊尔·阿维里扬内奇，他每次进屋来看安德烈·叶非梅奇，都故意装出一副无拘无束的样子，并且不自然地哈哈大笑，然后说他今天的气色很好，说上帝保佑他正往康复的方向发展。由此可以看出，他认为自己的朋友已经没有希望了。他也没有偿还在华沙欠安德烈·叶非梅奇的钱，所以一直被沉重的羞耻感弄得十分苦恼，于是就努力笑得响亮一些，并说一些更可笑的话。他的笑话和故事似乎永远没完没了，他的所作所为无论是对安德烈·叶非梅奇还是他自己，都是一件非常难受的事。

每次他来了，安德烈·叶非梅奇都会面向墙壁躺在沙发上。他咬紧牙关听着，种种怨愤之情积累在他的心头。每次朋友走后，他都觉得这种怨愤越积越高，仿佛要涌到喉咙口了。

为了压制这种毫无意义的情绪，他不得不赶紧去想，无论是霍鲍托夫还是米哈伊尔·阿维里扬内奇，抑或他自己，早晚都要死掉，不会在自然界留下丝毫痕迹。如果一百万年后有一个精灵从地球旁边飞过，它看到的也只能是泥土和光秃秃的岩石。所有的一切——无论是文化还是道德规范——都没有了，连野草都不长了。那么，面对小铺子老板时的羞愧、微不足道的霍鲍托夫，以及米哈伊尔·阿维里扬内奇那令人讨厌的友情，又算得了什么呢？这些都是琐碎无聊、毫无意义的东西。

然而，这些想法都无济于事，他刚想到一百万年后的地球，岩石后面就会冒出穿着高筒靴的霍鲍托夫，还有紧张地哈哈大笑的米哈伊尔·阿维里扬内奇，他甚至还听到羞愧的细语："至于在华沙欠的那笔钱，亲爱的，过几天我就还……一定。"

十六

一天午后，米哈伊尔·阿维里扬内奇又来了，安德烈·叶非梅奇当时正躺在沙发上。凑巧的是，这时霍鲍托夫也带着溴化钾来了。安德烈·叶非梅奇吃力地抬起身子坐起来，双手支在沙发上。

米哈伊尔·阿维里扬内奇说："亲爱的朋友，今天您的脸色比昨天好多了！您看上去精神很好！真的，很好！"

"快好啦，快啦，同事，"霍鲍托夫一边打着哈欠一边说，

“大概您也厌烦了这件麻烦事吧。”

“一定会好起来的！”米哈伊尔·阿维里扬内奇笑呵呵地说，“我们还要活上一百年呢！一定会的！”

“活一百年倒不一定，但是活二十年绰绰有余，”霍鲍托夫安慰道，“不打紧的，不打紧的。同事，不要泄气……阴影一定会被赶走。”

“我们还得让别人看看！”米哈伊尔·阿维里扬内奇大笑着，拍了一下朋友的膝头说，“还得让别人看看！明年夏天还要去高加索，我们要骑马走它一个遍——咯！咯！咯！从高加索回来，你就瞧着吧，恐怕要到婚礼上去遛遛了。”米哈伊尔·阿维里扬内奇狡黠地眨了眨眼，“我们一定要给您办喜事，亲爱的朋友……一定要给您娶一个妻子……”

安德烈·叶非梅奇突然感到积蓄的怨愤就要涌到喉咙口了，他的心剧烈地跳动着。

“真是庸俗！”他迅速站起来走向窗户，“难道你们不知道自己说的话很庸俗吗？”

他试图继续用柔和、礼貌的语气说下去，但恰恰相反，他忍不住握紧双拳，高高举过头顶，涨红了脸，浑身颤抖着说：“不要烦我了！滚！你们两个都滚，滚！”

米哈伊尔·阿维里扬内奇和霍鲍托夫带着不解的目光站起来，惊恐地盯着他。

“你们两个都滚出去！”安德烈·叶非梅奇继续大吼，“两个麻木不仁的家伙！蠢材！我既不需要你们的友谊，也不需要你们的药，真是麻木不仁的家伙！真是庸俗！真是讨厌！”

霍鲍托夫和米哈伊尔·阿维里扬内奇不知所措地面面相觑，只好退到房门口，然后到了穿堂间。安德烈·叶非梅奇一把抓起装溴化钾的药瓶朝他们扔过去。药瓶落在门槛上，啪的一声摔得粉碎。

“见鬼去吧！”他带着哭腔吼道，同时朝穿堂间跑去，“你们见鬼去吧！”

客人离开后，安德烈·叶非梅奇瑟瑟发抖，就像打摆子一样，他躺到沙发上，嘴里还久久地重复着刚才的话：“麻木不仁的家伙！蠢材！”

等他平静下来，脑子里想到的首先是可怜的米哈伊尔·阿维里扬内奇，他现在一定非常羞愧，心情沉重。这一切都是那么可怕，以前从来没有发生过类似的情况。自己的脑子和分寸都到哪儿去啦？对哲学的冷静和事物的理解又都到哪儿去啦？

由于羞愧和恼怒，医生一宿都没有睡。上午十点左右，他去了邮政支局，向支局长道歉。

深受感动的米哈伊尔·阿维里扬内奇紧握他的手，同时叹息道：“过去的事就不要再提了，谁要是再提，就让他瞎眼。留巴甫金！”他突然大叫一声，邮局的工作人员和顾客都为之一怔，“你搬张凳子来。你等一下！”他不耐烦地对一个从营业窗口递进一封挂号信的女人大声说，“没看见我正忙着吗？我们还是不要想过去的事了。”他转向安德烈·叶非梅奇，和气地说，“请您坐下吧，我的朋友。”

他默默抚摸着自己的双膝，然后说道：

“我根本没有想要向您抱怨，我知道疾病是无情的。您昨天的表现让我和医生都大吃一惊，所以我们后来谈了好长时间。亲爱的朋友，您为什么不好好关心一下自己的病呢？请原谅我友善的坦率。”米哈伊尔·阿维里扬内奇小声说道，“您居住的环境如此糟糕：肮脏、拥挤、无人照料、无钱治疗……我亲爱的朋友，我和医生都衷心恳求您听从我们的建议：您还是住到医院去吧！那里有健康的饮食，还能得到照料和治疗。虽然叶甫盖尼·费奥多雷奇说话不好听，但是他精通业务，完全值得信赖。他向我保证会照顾您的。”

安德烈·叶非梅奇被他的真诚和脸上的泪花感动了。

他把手搁在胸口上说："可敬的朋友，不要相信！不要相信他们！这只是一个骗局。我的病因在于二十年来我在全城只找到一个有头脑的人，但是这个人却是一个疯子。我什么病也没有，只不过是落入一个魔圈，再也找不到出口了。我倒是无所谓，我已经做好一切准备。"

"还是去住院吧，亲爱的朋友。"

"我是无所谓的，即使跳进陷阱。"

"答应我吧，亲爱的，您将在各方面都听从叶甫盖尼·费奥多雷奇的安排。"

"好吧，我答应您。不过，我可敬的朋友，我落入了一个魔圈。现在所有的事情，甚至是我的朋友真诚的同情，都只会导致一个结果——那就是我的毁灭。我正在毁灭，而且我有勇气承认这一点。"

"亲爱的，您一定会康复的。"

"您还说这个干吗？"安德烈·叶非梅奇恨恨地说，"很少有人在生命即将结束的时候还能体会到我现在的感受。如果人们说您患了肾病或者心脏扩大之类的毛病，或者说您是疯子或罪犯，如果人们突然注意到您，您就肯定会落入一个魔圈，休想从中走出来。如果您竭力想走出来，就会更加陷入迷途。您还是投降吧，因为任何人的努力都救不了您。这就是我的真实感受。"

这时，营业窗口前已经聚集了好多人。为了不妨碍邮局的工作，安德烈·叶非梅奇决定起身告辞，米哈伊尔·阿维里扬内奇一直把他送到临街的门口。

同一天傍晚，穿着短大衣和高筒靴的霍鲍托夫突然来到安德烈·叶非梅奇家里，他说话的语气就好像昨天没有发生过任何事。

他说："我是有事才来找您的，同事。我来请您，您愿意和我一起进行一次会诊吗？”

考虑到霍鲍托夫可能是想通过散步让自己散散心，或者真的想让自己挣点钱，安德烈·叶非梅奇便穿好衣服跟他一起走了。他很高兴能有机会弥补自己昨天的过错，并借机与他和解，所以他内心很感激霍鲍托夫。而霍鲍托夫只字未提昨天的事，看来已经原谅自己了。这个粗野的人竟然会有如此委婉的态度，这是很难得的。

“您的病人在哪儿呢？”安德烈·叶非梅奇问道。

“在我的医院里。我早就想让您去看看了……这是一个极其有趣的病例。”

两人来到医院的院子里，绕过主楼，走向安置精神病人的厢屋。不知为何一切都静悄悄的，他们走进厢屋时，尼基塔照例一跃而起，挺直了身子。

“这儿有个病人的肺部出现了并发症，”霍鲍托夫悄声说，“您稍等一下，我马上就回来。我去拿一副听诊器。”

说着他就出去了。

十七

天色暗下来，伊凡·德米特里奇在自己的病床上躺着，把脸埋进枕头里。瘫痪的病人纹丝不动地坐在那里，小声哭着，嚅动着嘴唇。胖农民和前邮件分拣员都睡着了。病房里静悄悄的。

安德烈·叶非梅奇坐在伊凡·德米特里奇的病床上等着。大约半个小时过去了，走进病房的却是尼基塔，他抱着病人穿的睡袍、内衣和一双便鞋。

他轻声说道：“请您穿上吧，大人，这是您的床，请您到这边来。”他指了指旁边一张空床说，“没关系的，上帝保佑您。”

现在，安德烈·叶非梅奇明白了一切，他一句话也没有说，默默地走到尼基塔为他指点的病床前，坐了下来。他见尼基塔站在那里等自己，便脱了个精光，这时的他觉得很难为情。然后，他穿上病人的内衣，长内裤显得有些短，而衬衫又太长了，睡袍上有一股熏鱼的气味。

“您一定会好起来的，上帝保佑您。”尼基塔又重复了一遍。接着他抱起安德烈·叶非梅奇的衣服，走出病房，并随手关上了门。

“反正都是一样……”安德烈·叶非梅奇想道，一面羞怯地用睡袍裹住自己的身子，他觉得穿上这件新外衣就像一个囚犯，“反正都是一样……反正都是一样，不管是长礼服、制服，还是这件睡袍……”

可是，怀表怎么办？还有那个笔记本？卷烟？尼基塔把我的衣服带到哪里去了？现在看来，到死都不可能再穿上坎肩、西裤和靴子了。起初，他觉得这一切似乎有点奇怪，甚至无法理解。直到现在，安德烈·叶非梅奇才确信六号病房和女市民别洛娃的小屋没有任何区别，世上的万物都是荒诞无稽、空虚无聊的。他的双手在发抖，双脚冰凉，一想到伊凡·德米特里奇不久就能看见自己也穿着睡袍，他不免心惊肉跳。他站起来，来回踱了几步，又坐下来。

就这样，他坐了半个小时，又坐了一个小时，坐得都腻了，发愁了。难道自己要在这里坐上一天、一星期，甚至一年、几年，就像这些人一样吗？他坐一会儿，站起来踱几步，又坐下。那么，自己以后怎么办呢？会不会像个木偶似的一直坐着，想着？不，这恐怕是做不到的。

安德烈·叶非梅奇躺下去，随即又坐起来，用袖子擦去额头上的冷汗，觉得脸上都是熏鱼的气味，他又来回踱了几步。

他困惑地摊开双手说道：“到底发生了什么误会……我应当

去说明一下，这里是有误会的……”

这时，伊凡·德米特里奇醒了，他坐起来，用拳头支着双颊吐了口唾沫，然后懒洋洋地看看医生，看样子他还没弄明白这是怎么回事。但是，不久他那睡意朦胧的脸上就露出一副凶狠嘲讽的表情。

他眯起一只惺忪的眼，用嘶哑的声音说："哈哈，连您也被关到这儿来啦，亲爱的！很高兴见到您。您喝了别人身上的血，现在别人也要喝您身上的血了。"

"这是一场误会……"安德烈·叶非梅奇说道，他被伊凡·德米特里奇的话吓了一跳，接着又耸耸肩重复了一遍，"其实这是一场误会……"

伊凡·德米特里奇又啐了口唾沫，躺下了。

随后他发牢骚说："该死的生活！这种生活既痛苦又屈辱，到头来可不是对受苦受难的奖赏，也不像歌剧里那样会有一个壮丽的结局，我们的结局只会是死亡，来几个汉子抓住我们的手脚往地窖里拖。呸！那也没什么……不过在那个世界里一定会有我们的节日……我会变成鬼影从那个世界回到这里，吓唬这群败类。我会让他们吓白头发的。"

莫伊谢伊卡回来了，看见医生后，朝他伸出手说："请给个小钱吧！"

十八

安德烈·叶非梅奇走到窗前，眺望着田野。天色已经变黑，地平线上升起一轮皎洁的冷月。离医院围墙不到一百俄丈的地方，一座高高的四周被石墙围着的白色房屋耸立着，这是一座监狱。

"这就是现实！"安德烈·叶非梅奇想着，心里不由得害怕起来。

月亮、监狱，围墙上的钉子，以及远处烧骨场上升起的火焰，都让他感到害怕。安德烈·叶非梅奇转过头去，看见一个胸前挂着闪闪发光的勋章和星章的人，正微笑着，还狡黠地眨巴着一只眼睛。这景象看起来也很可怕。

安德烈·叶非梅奇试图说服自己相信：月亮上和监狱里并没有什么特别的东西，身心健全的人都会佩戴勋章，一切到头来都会腐朽，化作泥土。但是，绝望的情绪突然充塞他的心头，他用双手紧紧抓住栏杆，用尽全身力气去摇撼它，但坚固的铁窗纹丝不动。

后来，为了消除害怕的心理，他走到伊凡·德米特里奇床边坐了下来。

"我的精神快崩溃了，亲爱的，"他喃喃自语道，同时浑身发抖，不停地擦着冷汗，"精神真的要崩溃了。"

"那您就发表发表关于人生的高见啊。"伊凡·德米特里奇讥讽道。

"我的上帝，我的上帝……是的，是的……您似乎说过俄罗斯根本就没有哲学可言，可大家都在高谈阔论，甚至连小人物也是这样。不过，小人物的议论对别人并没有任何危害呀。"安德烈·叶非梅奇仿佛要哭出来了，他想得到怜悯，"亲爱的，您为什么要这样幸灾乐祸地嘲笑别人呢？如果这个小人物心怀不满，怎么能叫他不发议论？一个聪明、高傲、酷爱自由、受过教育、圣洁如神灵的人，除了到一个愚蠢肮脏的小城里行医，一辈子和芥末膏、火罐、水蛭打交道，是没有别的出路的，只能招摇撞骗、狭隘浅薄、庸俗低级！哦，我的上帝啊！"

"您简直是在说蠢话。如果您讨厌当医生，您可以去当大臣呀。"

"什么？干什么都不行的。我们太软弱了，亲爱的……我曾经觉得什么都无所谓，积极而理智地思考，但是，只要生活粗暴地触碰到我，我就会立刻失去勇气，消沉下来……我们太软弱、太糟糕了……您也一样，亲爱的。您聪明、高尚，还在吃奶的时候就吸取了美好的激情，但是一旦您进入生活，您就疲惫不堪，生起病来……软弱，软弱啊！”

随着傍晚的来临，安德烈·叶非梅奇更加苦恼，最后他知道自己是想喝啤酒和抽烟了。

“我一定要从这儿出去，亲爱的，”他说，“我要让他们把灯拿到这儿来……他们不能这样做……我受不了了……”

安德烈·叶非梅奇走到门口，打开门，但是尼基塔马上跳起来挡住他的去路。

“您要去哪儿？不行！不行！”他说，“您该睡觉了！”

“我只想出去一会儿，在院子里走走！”安德烈·叶非梅奇急忙解释道。

“不行！不行！没有人吩咐过，您是知道的。”

尼基塔砰的一声关上门，并用背抵住了门。

“但是，如果我从这儿出去，会有什么后果呢？”安德烈·叶非梅奇耸耸肩，问道，“我真的不懂。尼基塔，我要出去！”他用发抖的声音说，“我一定要出去！”

“不要搞得没规没矩，这样不好！”尼基塔坚持说。

“天知道这是怎么回事！”伊凡·德米特里奇突然跳着大喊起来，“他有什么权利不让我们出去？他们为什么要把我们关在这里？法律上明明白白地写着，未经审判谁也不可以被剥夺自由！这简直是暴虐！恣意妄为！”

“当然是恣意妄为了！”安德烈·叶非梅奇说，伊凡·德米特里奇的喊叫使他鼓起勇气，“我要出去，我必须出去。他无权这样做！我跟你说，你放我出去！”

“听见了吗，你真是一个愚蠢的畜生！”伊凡·德米特里奇大吼道，同时不停地用拳头捶门，“开门，否则我会从里面把门砸破的！屠夫！”

“开门！”安德烈·叶非梅奇浑身发抖，大吼道，“这是我的要求！”

“你就一直喊下去吧！”尼基塔在门外回答，“喊吧！”

“至少你应该去把叶甫盖尼·费奥多雷奇叫来！告诉他，我只请他来……一小会儿！”

“明天他会来的。”

“他们永远不会放我们出去。”这时，伊凡·德米特里奇继续说道，“他们要让我们在这儿烂掉！哦，上帝，难道在那个世界里真的没有地狱吗？这些坏蛋难道会得到宽恕吗？公正在哪里？开门，你们这些坏蛋，我快要憋死啦！”他用嘶哑的声音大喊，同时不断用身体撞门，“我真的不要命了！你们这群杀人凶手！”

尼基塔迅速打开门，粗暴地用双手和一只膝盖推开安德烈·叶非梅奇，猛地一拳打在他的脸上。安德烈·叶非梅奇觉得一股巨大的咸浪劈头盖脸将自己淹没了，他被拖到床边。他想游出去，不停地舞动双手，不知抓住谁的病床。这时，尼基塔又在他的背上狠打了两拳。

伊凡·德米特里奇大声叫喊着，想必也挨了打。

一切都复归平静，疏淡的月光透过窗栅照了进来，在地板上落下一个宛如一张网的影子，样子甚是可怕。安德烈·叶非梅奇躺下去，屏住呼吸，惊恐地等待第二次挨打，仿佛有人正拿镰刀捅进他的身体，在他的胸腔和肠子里不停搅动着。因为疼痛，他咬住枕头，咬紧牙关。突然，一个可怕而难以忍受的想法闪过他那一团乱麻的脑海：这些在月光下仿佛一个个鬼影的人们，以前经受的正是这样的疼痛，而在二十多年里他对此却一无所知，而且从来没想过要知道。这样的事情怎么会发生呢？他是不懂的，也没有疼痛的概念，也就是说，这根本不是他的过错。但是，良心的谴责却像尼基塔那般不可通融，粗暴残忍，这让他从头冷到脚。他从床上跳起来，想竭尽全力大喝一声，尽快跑过去打死尼基塔，然后是霍鲍托夫、总务主任和医士，最后还有自己。但是，他的胸腔里发不出任何声音，而且双脚也不听使唤了。他只能喘气，猛地揪住自己胸口的睡袍和衬衫，把它们撕破了，随后，他倒在床上失去了知觉。

十九

第二天早晨，安德烈·叶非梅奇感到头痛、耳鸣，浑身上下不舒服。他回想起昨天自己的软弱无力，但并不为此羞耻。昨天他十分怯懦，甚至连月光也害怕，但却真诚地说出了以往自己不曾怀疑的感觉和思想，例如关于发表议论的小人物的不满情绪。不过，现在看来好像都一样了。

他不吃也不喝，躺在那里一动不动，不声不响。

“反正都一样，”当别人向他提问时，他就这样想，“我不会回答……反正都是一样了。”

午后，米哈伊尔·阿维里扬内奇来了，带来四分之一俄磅茶叶和一俄磅水果软糖。达里尤什卡也来了，在他病床边站了整整一个小时，她脸上的表情木然而悲哀。霍鲍托夫医生也来看他，带来一小瓶溴化钾，并吩咐尼基塔在病房里点上一些有香味的东西熏一熏。

傍晚时，安德烈·叶非梅奇因中风去世了。起初，他感到冷得厉害，一直想吐，似乎有种令人难受的东西透过全身，甚至渗进十根手指，又从胃部弥漫到头部，淹没了双眼和耳朵，他的两眼一片漆黑。安德烈·叶非梅奇心里清楚自己大限已到，突然想到米哈伊尔·阿维里扬内奇、伊凡·德米特里奇和千百万的人都相信永生。他想知道是否真的能够永生？可是，他并不希望自己永生，这个想法一闪而过。一群美丽异常、婀娜多姿的鹿从他身边跑过，昨天他读到关于这些鹿的故事，然后一个拿着挂号信的女人向他伸出手来，米哈伊尔·阿维里扬内奇说了点什么，接着一切都消失了，安德烈·叶非梅奇永远失去了知觉。

几个男勤杂工抓住他的手和脚，把他抬到小教堂。他睁着眼睛躺在桌子上，夜里的月光洒在他身上。早晨，谢尔盖·谢尔盖依奇来了，他向着十字架上的耶稣像虔诚地做祷告，合上自己前任上司的双眼。

一天以后，安德烈·叶非梅奇便下葬了。参加葬礼的只有达里尤什卡和米哈伊尔·阿维里扬内奇。

哼，这些乘客们！

“算啦，我以后再也不喝酒了……无论如何……我也不喝了！我也该明白一点事理了。应该好好工作，尽职尽责才对……我很喜欢靠领薪水过日子，所以得真心实意地凭良心投入到工作中去，而不能贪图安逸和睡懒觉。我真的不能再这样胡闹下去了……嘿，老兄，你过去可是一直习惯于只领薪水不干活的，这很不好！这真的很不好啊……”

在对自己说了这一番类似劝诫的话以后，列车长波德佳金开始感到自己心中产生了一种无法阻止的想要好好工作的愿望。尽管当时已经是深夜两点，但他仍然唤醒列车员们，让他们和自己一起到各个车厢去检查车票。

“请您出示……车票！”他一边大声喊着，一边兴高采烈地弹响三个手指。

在半明半暗的车厢里，乘客们都一副睡意正浓的样子，浑身打哆嗦，抖动一下脑袋，把自己的车票递给他。

“请您出示……车票！”波德佳金对二等车厢里一位身体消瘦、青筋暴露的乘客说。那位乘客身上蒙着皮大衣和被子，周围还垫着几个枕头。“您的……车票！”

那位身体消瘦的乘客没有回应，仍在沉睡。列车长碰了碰他的肩膀，不耐烦地又说了一遍：“请您出示车票！”

那位身体消瘦的乘客打了一个哆嗦，睁开惺忪的睡眼，惊恐不安地望着波德佳金说："什么事？你谁呀？呃？"

"我在问您呢，您的车票呢？麻烦您拿出来让我们看看！"

"我的天哪！"那个身体消瘦的乘客露出一副哭丧相，呻吟道，"天哪，我的天哪！我可是一个患有风湿病的人……我已经三天三夜没有睡觉了，为了让自己尽快入睡，我还特意服了一片吗啡，可……可是您却把我唤醒……仅仅是为了看车票！这太缺乏同情心，太冷酷无情了！如果您知道我总睡不好觉就好了，那样，您就不会因为这种无关紧要的小事打搅我……这真是冷酷无情，荒唐透顶！您跟我要车票干什么呀？您这人真是不懂事！"

波德佳金琢磨自己要不要发火动怒——最后，他终于发火了。

"您在这里嚷什么啊？这里可不是酒馆！这是火车。"他大叫道。

"就算酒馆里的人也比您有同情心……"那位乘客咳嗽了一声，说，"实在对不起，我刚才是第二次入睡！我走遍各个国家，从来没有人问我要过车票。你们的举动真奇怪，您看这节车厢里的人挤得水泄不通，你们还动不动就让人出示车票……"

"哼，既然您喜欢外国，那您就到外国去好了！"

"先生，我说您怎么这么不懂事呀！是的，我且不说这车厢里到处都是煤气味，空气简直让人窒息，还有那穿堂风也把人折磨得够呛。现在你们又想出这个鬼主意，你们用得着这么走形式，把人往死里折腾吗？哼，半夜三更的，居然让人出示车票！乘客们，你们都来看看他这股热心劲儿吧！如果他真的是为了检查车票就好了，要知道列车上有将近一半乘客都没有买票！"

"您听我说，我的先生！"波德佳金气得面红耳赤，"我告诉您，您要对刚才说过的话负责！如果您再这样大声嚷嚷，打搅了别的乘客，下一个车站我不得不强迫您下车，并对您的这种行为做出违警记录！”

“这真是太令人气愤了！”乘客们都愤愤不平，“您干吗缠着一个病人不放呢？喂，列车长先生，您总要有一点同情心吧！”

“可是，是他自己先大声嚷嚷的呀！”波德佳金有点胆怯地说，“好吧，我不再要求看您的车票了……随您的便吧……不过，您应该明白，检查车票可是我的职责……如果不是为了负责，那当然是另一回事……您也可以去问问站长……您想问谁都可以……”

波德佳金耸耸肩膀，离开那个病人乘客。起初他感到自己受了委屈，好像被别人训斥一顿似的。可是，后来当他走过几节车厢后，心里不安起来，良心似乎受到了谴责。

“是啊，我的确不该把一个病人吵醒，”他思忖道，“不过，这也不能怪我呀……他们也许认为我这样做是因为我已经酒足饭饱，无所事事，殊不知我这样做正是因为我的职责所在……他们如果不肯相信，我完全可以把车站站长叫来给我作证。”

列车进站了，在车站停留五分钟。第三遍铃响后，波德佳金又走进那个二等车厢，戴着红色制帽的车站站长跟在他身后。

“就是这位先生，”波德佳金开口说，“他说我无权检查他的车票，而且……而且他还很生我的气。我请求您，站长先生，请您向他解释一下，到底检查车票是不是我的职责。喂，这位先生！”波德佳金转身对那个身体消瘦的乘客说，“如果您不相信我，完全可以问问这位站长先生。”

那个病人好像被黄蜂蜇了似的，浑身抖动了一下，睁开眼睛，露出一副哭丧相，仰靠在沙发椅的后背上。

“我的天哪！您怎么又来了，您刚才不是来过了吗？为此我又服了一片药，刚刚打个盹，您就又……又来了！我求求您啦，可怜可怜我这个病人吧！”

“您可以问问这位站长先生……我到底有没有权力检查车票？”

“这简直让人无法忍受！给您，这是我的车票！拿去吧！只要能让我安静地睡一会儿，我宁愿再买五张车票！难道您自己就从来没有犯过病吗？您真是一个冷酷无情的人！”

“您这样做纯粹是故意捉弄人！”一位穿军装的乘客气愤地说，“否则，我简直不明白您为什么这样纠缠不休！”

“算啦……”车站站长皱皱眉头，拉了一把波德佳金的袖口要走。

波德佳金耸耸肩膀，表示很无奈，慢吞吞地跟在站长身后走了出去。

“真倒霉，我想满足他们的愿望吧，到头来还得挨他们的骂！”他感到大惑不解，“我把车站站长叫来，就是为了让他明白这个道理并平静下来，可他却骂起人来了。”

下个车站到了，列车停留十分钟。第二遍铃响起之前，波德佳金站在小卖部旁边喝矿泉水。就在这时，有两位先生走到他面前，一位穿着军大衣，另一位则是工程师打扮。

“我要告诉您，列车长先生！”工程师对波德佳金说，“您的言行和您对那位患病乘客的态度，已经引起所有在场者的公愤。这一位是上校先生，我是工程师普吉茨基，如果您不向那位患病的乘客赔礼道歉的话，我们就把这件事汇报给你们铁路管理局的局长，我们俩都认识他。”

“二位先生，你们知道我是……要知道你们都……”波德佳金慌张失措，不知说什么才好。

“您也用不着向我们解释什么。不过我们要警告您：如果您不向他赔礼道歉，我们就要对那位乘客施加保护。”

“好吧，我……我……我去向他赔礼道歉就是了……好的……”

半个小时后，波德佳金想好了赔礼道歉要说的话，这些话既要满足乘客的要求，又不至于太损伤自己的自尊心，然后他就到那个车厢去了。

“先生！”他礼貌地对那位病人说，“请您听我解释，先生。”

病人抖动一下身子，霍地一下坐起来，紧张地说：“什么事？”

“我刚才做得……做得有点那个……请您不要生气……”

“哎哟……原来如此，我想要喝水……”病人用手按住胸口，气喘吁吁地说，“我已经服过第三遍吗啡了，刚刚打了一个盹……结果一睁眼他又来了！天哪，我什么时候才能不再遭受这种折磨呀？”

“我做得是有点那个……我请求您的原谅……”

“我跟您说，先生……到下一个站您就允许我下车吧……我再也无法忍受了，我……我快要死掉了……”

“这也太卑鄙无耻了吧！”乘客们气愤地说，“滚开！您一定会为您这种捉弄人的行为付出代价的！快点滚开！”

波德佳金挥了挥手，长叹一口气，无奈地从车厢里走出来。他走进列车员的休息室，筋疲力尽地坐在椅子上，大发牢骚：“哼，这些乘客！本来你想满足他们的愿望，结果还得挨他们的骂！本来你是去为他们服务，给他们办事的，可结果还得受他们埋怨！见你们的鬼吧，我什么都不管了，我要大口大口地喝酒……你不干什么事，他们发火生气；你干点事情吧，他们也要发火生气……呸，我干脆喝酒算了！”

波德佳金一口气喝下半瓶酒，从此再也不去考虑什么工作、职责和为人诚实的事了。

嫁 妆

我一生中见过许许多多的房子，砖砌的和木质的，旧的和新的，大的和小的，但有一所房子却格外鲜明地铭刻在我的脑海中。不过，它并非高楼大厦，而是一幢很小的房子。它是一座只有三扇窗户的狭小平房，就像一个弯腰驼背、身材矮小的老太婆。小房子青瓦覆顶，白灰裹墙，烟囱有些破败，整个掩映在绿荫中，四周都是房子现主人的祖父和曾祖父辈亲手种下的桑树、槐树和杨树。它被苍翠欲滴的树林遮掩着，从外面根本看不见。不过，满目的绿荫并不妨碍它成为城市里的一份子。它那宽敞的院子和其他同样宽敞青翠的院子连成一排，构成“莫斯科街”的一部分。任何车辆都不曾从这条街上经过，就连行人也难得一见。

小房子的护窗板半开半掩着，亮光对住户毫无用处，所以窗户从来没有敞开过。另外，住在房子里的人也不喜欢新鲜空气。一直居住在槐树、桑树和牛蒡之间的人，对大自然是无动于衷的。只有那些住在别墅里的人，上帝才会赐予他们理解大自然之美的能力。而其他芸芸众生，依然对这类美处于蒙昧无知的状态。而且，凡是所在之处随处可见的事物，人们便不会看重它。正如人们通常说的，自家的东西不在意，或者是，自家的东西偏不爱。小房子的四周堪称人间天堂，一片茂密的林木，百鸟翔集其中，充满欢歌。而小房子的里面，夏天时闷热难当，冬天则像澡堂般烧得热气腾腾，一股煤气味充斥其中，令人烦闷不已……

我第一次造访这座小房子，已经是很久以前的事了，当时我受房主奇卡马索夫上校之托，前去探望他的妻子和女儿。直到现在，我仍对那次拜访记忆犹新，而且永生难忘。

请您想象一下这样的情景：当您从前室走进厅堂时，一个四十来岁、又矮又胖的女人面带惶恐，惊愕地看着您。因为您是陌生人、宾客、年轻人，这些足够令她感到惶恐和惊愕。您的手中既无锤头、斧子，也无手枪，而且亲切友好地堆满笑容，可还是让人家惶惶不安地来迎接您。

“请问您是哪位？”这个上了年纪的女人用颤抖的声音问我，而我已经认出她就是奇卡马索娃了。

我报上自己的姓名，并说明来意。惶恐和惊愕即刻变成一声喜出望外的尖叫：“啊！”她的眼珠同时往上一翻。这一声“啊”就像回声一样，从前室传进厅堂，又从厅堂传进客厅，接着又从客厅传进厨房……一直传进地窖，不一会儿，声调各异的快活的“啊”就充满了整座小房子。四五分钟后，我坐在客厅里又软又热的大沙发上，耳朵里听见整条“莫斯科街”都在“啊”个不停。

除虫粉和新羊皮鞋的气味充斥着整个屋子。那用头巾包着的鞋，就放在我身边的椅子上。窗台上放着一件薄纱女衫和一盆天竺葵。女衫上停着几只吃饱了的苍蝇。墙上挂着某位主教的油画肖像，画框玻璃的一角已经破损。主教肖像的旁边，依次排列着祖辈们的画像，他们一个个都长着柠檬色的茨冈人的脸形。桌子上有一个线团、一枚顶针和一只尚未织完的长袜。地板上放着一件草草缝就的黑色女上衣和一张纸样。相邻的房间里，两个老太婆正手忙脚乱地从地板上捡拾起纸样和一块块棉布……

“请您原谅，我们家简直乱得一塌糊涂！”奇卡马索娃说。

奇卡马索娃一边和我说话，一边不好意思地不停看房门，门里的人还在收拾纸样。房门似乎也有些不好意思，时而开条缝隙，时而又关上。

“喂，你有什么事吗？”奇卡马索娃朝房门那边问道。

“父亲从库尔斯克寄给我的那条领带放在哪儿了？”有个女孩在门里问道。

“哎，难道，玛丽亚，难道……难道可以……眼下这儿有一个陌生人……你还是问问露凯丽亚吧……”

“瞧，我们的法语说得多好！”我从奇卡马索娃的眼神里看出她的心思，她得意洋洋，满面红光。

不一会儿，房门打开了，一个高高瘦瘦的姑娘走出来。她大约十八九岁，身上穿着一件薄纱连衣裙，系着一条金黄色的腰带。我记得她的腰带上还挂着一把珍珠母扇子。她走进客厅后，行了一个屈膝礼，脸涨得通红。首先变红的是她那长着几个雀斑的长鼻子，接着她的双眼也红了，然后是额角。

“这是我的女儿玛涅奇卡！”奇卡马索娃用悠扬悦耳的声音介绍，“而这位年轻人，他是……”

我做完自我介绍后，表示自己对成堆的纸样表示诧异。母女俩只是低下头说：“每逢耶稣升天节，我们这个地方都有集市。赶集时，我们总会买大量的衣服料子，然后可以缝制衣服，直到下一年赶集的时候。我们从不把缝缝补补的活交给外人去做。我家彼得·谢苗内奇挣的钱并不太多，所以我们也不敢大手大脚地花钱，只好自己动手缝制衣服。”

“可你们家里只有两个人呀，这么多衣服要给谁穿呢？”

“嗨……这些衣服哪能现在就穿上呀？这不是现在穿的！这是嫁妆！”

“哎呀，妈妈，您都在说些什么呀！”女儿红着脸说，“这位先生还真会以为……我是永远不会出嫁的！永远不！”

她虽然这样说着，但是一提到“出嫁”两个字，她的眼睛顿时就变得炯炯有神。

她们给我端来茶、果酱、奶油和干面包，随后又给我吃加了凝乳的马林果。傍晚七点，晚饭开始了，总共有六个菜。吃饭时，我听见有人在隔壁房间里大声打着哈欠，我惊奇地望了望门外——只有男人才会这样打哈欠呀。

奇卡马索娃见我感到惊奇，就解释说：“这是彼得·谢苗内奇的弟弟叶戈尔·谢苗内奇…… 他从去年开始就一直住在我们这儿。请您原谅，他腼腆极了，不能出来见您……他见了生人就感到很难为情……他在政府做事的时候受尽欺负……打算进修道院……所以现在他也很伤心……”

晚饭后，奇卡马索娃给我看了一件神甫用的长巾，那是叶戈尔·谢苗内奇亲手绣制的，准备日后捐献给教堂。玛涅奇卡一时间竟忘了羞怯，把她给爸爸绣的一个烟荷包拿给我看。我对她的手工大为赞叹，她听了顿时满脸绯红，转向母亲耳语些什么。母亲面露喜色地提出让我随她去一趟储藏室。在储藏室里，我看见五六口大箱子和许多小盒子、小箱子。

“这些……全都是嫁妆！”她母亲轻声告诉我，“都是我们亲手缝制的。”

我看了这些阴沉的箱子，开始向两位殷勤好客的女主人告辞。她们邀请我日后再来。

我再次拜访的承诺，直到七年后才得以履行。当时，我是奉命来到这个小城，充当一桩诉讼案件的鉴定人。当再次走进这座熟悉的小房子时，我又听见当年那一阵惊喜的“啊”……母女俩一眼便认出了我……这是不容置疑的！我的初次拜访可说是她们生活中十足的大事，而在很少发生大事的地方，遇到大事总是被记得很牢。我走进客厅，那位头发已经花白、身体更加发福的母亲正在地板上爬来爬去，剪裁一块天蓝色的衣料。女儿则坐在长沙发上绣花。房间里依然是满地的纸样，依然挂着那幅框角破裂了的画像，依然有一股除虫粉的气味。不过变化也是有的，主教肖像的旁边挂上了彼得·谢苗内奇的肖像，两位女士都身穿丧服。彼得·谢苗内奇被擢升为将军后，刚过了一个星期便溘然长逝了。

回忆起往事……将军夫人哭了起来。

“我们真是遭受了很大的不幸！”她说，“您知道吗？彼得·谢苗内奇已经去世了，我和女儿成了孤儿寡母，只能自己照顾自己。叶戈尔·谢苗内奇倒还活着，可他的事我们简直没法对外人说。修道院根本就不肯要他，因为……因为他嗜酒如命。现在因为伤心，他喝得更厉害了。我准备到首席贵族那儿去告他的状，他都打开那些箱子好几次了……他拿走了玛涅奇卡的嫁妆，施舍给朝圣的人。其中两个箱子已经被他拿光了！如果这样继续下去，到头来我们玛涅奇卡的嫁妆还能剩得下吗？”

“您都在说些什么呀，妈妈！”玛涅奇卡不好意思地说，“真不知道这位先生会怎么想……我是永远，永远不会出嫁的！”

喜形于色的玛涅奇卡满怀憧憬地望着天花板，看来她并不打算实践自己的诺言。

一个矮小的男人身影闪过前室，只见他穿着一件棕色的长礼服，已经严重秃顶，脚上穿的不是皮靴而是套鞋。他弄出一阵窸窸窣窣的响声，像一只老鼠。

“也许是叶戈尔·谢苗内奇吧。”我心里想。

我端详着这对母女，母亲满头白发，女儿也面容憔悴，萎靡不振，她们全都苍老消瘦得厉害，而且母亲看起来只比女儿年长五岁。

“我准备到首席贵族那儿去一趟。”老太太竟然忘了她刚才已经说过这话，“我要去告状！叶戈尔·谢苗内奇几乎拿光了我们缝制的衣服，到处施舍，想借此拯救自己的灵魂。我女儿玛涅奇卡的嫁妆眼看就要没有了！”

玛涅奇卡满脸通红，但没有再说一句话。

“那些嫁妆只好另行缝制，可您要知道，我们并不是什么有钱人哪！我和她不过是一对孤儿寡母！”

“我们只是孤儿寡母啊！”玛涅奇卡也说。

去年，命运又一次把我带到那座小房子。一进客厅，我就看到身穿黑衣、缀着丧带的奇卡马索娃，正坐在长沙发上缝着什么东西。一个穿着一件棕色长礼服的小老头坐在她旁边，脚上穿的不是皮靴而是一双套鞋。一看见我，小老头迅速起身跑出客厅。

老太太笑着对我说：“很高兴再次见到您。”

“您在缝什么呀？”过了一会儿，我才问。

“这是一件女式内衣。等我一缝好，就送给神甫，让他替我保存起来。否则，叶戈尔·谢苗内奇又会拿走的。现在，我把所有东西都藏在神甫那儿。”她悄悄对我说。

这时，她望了一眼放在面前桌子上的女儿的相片，叹了一口气，说：

“我现在成了一个孤家寡人了！”

可是，她的女儿在哪里呢？玛涅奇卡到底在什么地方？我没有打听，也不想向一个穿着重丧服的老太太打听这种事情。无论是在这所小房子里坐着，还是离开它的时候，我都没有见到玛涅奇卡，既没有听到她一向轻柔、怯懦的脚步声，也没有听见她说话的声音……一切都很清楚了，我心中无比沉重。

一个时髦青年惨痛的忏悔

吕西安办好身份证的签证手续，然后买了一根冬青树质的手杖。他在地狱街广场坐上一辆小型载客马车，花去十个铜子的车费就到了隆于莫。这之前的晚上，他在离阿帕戎七八里的地方停下来休息，睡在一个农家的马房里。走到奥尔良时，他已经累得筋疲力尽，于是又花三法郎的船费搭一条便船来到图尔，途中他只吃了两法郎的食物。从图尔到普瓦捷，吕西安足足走了五天。从普瓦捷出发时，他身上只剩下五法郎，只得使着最后的一点气力继续赶路。

有一天，他正走在旷野里，天黑了下来。当他正想露宿一晚时，忽然看见一辆马车爬坡而来，车夫旁边坐着一个男当差。吕西安趁马车里的客人、车夫以及坐在车夫旁边的当差不注意，爬到车厢背后的两个包裹中间，藏住身子睡着了。

第二天早上，阳光刺得他眼睛都快睁不开了，四下里人声嘈杂，他惊醒过来，认出这里正是芒斯勒。十八个月以前，心中充满爱情、希望和快乐的他，正是在这个小镇上等候德·巴日东太太。现在他发现自己浑身沾满灰土，周围挤满了赶车和看热闹的人，他知道自己这下要挨骂了。当他跳下来正要说话时，车里走出两名旅客。其中一名旅客正是夏朗德省新任省长西克斯特·杜·夏特莱伯爵，他身边站着他的妻子路易丝·德·奈格珀利斯。伯爵夫人看了他一眼，说："太巧了，没想到我们竟是同路！你跟我们一起上车吧，先生。"

吕西安冷冷地向伯爵夫妇行了一个礼，又惭愧又害怕地朝他们瞪了一眼，便走向芒斯勒镇外的一条横路。他想找一个农家弄些牛奶和面包做早饭，休息一下再静静地考虑自己的前途。现在，他只剩下三法郎了。他浑身发热，一口气跑了很久，沿河往下走去，一路打量地形，风景越来越美。晌午时分，他走到一处地方，四周是杨柳，中间有一大片水，看上去像一个湖。他受到田园野趣的吸引，停下来眺望那清新茂密的林子。河的支流上有一个磨坊，连着一所屋子，树梢中露出茅草盖的屋顶，顶上长着石莲花。门面很朴素，唯一的点缀是几簇素馨、忍冬和制啤酒用的酒花，周围开着夹竹桃和多肉植物的花，十分鲜艳。水位最高的地方有一条石堤，底下用一排粗糙的木桩撑着，堤上的水在阳光中往下奔泻。磨坊的那一边，一群鸭子在明净的池塘里游来游去，好几股水在水闸中轰隆隆响成一片。磨坊的轮子发出刺耳的声音。他看见一个胖女人坐在一条天然木做成的凳子上，一边打毛线，一边看管一个正在捉弄几只母鸡的孩子。

吕西安走上前去说："大嫂，我实在太累了，而且还在发烧，身边只有三个法郎。你能收留我待一个星期吗？只要给些牛奶和黑面包吃就行，晚上我可以睡在草垫上。我马上给家里写信，他们很快就会寄钱来，或者派人接我回去。"

胖女人说道："可以，不过我要先问问我丈夫是否同意。你觉得怎么样，小家伙？"

磨坊司务走出来，他看了看吕西安，然后取下嘴里衔着的烟斗，说道："三个法郎住一个星期？干脆还是不收你的钱了。"

磨坊司务的女人给吕西安铺好床。临睡前，吕西安望着优美的风景想道："说不定我最后可以当上磨坊的伙计。"

不过，他这一睡可把主人吓坏了。第二天中午，磨坊司务的女人大声喊道："库图瓦，你快去看看那个小伙子吧，看他是死了还是活着，他已经睡了十四个小时，我可不敢去看他。"

磨坊司务正忙着晒网和整理捕鱼的工具，回答道："我看那瘦兮兮的帅小伙多半是一个戏子，竟然连一个小钱也没有。"

女人又问："你怎么看出他是戏子的？"

"嘿！他既不是王爷，也不是大臣；既不是主教，也不是议员，干吗把一双手养得白白嫩嫩的？简直就像一个游手好闲的家伙。"

磨坊司务的女人刚给昨天闯上门来的客人做好午饭，她说："他一直在睡，连东西也不吃，真是奇怪。如果他是戏子，他这是上哪儿去呢？现在还不到去昂古莱姆赶集的时候啊！"

夫妇俩绞尽脑汁也没有想出除了戏子他还会是什么人，因为他们不知道这个世界上还有一种人，他的名字叫诗人，担任庄严的圣职。他们表面上看好像无所事事，实际上却控制着人类的精神，如果他能够描写人类的话。

库图瓦对妻子说："那么他到底是干什么的呢？"

妻子疑惑地说："收留他应该没什么危险吧？"

磨坊司务回答道："唉！如果他是小偷的话，他应该比现在机灵得多，也许早就把我们的东西搬空了。"

吕西安隐隐约约听到夫妻俩的谈话，他走出来伤心地说："我既不是王爷，也不是小偷；既不是主教，也不是戏子，我只是一个可怜的青年。我从巴黎走到这儿来，都快要累死了。我的名字叫吕西安·德·吕邦泼雷，我的父亲沙尔东以前在乌莫开药房，后来把药房盘给波斯泰尔。我的妹妹嫁给大卫·赛夏，他在昂古莱姆桑树广场上开印刷所。"

磨坊司务说："啊，我想起来了。那个印刷所老板的爷爷不就是个精明的老头吗？那老头在马萨克经营田地产，是吗？"

吕西安回答："正是。"

库图瓦生气地说："呸！那个老头真是一个混蛋！听说他把儿子逼得卖掉家里的东西，而他自己仅仅在田产上就有二十多万呢。"

人一旦遇到长时期的残酷斗争，身体和精神就会被摧毁，全身的能量过分消耗以后，接下来面临的不是死亡，就是与死亡差不多的消沉。而那些能够抵抗的人这时反而会更加振作。处于生死关头的吕西安，听到别人含含糊糊地提到他的妹夫大卫出事的消息，几乎支持不住了。

他大叫道："哎呀，我的妹妹啊！这都是我干的好事！我的上帝，我真不是人。"

说完，他一下子倒在一条凳子上，浑身瘫软，脸色苍白，好像死了一样。磨坊司务的妻子连忙端来一碗牛奶给他喝下去。醒过来后，他央求磨坊司务把他扶上床，说自己如果死在这儿会连累主人的。他请求主人的原谅，他知道自己马上就要完了。风流的诗人已经看到死神的影子，忽然他又想起了宗教，决定找一个神甫来听自己的忏悔，并给自己授临终圣体。

库图瓦太太见一个如此英俊的青年，竟然有气无力地说出这样悲痛的话来，不禁被感动了。她说："喂，库图瓦，你赶快骑马到马萨克，把玛隆医生请来。我看这个小伙子神色不大对劲，快点让医生来看看他是不是得了什么病。你把本堂神甫也一起请来吧，说不定他们比你知道得更清楚呢。桑树广场上的印刷所老板到底出了什么事啊？波斯泰尔是玛隆先生的女婿。"

乡下人一般都深信，生病的人应该多吃点东西。库图瓦一走，他妻子就给吕西安吃了很多东西。吕西安听凭她的摆布，同时内心悔恨交加，情绪十分激动，结果，他反而从低沉的情绪中振作起来。

一乡之中的首镇，就是坐落在芒斯勒到昂古莱姆半路上的马萨克了，磨坊距马萨克不过三四里地，好心的磨坊司务很快就请来了医生和马萨克的本堂神甫。他们早就听说过吕西安和德·巴日东太太的关系，此刻，夏朗德省的所有人又都在谈论那位太太和新任省长杜·夏特莱结婚，并一起回到昂古莱姆的消息。所以，一听说吕西安出现在磨坊司务家中，神甫和医生就心痒得难受，急于知道德·巴日东先生的寡妇为什么没有嫁给那个和她一起逃走的青年诗人，还有，诗人这次回乡是不是来搭救他的妹夫大卫·赛夏？好奇心和慈悲心结合在一起，马上给半死不活的诗人带来救星。

库图瓦走了两个小时后，乡村医生的破马车的声音从磨坊外面的石子路上传来，一会儿工夫，两位玛隆先生就来到眼前。医生是本堂神甫的侄子，他们还是住在一个盛产葡萄的小镇上的乡邻，彼此非常熟悉。吕西安见到的这两个人都与大卫·赛夏的父亲有来往。医生仔细检查了病人，把过脉，看过舌苔后，他笑眯眯地望着磨坊司务的妻子，似乎要让她尽管放宽心。

他说道："库图瓦太太，我相信您的地窖里肯定有几瓶好酒，篓子里肯定养着几条肥大的鳗鱼，您只管去给病人弄吃的喝的就行。他并没有什么病，只是虚脱罢了。我们的大人物只要吃饱饭，马上就能站起来了！"

吕西安说："唉！我的先生，我这是心病啊。这两个人告诉我一句让我听着十分难过的话。据说，我的妹妹赛夏太太的家里出了大事！库图瓦太太说你的女儿嫁给了波斯泰尔，那么，有关大卫·赛夏的事，你一定知道一些了？"

医生回答道："他可能坐了牢，而他父亲却不肯伸出援手……"

吕西安着急地问道："他坐了牢？为什么坐牢？"

玛隆先生说："有一些票据从巴黎送到他那儿，想必他忘记清理了。大家都说他糊里糊涂的。"

诗人神色大变，说道：“对不起，我的先生，我想单独和神甫谈谈。”

磨坊司务和他的妻子，还有医生一起走了出去。房间里只剩下一个老教士，这时，吕西安才说：“先生，我觉得自己快要死了，而且我也不配再活在这个世界上。我罪孽深重！我没有什么出路，不得不投入神的怀抱。我把大卫·赛夏看做亲兄弟，但最后我竟然害了自己的哥哥和妹妹。我是出了几张本票，但大卫却没有能力照付……他是被我害死的呀！当时我正遭遇不幸的事，因为走投无路才这样做的！当债主为这笔款项企图控诉我的时候，有一个大财主出来替我说情，让他们不再向我追逼债务，我一直以为那个财主替我还清了钱，实际上根本不是这么回事！”

于是，吕西安讲出自己的不幸。他到底是一位诗人，能够把那些可歌可泣的故事说得非常感人。最后，他请求神甫去昂古莱姆一趟，向他的妹妹夏娃和母亲沙尔东太太问明真实情况，看他还能不能挽回这一悲惨局面。

吕西安泪眼朦胧地说：“我一定会坚持到你回来。只要我的母亲、妹妹和大卫不嫌弃我，我就不死了！”

惊心动魄的忏悔，帅气青年的面无人色，巴黎人的口才，再加上绝望到半死不活的地步，这一切都引起本堂神甫的怜悯和关切。他回答说：“在外省和在巴黎一样，人们的闲话只能相信一半。不用担心，这儿离昂古莱姆不过十几里，免不了以讹传讹。我们的邻居赛夏老头已经进城好几天了，大概是去料理儿子的事情。就让我亲自到昂古莱姆走一趟吧，回来后我会告诉你能不能回家。我会完完全全地把你认错悔过的话转告你的家人，我也会代你说情。”

本堂神甫并不知道吕西安在过去十八个月中已经忏悔过好多次，忏悔得再沉痛也只不过是一场精心表演的戏！神甫退了出去，医生又来了。他认为吕西安发肝阳，不过危险期已经过去。侄子和叔叔说了一番同样安慰人的话，病人听着也受到安慰，答应一定再吃一些东西补补身体。

跳来跳去的女人

一

所有的朋友和熟人都参加了奥莉加·伊凡诺夫娜的婚礼。

“看我丈夫是不是挺有意思？”她一边朝丈夫点点头，一边对朋友们说，好像要说明自己为什么嫁给这么一个本本分分、普普通通、毫无出众之处的男人。

她的丈夫是一名医生，名叫奥西普·斯捷潘内奇·戴莫夫，论官品大概是九品文官而已。他有两份工作，一个是编外主治医师，一个是解剖师。每天早晨九点到中午十二点，他会给门诊病人看病，巡查病房，十分忙碌。午后，他乘公共马车赶到另一家医院，在那儿进行解剖工作。有时他也以个人名义行医，不过这样的生意很小，一年的收入只有五百来卢布。关于奥西普·斯捷潘内奇·戴莫夫的事情，仅此而已。然而，奥莉加·伊凡诺夫娜和她的亲戚朋友却都不同寻常，每个都在某方面很出色，多多少少有点名气。有的已经成为公认的专家名流；即使那些还没有成名的，也有着即将成为名流的光辉灿烂的前程。有一位剧院演员，早已被大家认为是个伟大的天才，他聪明、优雅、为人谦虚，还是一位出色的朗诵家，曾教过奥莉加·伊凡诺夫娜念台词。还有一位歌剧院的歌唱家，是个性情温和的胖子，习惯叹着气说奥莉加·伊凡诺夫娜毁了自己，如果她能勤奋一些，管住自己，肯定能成为一名出色的歌唱家。其他的还有好几位艺术家，为首的是擅长动物画、风景画和风俗画的里亚博夫斯基，他是一个相貌英俊的浅发青年，二十四五岁，他的几次画展都办得比较成功，最近的一幅画就卖了五百卢布。他为奥莉加·伊凡诺夫娜修改素描画稿，并和她一起设想将来可能取得的成就。另外一位则是大提琴手，他的乐器总能发出呜呜咽咽的声音，就像人在哭泣一样。他公开宣称，自己认识的所有女人中，只有奥莉加·伊凡诺夫娜一人能为他伴奏。还有一位年纪很轻但已名声在外的作家，写过不少短篇小说、中篇小说和剧本。此外还有一位集贵族、地主、业余插图画家和刊头卷尾的小花饰设计者于一身的瓦西里·瓦西里伊奇，他酷爱古老的史诗和民谣，还能在纸上、瓷器上和熏黑的盘子上创造出古老的俄罗斯风格画的奇迹。这帮逍遥自在的艺术家一个个彬彬有礼，态度谦和，都是命运的宠儿，但是，他们也只有在生病的时候才会想起天下还有医生这种职业。至于戴莫夫这个姓氏，在他们眼里和西多罗夫、塔拉索夫并没有什么区别。在这帮人中，戴莫夫显得更陌生，更不为人们需要，更矮小。其实他身材高大，肩膀也很宽，可他看上去总像是穿着别人的礼服，还留着店伙计一样的胡子。当然，如果他是一位作家或艺术家，别人会说他的胡子叫人联想起左拉来。

那位演员说奥莉加·伊凡诺夫娜穿上这身漂亮的婚纱，再配上亚麻色的头发，就像一棵春天里开满素雅白花、仪态万方的樱桃树。

“不，不是这样的，还是让我来告诉您，”奥莉加·伊凡诺夫娜挽住他的胳膊，对他说，“这事到底是怎么发生的。您听着，听着啊，我一定得告诉您。戴莫夫和我父亲在同一家医院工作。有一次，我父亲得了病，戴莫夫在他的病床前一连守了几天几夜，这是多么了不起的自我牺牲精神啊！你们都听我说，里亚博夫斯基，还有您，我的作家，你们走近一点吧，这是很有意思的事。他这是多么真诚的关心，多么了不起的自我牺牲！我也连着几夜没有合眼，守在父亲身边。真是了不得啊，突然间，公主赢得了英雄的心！戴莫夫神魂颠倒地掉进我的情网。真的，有时命运就是这么奇怪！父亲病逝后，戴莫夫经常来看我，有时我们也会在街上相遇。一个月朗星稀的晚上，他冷不丁地向我求婚，简直就像雪山压顶一样……我彻夜难眠，一直在哭，我自己也昏头昏脑地掉进了情网。瞧，现在我成了他的妻子。他是不是显得强壮有力，像一头熊一样？此刻，他只有四分之三的脸对着我们，光线有些不好。不过，等他转过身来，你们就可以看见他的额头了。里亚博夫斯基，您得说说他的额头怎么样？戴莫夫，我们正在谈论你呢！”她招呼自己的丈夫，“你过来，把你的手伸给里亚博夫斯基……这就对了，你们可以交个朋友。”

戴莫夫真诚而温和地微笑，把自己的手伸向里亚博夫斯基，说：“真是幸会！当年我在医学院里有个同班同学也姓里亚博夫斯基，您和他是亲戚吗？”

二

这一年，戴莫夫三十一岁，奥莉加·伊凡诺夫娜二十二岁。婚后，他们的日子过得很好。奥莉加·伊凡诺夫娜在客厅四周的墙上挂满自己和别人的素描画，有的没有画框，有的镶着画框。她还在钢琴和家具之间，用带有中国小花伞、画架、五颜六色的小布条以及半身雕像和照片，布置了一个漂亮而热闹的墙角……她用粗拙的民间木版画裱糊了餐室里的墙壁，挂上树皮鞋和小镰刀，屋角放着一把长柄大镰刀和搂草的耙子，使得这里成了一个带有俄罗斯风格的餐室。她还用黑绒布蒙上卧室的天花板和四面的墙壁，把这个房间弄成山间岩穴的样子；还在两张床的上方挂了一盏威尼斯灯笼，并把一个手执斧戟的泥塑立在门旁。大家都认为，这对年轻夫妇的小巢十分可爱。

奥莉加·伊凡诺夫娜每天早上十一点才起床，之后她弹弹钢琴，如果天气晴朗，她就去画油画。十二点多，她会坐上车子到服装店。可是，她和戴莫夫的钱只够日常开支，为了经常有新衣服穿，并且让它们引人注目，她和她的女裁缝经常挖空心思地设计服装样式。她们时常把一些旧衣服染上新的颜色，或者加上一些不值钱的花边、长毛绒、零头透花纱和丝绸，这样不必破费多少就能创造出十足的奇迹，做出来的衣服也让人目瞪口呆，那简直不能叫做衣服，而是梦幻。从女裁缝家里出来后，奥莉加·伊凡诺夫娜乘车前去拜访一位她很熟悉的女演员。她的目的有二，一是打听一些剧院的内幕新闻，二是顺便弄几张新剧首场演出或纪念性义演的门票。从女演员家出来，她还会坐车去某位画家的画室或者参观某个画展，然后再去拜访某位名流，并邀请他来家里做客或者拜访，或者只是和他聊聊天。每到一个地方，她都受到友好的欢迎，大家争着夸赞她的漂亮、可爱。即使是女人，也就是那些被她称为名流和伟人的人，也都把她当做自家人看待，当做他们的同行。他们会异口同声地向她预言：凭着她的兴趣和聪明才智，以及多方面的天赋，只要她再专心些，将来一定大有成就。奥莉加·伊凡诺夫娜唱歌、雕塑、画油画、弹钢琴、参加业余演出，所有这些她都不是随便凑凑数就算了，而是表现出极大的才能。不论是梳妆打扮，还是扎个彩灯，抑或只是给别人系条领带，她都做得特别有艺术趣味、特别优雅、特别可爱。不过，她在结识名流方面的才能表现得更明显，她很快就可以跟他们混熟。只要某个人刚刚小有名气，引起人们的议论，她就马上前去拜访，当天就能和他交上朋友，并请他到自己家中做客。每当她结交一个新名人，她都会欢天喜地。她崇拜名人，并为他们感到骄傲，甚至天天都想梦见他们。她如饥似渴地寻求，然而，她这种渴望永远得不到满足。新的名人来了，旧的名人就会被人遗忘。而且，即使是对这些新名人，她也很快就腻烦或者失望了，于是又准备寻找更新的名人、伟人，找到他们以后，又腻烦了，然后再找，如此往复。这到底是为了什么呢?

下午四点多，她和丈夫共进午餐。丈夫的朴实、理智和善良，都使她感动得忘乎所以。她会时不时地跳起来，使劲抱住丈夫的头，不停地吻着他说：

“戴莫夫，你真是一个既聪明又宽宏大量的人。可惜你对艺术没有丝毫兴趣，而且否认音乐和绘画，这真是你的一个严重缺点。”

“这是因为我不了解它们。”他温和地说，“我一辈子都在搞自然科学和医学，根本没有时间对其他的艺术产生兴趣。”

“可是，您知道这是很可怕的，戴莫夫！”

“为什么可怕？你的那些朋友不是也对自然科学和医学一窍不通吗？而你也没有因此而责备他们呀！每个人都有自己喜欢的东西。我不懂风景画和歌剧，但我对这些东西也有自己的观点：既然有一批聪明的人为它们献出毕生精力，而另一些聪明的人也乐意为它们花费大把金钱，可见它们是有价值的。”

“好吧，来，让我握一握你那诚实的手！”

饭后，奥莉加·伊凡诺夫娜又会坐上车出去看望她的朋友，然后去剧院看戏，或者听音乐会。直到午夜后她才回家。天天如此。

每到星期三，她总要在家里举办晚会。在这些晚会上，女主人和客人们并不玩牌，也不跳舞，而是举行各种艺术活动：歌剧演员唱歌，话剧演员念台词，画家们在纪念册上速写（奥莉加·伊凡诺夫娜有很多这样的纪念册），大提琴手拉提琴……而女主人自己做什么呢？她唱歌、伴奏、朗诵、演奏、绘画、雕塑，什么都参加。休息时，他们还大谈文学、戏剧和绘画，而且往往进行激烈的争辩。晚会上没有女宾，因为奥莉加·伊凡诺夫娜认为，除了女演员和她的女裁缝，其余女人都令人讨厌、庸俗不堪。因此，每次晚会都免不了出现这样的场景：门铃声响起，女主人猛地一惊，脸上即刻露出得意的神色，说："这是他！"她所说的"他"当然是指一位应邀来访的新名人。戴莫夫从来不待在客厅里，而且也没有人想起他的存在。十一点半时，通向餐室的大门打开，戴莫夫面露善良温和的微笑出现在门口，搓着手说：

"请吧，各位先生，进来吃晚饭吧。"大家来到餐室，看见餐桌上摆着同样的东西：奶酪，鱼子酱，蘑菇，一块火腿或者小牛肉，一盘牡蛎，沙丁鱼罐头，一瓶伏特加，两瓶葡萄酒。

"我亲爱的管家，"奥莉加·伊凡诺夫娜高兴地轻轻拍起手来，说，"你真迷人！朋友们，请你们看看他的额头！戴莫夫，你快点侧过脸来。先生们，你们看，他的脸活像一头孟加拉虎，而他那善良可爱的表情却像鹿一样。哇，我的宝贝！"

客人们边吃边看着戴莫夫，心里都在想："是的，他确实是一个挺不错的人。"可是，不久他们又忘了戴莫夫，只顾谈他们的戏剧、音乐和绘画。

这对年轻夫妇十分幸福，生活没有丝毫波澜，就像水流一样。不过，在蜜月的第三个星期，他们却过得不是很美满，甚至有点凄凉。原来，戴莫夫在医院里得了丹毒，在床上一躺就是六天，并且不得不剪掉那头漂亮的黑发。奥莉加·伊凡诺夫娜陪在他身边，伤心地哭泣。没等他的病情好转，她就用一块白头巾包住他剃光的头，把他当成贝陀因人来作画。病好后，戴莫夫就回医院上班了，谁也没有料到，三天后他又出了意外。

"我真是倒霉，亲爱的！"吃午饭时他对妻子说，"我今天做了四次解剖，直到回家时才发现有两个手指头被划破了。”

奥莉加·伊凡诺夫娜一听不禁吓坏了。他却笑着对妻子说，这不过是小事一桩，做解剖的时候经常会划破手。

“亲爱的，我一专心，对自己就变得大意了。”

奥莉加·伊凡诺夫娜担心丈夫会得败血症，于是每天晚上都为他做祷告。幸运的是，最后什么也没有发生。于是，生活又变得平和幸福，无忧无虑了。眼前的生活总是美好的，而且春天紧跟着就来了，它已经在远处偷偷地微笑，许下无数的欢乐。他们的幸福也毫无尽头！四月、五月和六月，他们可以住到远离喧嚣的别墅里，在那里写生、钓鱼、散步或者听夜莺鸣唱。接下来的七月、八月和九月，画家们将会去伏尔加河旅行。在这种团体活动中，她是必不可少的一员，肯定会参加这项活动。她已经缝制了两套细麻布旅行装，购买了路上会用到的画笔、画布、颜料和调色板。里亚博夫斯基几乎天天来她家，看看她的绘画是否有所进步。每当她把画拿给他看时，他总是把手深深地插在衣袋里，然后咬着嘴唇、哼着鼻子说：“噢，是这样的……您的这片云在叫唤吗？它的光线不对，不像黄昏时的云。有些地方的前景像被嚼碎了。您明白吗？我总觉得不大对劲……您那座小木屋画得上重下轻，好像在咿咿呀呀地叫苦……这个墙角也应该再暗一些。不过，总的来说，画得还算不错……我挺喜欢的。”

他说得越是难以理解，奥莉加·伊凡诺夫娜就越容易听懂。

三

圣灵降临节第二天，午饭后，戴莫夫买了点糖果和酒菜，启程前去别墅看望妻子。他已经有两周没有见到妻子了，十分想念她。他是坐火车去的，在一大片树林里寻找自家的那幢别墅，他觉得又饿又累，一心盼望能早点和妻子共进晚餐，然后再美美地睡上一觉。他喜不自禁地看着那包东西，里面装有鱼子酱、奶酪和鲑鱼。

太阳快要落山的时候，他终于找到自家的别墅。这时，一个年老的女仆告诉他：太太不在家，不过很快就会回来的。别墅的天花板很低，上面贴着写过字的纸，地板也不平整，满是裂缝，一副难看的样子。这个别墅总共有三个房间：第一个房间里摆着一张床；第二个房间的椅子和窗台上到处扔着画布、画笔、脏纸，还有男人们的大衣和帽子；第三个房间里坐着三个男人，戴莫夫不认识他们。其中两个留着大胡子，黑色的头发，长得很胖，脸上却刮得干干净净，看上去像是演员，炉子上烧着的茶炊吱吱作响。

“您有什么事吗？”演员不客气地打量着戴莫夫，并用男低音问道，“您要见奥莉加·伊凡诺夫娜吗？您等一下吧，她马上就会回来。”

戴莫夫坐下来，一个黑发男子无精打采、睡眼惺忪地看了他几眼，然后给自己倒了一杯茶，问道：“您是否也来一杯？”

尽管戴莫夫又饿又渴，但他并不想破坏自己的胃口，于是拒绝了。不久，传来一阵脚步声和熟悉的笑声，门发出砰的一声响，戴着宽边草帽、手里提着画箱的奥莉加·伊凡诺夫娜跑进房间，紧随其后的是满面红光、兴高采烈的里亚博夫斯基，他拿着一把大伞和一张折叠椅。

“戴莫夫！”奥莉加·伊凡诺夫娜高兴得涨红了脸，大声喊道，“戴莫夫！”她又叫一声，然后一下子扑进丈夫的怀抱，“真的是你吗？你为什么这么久才来啊？为什么？这是为什么？”

“我哪里有空啊，亲爱的。我一直很忙，等我有时间了，火车的班次又常常不适合。”

“我每天晚上都梦见你，真担心你生病了！不过，现在看到你我真高兴！哎呀，你知道你有多么可爱吗？你来的正是时候！

你真是我的救星！只有你才能帮助我！明天这儿要举行一个特别重要的婚礼。”她一边笑嘻嘻地为丈夫系好领带，一边继续说，“明天火车站的电报员奇克里杰耶夫要结婚了。他是一个很英俊的小伙子，人也特别聪明，你知道吗，他的脸上常常带着一股倔强得像熊一样的神气……我可以把他当成模特，然后画一幅《年轻的瓦兰人》。住在别墅里消夏的全体游客都对他很感兴趣，也答应了要参加他的婚礼……但是，他没有钱，而且形影孤单、胆小怕事，所以呢，我认为如果不去同情他，那就是罪过。你想想看，做完弥撒就会举行结婚仪式，然后大家会从教堂里一直走到新娘家……你知道吗，在苍翠的小树林里，小鸟叽叽喳喳地叫着，阳光斑驳地落在草地上，在这片色彩鲜明的背景衬托下，我们将会成为五颜六色的斑点——这幅画是多么别致，多么有法国印象派的韵味啊！可是，戴莫夫，您让我穿什么样的衣服进教堂呀？”奥莉加·伊凡诺夫娜说着说着，眼泪都快掉下来了，“我这儿什么也没有，简直是什么也没有！没有花，没有手套，没有衣服……你一定要帮帮我。一定是命运安排你来的，我亲爱的丈夫！你拿着这串钥匙回家去吧，从衣柜里把我那件粉红色的连衣裙拿来。你知道，它就挂在衣柜的最前面……然后你去储藏室，在它右边的地板上，你会看到两个硬纸盒，你打开上面的盒子就会看到里面尽是花边，还有各种各样的零碎布料，这些东西的下面就是花。你拿花的时候，一定要小心，不能把它弄皱了。亲爱的，你把那些花统统拿来，我要在里面挑一朵……另外，你再帮我买一副手套。”

“好的，”戴莫夫说，“我明天就去，然后派人送来。”

“明天怎么行？”奥莉加·伊凡诺夫娜急切地说，“明天就来不及了。明天的头班火车早上九点才开，可是婚礼十一点就要举行。不，亲爱的，你要今天去取才行，而且你今天务必赶回去！如果你明天没有时间来，找个人送来就好了。你得赶紧啊！待会儿就会有趟客车经过这里。一定不要误了火车，亲爱的。”

“好吧！”

“唉，我可真不舍得放你走哟！”奥莉加·伊凡诺夫娜说着泪水涌出眼眶，“唉，我真傻，何苦要答应那个电报员呢？”

戴莫夫匆忙喝了一杯茶，带上一个面包圈，温和地微笑着朝车站走去。那些奶酪、鲑鱼和鱼子酱，都让那两个黑发男子和胖演员享用了。

四

六月里一个风平浪静的夜晚，奥莉加·伊凡诺夫娜站在一艘在伏尔加河行使的游轮的甲板上，时而望着水面，时而望着美丽的河岸，感觉就像图画一样。里亚博夫斯基站在她身旁，对她说，水上黑魆魆的阴影不是什么阴影，而是梦；又说，这仙境般的河水，这无边无际的天空，还有这伤感沉思的河岸，都在诉说人们生活的空虚，诉说冥冥中存在的一种崇高而永恒的幸福。如果人们能够忘掉自己，即使死在这样迷人的月夜，也是十分动人的事情！过去的岁月庸俗不堪，未来的日子也平平淡淡，这个美妙的夜晚一生中可能只有一次，但它也很快就要消逝，化作永恒——那么，我们又何必再活下去呢？

奥莉加·伊凡诺夫娜时而聆听夜的宁静，时而聆听里亚博夫斯基的耳语，心里却想着自己是永生的，永远不会死去。这绿宝石般的碧水——她还从未见过这种颜色——这蔚蓝的天空，这美丽的河岸，所有的一切都充溢着她的心田，让她不由自主地欢欣鼓舞，好像在告诉她：有朝一日她将成为一位伟大的艺术家。在月光无法照到的遥远地方，等待她的将是成功、荣誉和人们的爱戴……她久久地凝视远方，似乎看到辉煌的灯火、蜂拥的人群，似乎听到庆典上昂扬的乐曲声和热烈的喝彩声，她穿着一袭白色长裙，鲜花从四面八方飞来……她还想到，跟自己并排站着、伏在船侧栏杆上的这个男人，一定是一个真正伟大的天才、上帝的宠儿……迄今为止，他所创作的作品都是那么新颖，那么出色，那么不同凡响。一旦他的绝世才华完全成熟，他的创作将无与伦比，惊天动地，倾倒众生，仅凭他的脸、他说话时的神态、他对大自然的态度就可以看出这一点。而对于阴影和黄昏的情调，对于月光，他都有与众不同的看法，并且具有自身独特的语言表达方式，这一切都使人不由得感受到，他驾驭大自然的力量是多么慑人心魂！他有十分英俊的容貌，也有独特的才能。他的生活自由自在，无牵无挂，甚至可以说是超凡脱俗，过着小鸟一般的生活。

“天凉了！”奥莉加·伊凡诺夫娜不由得打了个冷战。

里亚博夫斯基把大衣披在她身上，悲伤地说：“我觉得我已经成了您的奴隶，被您紧紧地抓在手心里了。为什么今天的您如此迷人呢？”

他目不转睛地盯着她，眼神有些可怕，以致她都不敢抬眼看他。

他凑近她的耳朵，呼出的气哈到她的脸颊上，说：“我疯狂地爱着您……只要您对我说一个‘不’字，我就无法再活下去。为了您，我甚至可以抛弃艺术……”他激动万分地喃喃道，“您就爱我吧，爱我吧……”

“不要说这种话，”奥莉加·伊凡诺夫娜闭上眼睛，说，“这真是太可怕了。再说，这让戴莫夫怎么办呢？”

“什么戴莫夫？您为什么要提戴莫夫？我和戴莫夫有什么关系？这儿有月亮，有美景，有伏尔加，有我的爱情、我的痴迷，这就足够了。这儿压根就不会有什么戴莫夫！……唉，我不在乎过去……只求您给我片刻哪怕是一瞬间的欢乐也好！”

奥莉加·伊凡诺夫娜的心跳动得更加剧烈了，她极力去想丈夫，但又觉得婚姻、戴莫夫和家庭晚会都不值一提，没有意义，也毫无必要——这平淡乏味的生活已经离她很远很远了……真的，戴莫夫算得了什么？为什么要提戴莫夫呢？自己又跟戴莫夫有什么关系呢？

"其实，对戴莫夫这样一个普通又平凡的人来说，他得到的幸福已经够多了。"她双手掩面想道，"让别人去谴责、去诅咒吧，我情愿走向灭亡，也要这样做，我偏要这样做，即使走向灭亡……生活中的一切都应当有所体验才好。我的上帝，这是多么可怕的想法，可它又是多么美妙啊！"

"怎么样？怎么样？"画家搂着她喃喃地说，并贪婪地吻着她的手，她有气无力地想要推开他，但并没有推开，"您真的爱我吗？是真的吗？真的吗？啊，多宁静的夜晚！多美妙的夜晚！"

"是的，多宁静的夜晚！"她看着他那因含着泪水而发亮的眼睛轻轻地说。然后，她迅速转过身来，伸出胳膊搂住他，热烈地吻着他的嘴唇。

"船快到基涅什玛了！"甲板另一侧有人喊道。

他们听到一阵沉重的脚步声，那是饮食部的堂伯从旁边经过时留下的。

"听着，"奥莉加·伊凡诺夫娜快乐得又哭又笑，她说，"给我们拿点葡萄酒来吧。"

画家激动得脸色有些苍白，他用爱慕、感激的眼神呆呆地望着奥莉加·伊凡诺夫娜，然后闭上眼睛，懒洋洋地微笑着说："我累了。"

他把头倚在栏杆上，睡着了。

五

九月二日，天气温暖，没有风，只是天色有些阴沉。一大早，伏尔加河上就升起一层薄雾，九点以后又开始下起雨来。看来转晴的希望不大。喝早茶的时候，里亚博夫斯基对奥莉加·伊凡诺夫娜说，绘画是一门最难见成效，也最枯燥无味的艺术，并说自己算不上什么画家，除了傻瓜以外，没有人认为他有什么才华。说着说着，他突然无缘无故抓起一把刀子，划破一幅最好的素描。喝完茶后，里亚博夫斯基满脸愁容地坐在窗前，默默地看着伏尔加河。现在的伏尔加河已经变得暗淡无光，通体都是一种颜色，看上去冷冰冰的，没有一点活力。自然界的所有事物都让人感到，阴雨绵绵、令人乏味的秋天即将来临。似乎伏尔加河上那一串串宝石般的反光，两岸一块块美丽的绿毯，远处透明的蓝天，以及大自然那别致而华丽的服饰，此刻都被造物主统统收起来了。群鸦飞在伏尔加河上空，讥讽地叫着："光啦！光啦！"听着群鸦的聒噪，里亚博夫斯基默默地想到自己的才思已经枯竭，想到不该被这个女人束缚，还想到……总之，他的思绪混乱极了，苦闷不堪。

奥莉加·伊凡诺夫娜正坐在隔板后面的床上，用手指梳理那头美丽的亚麻色头发，时而幻想自己在卧室里，时而又幻想自己在客厅里，时而还幻想自己在丈夫的书房里。她的想象又把自己带到女裁缝那里，带到剧院里，带到那些有名气的朋友家里。不知道他们这段时间都在做些什么，也不知道他们是否会想起自己？演出的季节已经来临，又到了该筹备晚会的时候。戴莫夫现在在哪里呢？啊，可爱的戴莫夫！每封信里他都是那么温存，像个孩子似的苦苦央求她快些回家！而且每月他都给她寄来七十五卢布。有一次，她写信告诉戴莫夫，自己欠画家们一百卢布，很快他就真的把这笔钱汇来了。多么善良、慷慨的人啊！奥莉加·伊凡诺夫娜厌倦了旅行，觉得无聊极了，恨不得马上就离开这些农民，躲开伏尔加河上的潮气，甩掉那种浑身不自在的感觉。如果不是里亚博夫斯基已经向那些艺术家保证，要在此地逗留到九月二十日，她真想今天就离开这里。如果真能离开这儿，那该多好啊！

“上帝啊！”里亚博夫斯基唉声叹气地埋怨道，“太阳到底要什么时候才能出来？没有太阳，我那幅阳光普照的风景画怎么可能画得出来呢？”

奥莉加·伊凡诺夫娜从隔间走出来，说道：“可是，还有一幅画稿您画的是多云的天空呀，难道您不记得了吗？它前景的左侧是一群母牛和鹅，右侧是一片树林，您不妨趁现在把它画完吧。”

“哼！”画家紧绷着脸，“难道您以为我就那么笨，竟然连自己该做什么都不知道吗？”

“您对我的态度转变得太快了！”奥莉加·伊凡诺夫娜叹了口气。

“哼，我觉得好得很。”

奥莉加·伊凡诺夫娜脸上一阵抽搐，接着走到炉子旁边呜咽起来。

“对，现在您就只剩下哭了——这是最后的办法。还是算了吧！我也有成千上万种理由掉眼泪，可我是不会哭的。”

“成千上万种理由？”奥莉加·伊凡诺夫娜呜咽着大叫道，“最根本的理由就是您已经讨厌我了。一定是这样！”她说完就放声大哭起来，“您就说实话吧，我早知道您已经为我们的爱情感到害臊了。您总是千方百计地设法不让那几个画家发现我们的恋情，其实这根本瞒不住，很早以前他们就知道了。”

“我只求您一件事，奥莉加，”画家一边用手按着胸口，一边用恳求的声调说，“我只求您一件事：别折磨我！除此之外，我对您不再有任何要求！”

“但是，您要发誓，说您仍然爱着我！”

“真是要命！”画家咬着牙一字一顿说完后跳起来大叫道，“如果您这样，我只好去跳伏尔加河了，要不然我会疯掉的！您快躲开我吧！”

“既然您这么说，那好啊，您还是打死我吧，打死我吧！”奥莉加·伊凡诺夫娜大叫起来，“您打呀！”

奥莉加哭着跑回隔间。雨哗哗地落在农舍的干草顶上，里亚博夫斯基抱着头，大步地在小屋里走来走去，忽然，他的脸上露出果断的神色，仿佛要向谁证明什么似的，戴上帽子，背上猎枪就走出了小屋。

里亚博夫斯基走后，奥莉加·伊凡诺夫娜躺在床上哭了很长时间。起初她一心想服毒自尽，等里亚博夫斯基回来时就会发现她已经死了。后来又想回到自己家的客厅，回到丈夫的书房里。她想象自己可以无忧无虑地坐在戴莫夫身旁，享受宁静、平和的生活，到了晚间又可以坐在剧院里听马西尼的演唱。她渴望文明，渴望城市的繁华，渴望见到那些名人，这些想法让她心痛不已。一个农妇走进来，懒懒散散地生起炉子，并在炉子上做饭。屋子里烟熏火燎，到处都是焦糊味。画家们穿着泥泞的高筒靴回来了，一个个脸上隐约还挂着雨水。他们分析自己的素描，并自我安慰道：“不论伏尔加河上遇到怎样恶劣的天气，都不会减少它丝毫的魅力。”那只不值钱的挂钟在墙上滴滴答答地走着……冻僵了的苍蝇聚集在摆放圣像的屋角嗡嗡飞着，藏在长凳底下厚纸板中间的蟑螂也爬来爬去……

太阳落山的时候，里亚博夫斯基回到农舍，脸色有些苍白，不等脱下那双肮脏的靴子就筋疲力尽地坐在长凳上，把帽子扔在桌上，立即闭上眼睛。

“我太累了……”他紧皱着眉头，竭力想抬起眼皮。

奥莉加·伊凡诺夫娜为了表明自己并没有怄气，并且为了表示对他的亲热，坐在他面前，默默地吻了他一下，然后把小木梳插进他浅色的头发里，想给他梳一梳头发。

“您这是干什么呀？”他大声训斥道，好像有一个冰凉的东西碰到他的身体一般。

接着，他睁开眼睛，说：“您这是干什么呀？您能不能让我安静一会儿，我求求您了！”

他推开奥莉加，独自走开了。奥莉加觉得他的脸上显出一种憎恶和厌恼的神情。

就在这时，农妇小心翼翼地捧着一碗菜汤进来。看到她那两个胖胖的大拇指浸在汤里，奥莉加·伊凡诺夫娜感到一阵恶心。肮脏的农妇探着身子站在那儿，里亚博夫斯基津津有味地喝着菜汤。此时此刻，这个小屋，还有这里的整个生活，都让她感到害怕。刚来的时候，她还比较喜欢这种生活的简朴和颇有艺术趣味的杂乱，可是，现在她突然感到自己好像受到很大的侮辱，于是冷冷地说：

“看来我们最好还是分开一段时间，否则我们真的会因为生活的无聊而吵翻，我很讨厌这种情形。我今天就要走了。”

“您怎么走啊？难道骑着扫帚柄吗？”

“今天是星期四，九点半会有一班轮船经过这里。”

“是吗？对，是这样……好吧，那您就走吧……”里亚博夫斯基温和地说，接着用毛巾代替餐巾擦了擦嘴，“这里的生活烦闷不堪，加上无事可做，谁要是有心留您，他一定是一个十足自私的家伙。您还是回家去吧，二十号以后我们就又会见面了。”

奥莉加·伊凡诺夫娜兴高采烈地收拾东西，红红的脸上流露出快乐的神情。她暗自问自己：难道这是真的吗？难道很快就可以在卧室里睡觉，在客厅里画画，在铺着桌布的餐桌上吃饭了？她终于卸掉心理上的沉重包袱，也不再生画家的气了。

“里亚布沙，我把颜料和画笔都留给您用。”她说，“记住，凡是我留下来的东西，将来您都要给我带回去……还有，我走了以后您一定不要犯懒，也不要心事重重、闷闷不乐，您要工作。其实您是一个挺好的人，里亚布沙。”

九点多了，临别时里亚博夫斯基给了她一个吻，她立即明白，他之所以这样做，是为了避免当着画家们的面在轮船上吻自己。之后，他把她送到码头。轮船一会儿就来把她带走。

两天半后，奥莉加回到家里，她没有脱掉帽子和雨衣，就兴奋地喘着粗气跑进客厅，然后又跑进餐室。戴莫夫穿着敞开的坎肩，正坐在餐桌旁边在叉子上磨刀。戴莫夫面前的盘子里摆着一只松鸡。奥莉加·伊凡诺夫娜在踏进住宅前的一刹那，就决定把所有事都向丈夫隐瞒，对此她有足够的能力和本事。可是现在，她看到开朗、温和、带着幸福笑容的戴莫夫，还有他那双亮晶晶的眼睛，立即感到欺骗这个善良的人是多么卑鄙丑恶，同时自己也做不到，因为这样做就好比要她去诽谤、偷盗或者杀人一样。刹那间，她决定告诉丈夫发生的所有事情。她让他吻自己，拥抱自己，随后她跪在他面前，用双手蒙住自己的脸。

“你这是怎么啦？怎么啦，亲爱的？”他温存地问道，“你想家了吗？”

奥莉加抬起羞得通红的脸，带着惭愧、恳求的目光注视着他，但是，恐惧和羞耻又阻止她——阻止她说出事情的真相。

“没什么，”她吞吞吐吐地说，“没什么……”

“我们还是坐下来吧，”戴莫夫说着就把她扶起来，让她坐到餐桌旁边，“没事的……吃点松鸡吧。我可怜的小乖乖，你肯定饿坏了。”

奥莉加贪婪地呼吸家里温馨的空气，吃着可口的松鸡，而戴莫夫在一旁温柔地看着妻子，开心地笑着。

六

冬季快过去一半的时候，戴莫夫才觉察到自己受骗了，但他好像做了亏心事似的，不敢正视妻子的眼睛，脸上也没有了愉快的笑容。为了避免单独跟奥莉加待在一起，他常常带同事科罗斯捷列夫回家吃午饭。科罗斯捷列夫留着短发、身材矮小，而且满脸皱纹，为人腼腆。每当奥莉加·伊凡诺夫娜和他谈话的时候，他总是窘得把自己坎肩上的纽扣时而扣上，时而解开，或者用右手去捻左侧的唇髭。吃饭的时候，他们谈的都是医学方面的问题，比如横膈膜一旦升高就会引起心脏病，等等。有一次，戴莫夫谈到自己昨天解剖了一具尸体，诊断书上写的是"恶性贫血"，而他却在胰腺上发现了癌变。两人聊得热火朝天，好像只是为了给奥莉加·伊凡诺夫娜一个沉默的机会，让她可以不必撒谎。饭后，科罗斯捷列夫坐到钢琴旁，戴莫夫叹了口气，对他说：

"唉，我的老兄！还是算了吧，这又有什么！你还是给我弹首忧伤的曲子吧。"

于是，科罗斯捷列夫在钢琴上弹出几个和音，然后用男高音唱了起来："请你告诉我，什么地方的俄罗斯农民不呻吟？"戴莫夫又是一声长叹，然后用拳头支着头，思考起来。

最近一段时间，奥莉加·伊凡诺夫娜的言行举止极为放肆。她每天早晨醒来后，情绪总是很坏。她想到自己已经不再痴迷里亚博夫斯基，感谢上帝，这件事总算过去了。可是，等到喝完咖啡，她又想到里亚博夫斯基害得自己失去丈夫，现在既失去里亚博夫斯基，又失去了丈夫。后来，她又回想起一些熟人的谈话内容，说里亚博夫斯基正准备展出一幅惊人之作，它是风景画和风俗画的混合体，带有波列诺夫惯用的风格。据说，凡是去过他的画室的人，没有一个不佩服、赞叹并为之倾倒的。这时，她又认为这幅画肯定是在自己的影响下才创作出来的，总之，多亏她的影响，里亚博夫斯基才变得愈来愈好，并达到艺术的高峰。她的影响总是那么重要、那么有益，如果她扔下他不管，也许他会毁了自己的前程。奥莉加又回想起上次他来看自己的情形，当时他穿着一件带小花点的灰上衣，系着新领带，懒洋洋地问道："我漂亮吗？"是的，他的确很漂亮，有长长的鬈发和蓝蓝的眼睛，而且他对自己也很热情。

奥莉加·伊凡诺夫娜就这样胡思乱想着，很长时间才穿上衣服，随后她十分激动地到画室找里亚博夫斯基去了。奥莉加到那里时，发现他正兴高采烈地陶醉在出色的画作中。他蹦蹦跳跳做出顽皮的样子，总是用笑话把严肃的问题打发掉。奥莉加·伊凡诺夫娜对里亚博夫斯基充满嫉妒，也十分痛恨他那幅画。不过，出于礼貌，她还是在画前默默站了五分钟，最后，她像人们在圣物前叹息一样，叹了一口气，小声说：

"真是优秀，您以前还从没画过如此优秀的画。您知道，这幅画真是太惊人了！"

随后，奥莉加开始苦苦哀求，请他爱她，不要丢开她，请求他怜悯她这个可怜又不幸的人。她流着泪，吻着他的手，硬逼他对自己起誓说他爱她，而且她还一再向他表明：如果失去她的良好影响，他将走上歪路，自毁前程。等到奥莉加败坏了画家的好兴致，内心感到深深的屈辱时，她就坐上车到她的女裁缝那儿，也可能去找熟悉的女演员弄戏票。

有时候，如果奥莉加在他的画室里找不到他，就会给他留下一封赌咒的信。信上说：如果他当天不来看她，她肯定服毒自尽。对此，他害怕极了，即刻来找她，还毫不避讳她的丈夫在场而留下来吃饭，并且对她说一些粗俗无礼的话。奥莉加也会粗暴地回敬他几句。两人都觉得对方是个暴君和敌人，都感到是对方拖累了自己。他们大发雷霆，在气愤之中完全不顾自己的举动多么不成体统，就连剪短头发的科罗斯捷列夫都看得一清二楚。饭后，里亚博夫斯基匆忙告辞。

“您到底要上哪儿去？”奥莉加·伊凡诺夫娜用仇恨的眼光看着他。

他眯着眼，绷紧了脸，随口说出一个女人的名字——这个人通常也是她认识的。显然他是在有意惹她生气。回到卧室后，她就倒在床上，在嫉妒、愤怒、屈辱和羞耻的折磨下，咬着枕头，放声大哭起来。这时，戴莫夫撇下客厅里的科罗斯捷列夫，跑进卧室，心慌意乱、局促不安地轻声说：

“不要哭得这么大声，亲爱的……这又是何苦呢？这种事你一定要……要不露声色才好……你要知道，过去的事情都已经过去了，已经无法挽回。”

奥莉加不知道如何才能减轻嫉妒的重压和猜忌的折磨，她甚至感到太阳穴跳得发痛。她转而想到事情还可以挽回，于是，她洗干净脸，并在哭肿的脸上扑了点粉，飞也似的去找那个熟悉的女人。然而，她并没有在那个女人家里找到里亚博夫斯基，于是，她又坐上车找到第二家，然后第三家……开始她还为自己这样乱找一通感到有点难为情，后来她就习惯了，时常一个晚上跑遍她认得的所有女人的家，目的就是为了找到里亚博夫斯基。

有一天，她对里亚博夫斯基谈起自己的丈夫，她说：“这个人总是用他的宽宏大量来压我。”

奥莉加对这句话很满意。每当她遇到别的画家，如果对方知道她和里亚博夫斯基的风流韵事，她就会用力摇一下手，然后这样说她的丈夫：“这个人总是用他的宽宏大量来压我。”

他们的生活方式和一年前一模一样，每逢星期三，她总要举办晚会，画家作画，歌唱家唱歌，大提琴手演奏，演员则进行朗诵，而且照例是刚到十一点半，通往餐厅的大门就打开了，戴莫夫面带微笑地说：“请吧，先生们，进来吃晚饭吧。”

奥莉加·伊凡诺夫娜仍然像以前那样喜欢寻找伟人，找到之后又感到不满意，于是再去找新的。和往常一样，她每天都是深夜才回家，这时的戴莫夫却不像去年那样早早就睡了，而是坐在书房里写什么东西，直到三点才躺下睡觉，第二天八点就起床。

一天傍晚，奥莉加正站在卧室的穿衣镜前整理衣服，准备去剧院。这时，戴莫夫走进她的寝室，他穿着礼服，系着白领带，像过去一样温和地微笑着，看着妻子的眼睛也充满快乐，脸上还放着光。他坐下来，揉着自己的膝盖说："我刚刚通过了学位论文的答辩。"

"通过了？"奥莉加·伊凡诺夫娜带着疑问的语气说。

"啊哈！"他伸长脖子想看看镜子里妻子的脸，哈哈大笑起来，因为妻子始终背对着他在那里梳理头发。"啊哈！"他又重复了一遍，"你知道，我很可能得到一个病理学概论方面的编外副教授职称。"

他那张脸显得快乐无比，神采飞扬，假如此刻奥莉加·伊凡诺夫娜能高兴地分享他的喜悦和成功，那么他就会原谅她所做的一切，现在的，还有将来的，他会因此忘掉一切。可是，奥莉加不懂什么叫做编外副教授，什么叫做病理学概论，况且她当时正担心看戏会迟到，所以她一句话也没有说。

他在那儿又坐了两分钟，然后抱歉地笑了笑，走出去了。

七

这是一个最不平静的日子。

戴莫夫头痛得很厉害，他既没有吃早饭，也没有去医院，而是一直躺在书房里的一张土耳其式长沙发上。和平常一样，十二点多，奥莉加·伊凡诺夫娜又去找里亚博夫斯基，她想让他看看自己的静物写生，还想问问他昨天为什么没有来看她。她觉得这幅画毫无价值，她之所以画它，不过是为了找个无谓的借口而已。

她没有按门铃，径直走了进去。当她在前室脱套鞋时，似乎听到画室里有女人衣裙的沙沙声，她赶紧朝画室里张望，只见棕色的裙角一闪而过，立即消失在一幅大画后面了。这幅画和画架完全被黑布蒙着，从顶端一直到地板。毫无疑问，那个女人就躲在那儿。想当初，奥莉加·伊凡诺夫娜也曾躲在这幅画后面呢！里亚博夫斯基显得很窘迫、很尴尬，向她伸出两只手，极不自然地陪着笑脸说：

“哎呀，哎呀！见到您真高兴。您有什么好消息要告诉我吗？”

泪水充满了奥莉加·伊凡诺夫娜的眼睛，她感到心酸、羞愤。即使给她一百万，她也不愿在这个不相干的女人或情敌在场的情况下说上一句话。那个女人现在可能正站在画布后面恶毒地窃笑呢。

“我给您带来了一幅画稿……”她的嘴唇颤抖着，然后用极细的声音怯生生地说，“这是一幅静物写生画。”

“啊？……是一幅素描吗？”

画家接过画稿，边走边看，似乎是不经意地走进隔壁的一个房间。

奥莉加·伊凡诺夫娜顺从地跟着他。

“静物写生……一流的。”他嘟哝着，随后便信口哼起了韵词，“库罗尔特，乔尔特，波尔特[①]……”

这时，画室里传来一阵匆忙的脚步声和衣裙的沙沙声，显然那个女人已经走了。奥莉加·伊凡诺夫娜恨不得大声呵斥一顿，

① 库罗尔特，乔尔特，波尔特：分别为“疗养院”“鬼”“港口”的音译，与“一流的”的尾音“索尔特”同韵。这里为无聊的戏言。

朝画家头上扔一块重东西，然后转身跑掉。但是，这时的她已经泪眼模糊，什么也看不见了，沉重的羞辱感重重地压在她心头，她觉得自己已经不再是奥莉加·伊凡诺夫娜，也不是什么女画家，不过是一条小小的虫子。

“我累了……”画家看着那幅画，懒洋洋地说，“当然，您画得挺不错，不过您总是今天一幅画稿，明天一幅画稿，下个月还是一幅画稿……您竟然也画不腻？换了我是您的话，我早就把画笔扔掉了，这样画下去还不如认真地搞点音乐什么的。要知道，您算不得什么画家，您是一位音乐家。我真是太累了！我这就去让他们送茶来……好吗？”

说着他就走出了房间，奥莉加·伊凡诺夫娜听到他对听差吩咐着什么。为了避免当面告辞，避免一些不必要的解释，尤其是避免自己忍不住失声痛哭，她没有等他回来，就赶紧跑到前室，穿上套鞋跑到大街上。这时，她才觉得自己的呼吸畅快了，感到自己跟绘画、跟里亚博夫斯基、跟那种沉重的羞辱感，从此一刀两断了。一切都结束了。

奥莉加坐上车子先去找了一趟女裁缝，随后又去拜访昨天刚到此地的巴尔奈。从巴尔奈那儿出来后，她又去了一家乐谱店。一路上她都在想着怎样给里亚博夫斯基写一封冷酷无情、充满个人尊严的信，怎样在春天或夏天和戴莫夫一起去克里米亚度假，怎样与过去的生活彻底决裂，重新开始。

这天夜里，奥莉加很晚才回到家，没有换衣服就在客厅里坐下开始写信。里亚博夫斯基竟然对她说她并不算是画家，为了回敬他几句，她在信中写道：您每年画的都是老一套的东西，您每天说的也是老一套的话，您已经停滞不前了，今后您休想超过以往的成绩。她还想告诉他：您在许多方面得益于我的良好影响，如果说您从此走下坡路，那是因为各式各样的暧昧人物取代了我对您的影响，今天躲在画布后面的那个女人就是其中之一。

“亲爱的，”书房里的戴莫夫并没有开门，只是在叫她，“亲爱的！”

“什么事啊？”

“亲爱的，你不要进我的房间，站在门口就可以了。事情是这样的……前天我在医院被传染了白喉，现在……我很不舒服。你赶快去请科罗斯捷列夫来。”

奥莉加·伊凡诺夫娜就像对她所有熟悉的男人一样对待自己的丈夫，素来只称呼丈夫的姓，而不叫名字。她不喜欢奥西普这个名字，因为这让人联想到果戈里的奥西普，以及与这个名字相关的俏皮话：“奥西普，哑嗓子；阿尔希普，爱媳妇。”现在她却喊道：“奥西普，这怎么可能呢？”

“你快去吧！我很不舒服……”戴莫夫在门里面说，可以清楚地听到他走回沙发躺下的声音，“你还是快去吧！”传来戴莫夫低沉的声音。

“这是怎么回事啊？”奥莉加·伊凡诺夫娜想着，吓得手脚冰凉，“这病危险着呢！”

她举着蜡烛走进卧室，盘算着下一步应该怎么办，她无意间看了一下穿衣镜，结果看到一副既可怕又丑陋的模样：一张惊慌失措的苍白的脸，高袖口的短大衣前有一大堆黄色的皱边，裙子上的条纹乱七八糟，她突然感到对不起戴莫夫，对不起他年轻的生命，对不起他对自己那份深厚的爱，甚至对不起这张很久没有睡过的寂寞的床。她不禁想起他平日那张温和的笑脸。她伤心地放声大哭起来，接着立刻给科罗斯捷列夫写了一封求助信。这时已经是午夜两点。

八

将近早晨七点时，由于一夜无眠，奥莉加·伊凡诺夫娜感到头脑昏昏沉沉，她没有梳洗，模样十分难看，带着一脸悔愧的神情走出卧室。这时，一位黑胡子的先生经过她的身旁，之后进了前室，看来这人大概是医生。空气中弥漫着一股药水的味道。科罗斯捷列夫站在书房门口，还是用右手捻着左侧的唇髭。

"对不起，太太，我不能让您进去看他，"他一脸深沉地对奥莉加·伊凡诺夫娜说，"这种病会传染。况且，说实话，您进去也不会有什么作用，他已经发高烧说胡话了。"

"他真的得了白喉吗？"奥莉加·伊凡诺夫娜轻声问道。

"真应该把那些明知危险却偏要去冒险的人，送交法庭审判。"科罗斯捷列夫没有回答奥莉加·伊凡诺夫娜的问话，而是嘟嘟囔囔地说，"您知道他是怎么传染上这种病的吗？星期二那天，他用吸管吸了一个病儿的白喉黏液。他这是要干什么呀？真是愚蠢……简直是胡闹……"

"这病很危险吗？"奥莉加·伊凡诺夫娜焦急地问道。

"是的，这就是最厉害的白喉。说实话，您应当把施列克请来才对。"

之后来了一个身材矮小、鼻子很长的红发男子，说话时带着犹太人的口音。随后又来了一个头发蓬松、身躯伛偻的高个子，看上去就像一个大辅祭。最后来的是一个年轻人，脸色红润，很胖，戴一副眼镜。这些医生都是来为自己的同事轮流值班的。科罗斯捷列夫值完班后并没有回家，仍旧留在这儿，像个幽灵似的在各个房间里走来走去。女仆不断地跑药房，不停地给值班的医生们送茶，根本没有时间收拾房间，以致宅子里带着一种阴沉的肃静。

奥莉加·伊凡诺夫娜独自坐在卧室里，暗想也许是上帝因为她欺骗丈夫而来惩罚她了。这个从不诉苦、沉默寡言、无法理解的人，这个温顺得没有丝毫个性、善良得似乎没有主见、显得软弱的人，此刻正躺在冷冷清清的书房的长沙发上，一句抱怨的话也没有说，只是默默忍受着痛苦。事实上，白喉并不是他痛苦的真正原因，医生们从科罗斯捷列夫的眼神中看出，这位朋友的妻子才是真正的罪魁祸首，白喉不过是她的帮凶罢了。现在，奥莉加已经记不得伏尔加河上的那个月夜，也记不得那番爱情的表白和农舍里那段富有诗意的生活。她只在想由于自己的苛刻无聊、任性妄为，使她从头到脚都沾上一层又脏又黏的污秽，从此再也洗不干净了……

"哎呀，我真是不应该欺骗他，"她回忆起自己跟里亚博夫斯基那段乱糟糟的爱情史时说道，"我真是该死！……"

下午四点时，奥莉加和科罗斯捷列夫一起吃了午饭。科罗斯捷列夫只是拉着长脸喝了点葡萄酒，没有吃任何东西，也没有说一句话。奥莉加也没有吃东西，只是在暗自祷告，并向上帝起誓，如果戴莫夫的病好了，她一定会好好爱他，永远做他忠实的妻子。有时她也会精神恍惚地望着科罗斯捷列夫，想道："做一个无名小卒，真是没有一点的出路，再加上面容憔悴、举止粗鲁，难道不令人厌烦吗？"有时她又觉得上帝会立即来处死自己，由于担心被传染，她一次也没有走进丈夫的书房。总之，奥莉加情绪低沉而沮丧，认为自己的生活全毁了，再怎么努力也不可挽救……

午饭后，天色渐渐暗下来，奥莉加·伊凡诺夫娜走进客厅，科罗斯捷列夫枕着一个金线绣的绸垫子，躺在沙发床上呼噜呼噜地打着鼾。

值班医生走进书房，然后又走了出去，谁也没有留意到这种混乱的状态。外人只是在客厅里呼呼大睡，那些独出心裁的陈设、墙上的画稿，还有头发蓬乱、衣冠不整的女主人——所有这一切现在都引不起外人的一丁点兴趣了。有位医生不知为何笑了一声，这笑声显得那么古怪，让人听了觉得心酸。

奥莉加·伊凡诺夫娜再次走进客厅时，科罗斯捷列夫已经醒来，正坐在那里抽烟。

他看到奥莉加，小声地说："他的白喉已经转移到鼻腔，现在他的心脏功能也不正常。实话告诉您，他现在的情况很糟糕。"

"那您去请施列克吧！"奥莉加·伊凡诺夫娜说。

"他已经来过了，正是他发现戴莫夫的白喉杆菌已经扩散到鼻腔。唉，施列克来了又管什么用？说实话，施列克也束手无策。他是施列克，我是科罗斯捷列夫——如此而已。"

时间就这样拖下去，奥莉加·伊凡诺夫娜和衣躺在凌乱的床上，迷迷糊糊地睡着了。她觉得整个宅子，从地板到天花板，仿佛都被庞大的铁块填满了，只有把这个大铁块搬出去，大家才会轻松愉快一些。等她醒来，她才明白压在自己心上的并不是什么铁块，而是戴莫夫的病。

"静物写生，港口……"想着想着，奥莉加又陷入昏睡的状态，"港口……疗养院……施列克又怎么样？格列克，弗列克，施列克……克列克。现在我的朋友到底在哪儿呢，他们是否知道我们家遭遇的不幸？主啊，求您救救我……饶恕我吧！施列克，施列克……"

又是那个铁块……时间一分一秒地过去，楼下的挂钟不时地敲响。有时她会听到门铃的声音，那是陆续而来的医生们……

一名女仆端着托盘走进来，问道："太太，需要我收拾一下床铺吗？"

奥莉加没有回答，女仆又走出去。楼下的钟又敲响了，奥莉加梦见伏尔加河上的细雨。她觉得好像有个外人走进卧室，她猛地跳起来，认出来人正是科罗斯捷列夫。

“现在是什么时间？”她问。

“大概三点多。”

“哦，戴莫夫的情况怎么样？”

“还能怎么样呢！我特地来告诉您一声：他去世了……”

他挨着她坐在床边，不停地用袖子擦着眼泪。奥莉加一时没有明白过来，可是，紧接着她就浑身冰冷，不停地在自己胸前画十字。

“他去世了……”他用尖细的嗓子又重复了一遍，抽泣着说，“他去世了，他牺牲了自己……对科学来说，这是一个重大的损失！”他沉痛地说，“要是拿他和我们全体相比，他可谓一个伟大的人、一个才华出众的人，是他给了我们大家希望！”科罗斯捷列夫扭着手，继续说道，“仁慈的上帝啊，现在就是打着灯笼也休想找到像他这样的学者了。奥西卡·戴莫夫，奥西卡·戴莫夫，你究竟是怎么搞的！哎呀呀，我的上帝啊！”

科罗斯捷列夫双手掩面，绝望地摇着头。

他变得越来越怨恨什么人似的，接着说：“他有着多么大的道德力量啊！他有一颗善良、纯洁和仁慈的心——就像水晶一样透明！他为科学服务，为科学献身，日日夜夜像牛一样辛勤地劳动，可是谁也不怜惜他。他是那么年轻，白天行医，晚上做翻译，可是挣来的钱却买了这堆……下贱的废物！”

科罗斯捷列夫用仇恨的眼神盯着奥莉加·伊凡诺夫娜，他双手抓过床单，怒气冲冲地撕碎了它，仿佛有罪的是床单。

“他不怜惜自己，别人也不怜惜他。唉，真是的，现在说这些还有什么用？”

“是啊，他确实是一个世上少有的人！”客厅里的有个男人低声说道。

奥莉加·伊凡诺夫娜回想起她和丈夫一起度过的全部生活，从头到尾，包括所有的细节，这时，她才突然明白戴莫夫的确是世上少有的不平凡的人。和自己认识的人相比，他真的算是伟大的人。她又回想起去世的父亲及所有与戴莫夫共事的医生对他的态度，才发现他们都认定戴莫夫是未来的名人。那墙、电灯、地毯和天花板好像都在挤眉弄眼地嘲笑她，仿佛在说：“你真是瞎了眼，瞎了眼！”奥莉加哀叫着冲出卧室，在客厅里与一个不相识的男人擦肩而过，奔进丈夫的书房。戴莫夫一动不动地躺在那张土耳其式的长沙发上，一条被子盖在齐腰的地方。他脸色灰黄，消瘦、干瘪得让人害怕。只有那黑眉毛，那额头，还有那熟悉的微笑，让她认出他是戴莫夫。奥莉加·伊凡诺夫娜抚摸着他的手、胸和额头。他的胸口还有一些余温，但额头和手已经冰凉得让人毛骨悚然了。

“戴莫夫！”奥莉加大声喊着，“戴莫夫！”

她想对丈夫说明，过去的一切都是她的错，但是事情还可以挽救，生活依然美满幸福。她还要告诉戴莫夫，他是一个不平凡的伟大的人，她将会一生一世地崇拜他，敬畏他……

“戴莫夫！”她大声叫他的名字，拍他的肩膀，不相信自己从此再也见不到他，“戴莫夫，戴莫夫呀！”

这时，客厅里的科罗斯捷列夫正在对女仆发话：

“这有什么好问的？您直接去找教堂的看门人，他会告诉您那些靠养老院救济的老婆婆住在哪儿。这些老婆婆自会给死者洁身、装殓，做好所有需要做的事情。”

药内奇

一

每当到C省城来的外人抱怨这里的生活枯燥单调时，当地的人都会说C城很好，C城有一座戏院、一家图书馆和一个俱乐部，有时还会举办舞会——在这里可以与一些头脑机敏、言谈风趣的人交流来往。他们就这样辩解。然后，他们会向你推荐图尔金一家，说他们家最有教养、最有才华。

这家人住在紧邻省长官邸的私人宅第里，伊万·彼得罗维奇·图尔金本人相貌英俊，身体肥胖，一头黑发，留着络腮胡子。在一些慈善性的募捐业余义演上，他会亲自上台扮演年迈的将军，咳嗽起来显得滑稽可笑。他有一肚子谜语、笑话和谚语，喜欢开玩笑，也爱逗乐，但是他脸上的表情却使人们猜不透他是在谈正经事还是在开玩笑。他的太太名叫薇拉·约瑟福夫娜，是一位娇美、苗条的夫人，戴一副夹鼻眼镜。她擅长写中篇和长篇小说，并喜欢把自己的作品读给来访的客人听。正值妙龄的女儿叶卡捷琳娜·伊万诺夫娜喜欢弹钢琴。总之，这一家人各有所长。图尔金一家热情好客，并且乐于展示各人的才能。他们的房子是砖石结构，高大宽敞，夏天特别凉爽，房子的半数窗户朝向一座古老的绿荫密布的花园，到了春天，花园里到处能听到夜莺婉转的歌声。当客人们坐在大厅里时，厨房里的菜刀声响个不断，煎洋葱的味道飘满院子，预示着一顿丰盛美味的晚餐即将开席。

德米特里·约内奇·斯塔尔采夫刚刚被委任为县区地方医生时，就住在离C城九俄里的佳里日镇。当时有人建议他结识图尔金一家，因为他是一个有知识的人。那年冬天，他在大街上被别人介绍给伊万·彼得罗维奇，他们谈了谈戏院、天气，还有霍乱，紧接着他就被邀请到图尔金家去做客。春天的一个星期天，正值耶稣升天节，给病人看完病后，斯塔尔采夫进城去散心，顺便买点东西。他不慌不忙地走在大街上(当时他还没有自己的马车)，一路哼唱着："我在生活中还没有品尝到泪水的滋味……"

斯塔尔采夫在城里吃了午饭，又在花园里逛了一会儿，后来他想起伊万·彼得罗维奇的邀请，决定去一趟图尔金家，见识见识他到底是什么人物。

"欢迎大驾光临，欢迎光临！"伊万·彼得罗维奇在门廊里迎接他，"您这么高贵的客人能来这里，我真是太高兴了，太高兴了！请进吧，我把我的贤内助介绍给您。"他把妻子介绍给斯塔尔采夫，然后对妻子说，"薇罗奇卡，我告诉过他，即使罗马法典里也没有哪项条文规定他必须待在自己的医院里，他应当把自己的闲暇时间贡献给社会。我的宝贝，你说是不是？"

"您请坐，"薇拉·约瑟福夫娜让客人坐在自己身边，"您来向我献献殷勤吧！我丈夫会非常嫉妒的，他就是一个奥赛罗。不过，我们可以设法不让他看见我们的举动。"

"你这个人呀，小淘气，小乖乖……"伊万·彼得罗维奇亲昵地叫道，并在妻子额头上亲吻了一下，然后开口对客人说，"您来的正是时候，我太太刚好完成了一部洋洋洒洒的作品，她今天将为大家朗诵。"

“冉奇克，”薇拉·约瑟福夫娜对丈夫说，“您去吩咐仆人给我们上茶吧。”

夫妇俩把十八岁的女儿叶卡捷琳娜·伊万诺夫娜介绍给斯塔尔采夫。女孩长得十分像她的母亲，身材苗条，相貌可爱。不过，她的表情还带有几分稚气，腰身也有些纤细柔嫩；她那少女的乳房已经微微隆起，显露出美丽和健康，洋溢着青春气息。后来大家喝了茶，吃了蜂蜜、糖果、果酱和非常可口、入口即化的饼干。傍晚时分，客人们三三两两地来了。伊万·彼得罗维奇笑眯眯地招呼每一位到来的客人，并说：“欢迎大驾光临。”

薇拉·约瑟福夫娜开始朗诵她的长篇小说，大家表情严肃地坐在客厅里听着。她是这样开始的：“严寒更加凛冽……”所有窗户都打开了，厨房里的菜刀声不时传来，大家都闻到了煎洋葱的味道……又软又深的圈椅，以及客厅里柔和的灯光让大家觉得很舒服。在这个盛夏的夜晚，不时从街道上传来人们的讲话声、欢笑声，院子里飘来的丁香花香味，令人很难想象严寒是如何凛冽、落日又是如何用冷丝丝的光照射雪原和在路上孤零零跋涉的旅人的。薇拉·约瑟福夫娜读到一位年轻貌美的伯爵夫人如何在农村创办图书馆、学校和医院，又是如何爱上一位浪迹天涯的画家。她所朗读的故事都是生活中从来不会发生的事。但无论如何，坐在软椅里听着她悦耳的声音还是很舒服，脑子里浮现的也都是这类美好的想法，让人实在不愿意站起来……

“挺不赖的嘛……”伊万·彼得罗维奇轻轻地说了一句。

有一位听故事的客人，思绪已经飞到很远的地方，他用勉强可以听到的声音说道：

“是啊……确实不赖……”

一个小时过去了，又一个小时过去了，毗邻的市立公园里乐队正演奏着，合唱队唱着歌。薇拉·约瑟福夫娜合上自己的笔记本。足足有五分钟的时间，大家都没有吭声，他们在倾听合唱队演唱的《可爱的松明》，这首歌唱的是生活中常有的事情。

“您的大作在杂志上发表了吗？”斯塔尔采夫问薇拉·约瑟福夫娜。

“没有，”她回答道，“我不在任何刊物上发表文章。写完了我就把它藏在柜子里。为什么要发表呢？”她解释道，“我们又不缺钱花。”

不知为何，听了她的话大家都叹了一口气。

“现在请你，猫咪，给我们弹一支曲子吧。”伊万·彼得罗维奇对女儿说。

钢琴的盖子已经掀开，乐谱也事先翻好了。叶卡捷琳娜·伊万诺夫娜坐下来，双手在琴键上敲着，然后用尽全身力气猛敲了一下，又一下，又一下……由于用力过大，她的肩头和胸部都在抖动。不过，她还是执著地敲着同一个琴键，仿佛不把琴键敲进钢琴里去决不罢休。客厅里的地板、天花板、家具都在响着，到处充满隆隆的响声……叶卡捷琳娜·伊万诺夫娜弹的是一首难度很大的乐曲。斯塔尔采夫一边聆听乐曲，一边在脑海里描绘一幅情景：从高山上滚下来一堆石头，石头滚呀滚，不停地滚，他希望这些石头不要再往下滚了。同时，他觉得自己好像非常喜欢这位矫健有力、紧张得脸色通红、一缕卷发垂在额前的叶卡捷琳娜·伊万诺夫娜。想到自己在佳里日镇的病人和农民当中度过了一个冬天后，能够坐在这个客厅里，欣赏这位年轻漂亮的纯洁少女演奏的高雅琴声，是多么惬意，多么新奇啊……

叶卡捷琳娜·伊万诺夫娜演奏完后，伊万·彼得罗维奇双眼含着泪水，说：“啊，猫咪，你今天弹得实在太精彩了。”

大家围在叶卡捷琳娜·伊万诺夫娜身边，向她表示祝贺，说自己已经多年没有欣赏过如此美妙的乐曲了。叶卡捷琳娜·伊万诺夫娜微笑着，一声不响地听大家评论，全身上下都显示出成功的喜悦。

“好极了！简直太好了！”

“好极了！”在大家的感染下，斯塔尔采夫也这么说，然后问道，“您是在什么地方学的音乐？是在音乐学院吗？”

“不，我打算进音乐学院，不过目前只是在此地跟扎夫洛夫斯卡娅太太学琴。”

“那您是毕业于当地专科学校的专修班？”

“啊，不是！”薇拉·约瑟福夫娜替女儿回答道，“我们是请老师到家里来教她。在学校或学院里，您会同意我的看法的，可能会有一些不良的影响。因为女孩正在成长，她只能接受母亲一个人的影响。”

“无论如何，我一定要进音乐学院。”叶卡捷琳娜·伊万诺夫娜说。

“不，猫咪爱自己的妈妈。猫咪不会让爸爸妈妈伤心的。”

“不，我就要去！我一定要去！”叶卡捷琳娜·伊万诺夫娜半撒娇半开玩笑地说，还跺了一下自己的小脚。

在晚餐的宴席上，伊万·彼得罗维奇也展示了自己的才华，他眯缝着两只笑眼给大家讲起笑话，还说了一些逗乐的话，让大家猜一些可笑的谜语，最后又不得不自己说出谜底。他讲话时总是用与众不同的语言，这是他总说俏皮话养成的习惯。很显然，这些话已经成了他的习惯用语，例如“洋洋大观”呀、“挺不赖”呀，还有什么“千谢万谢让您受罪了”呀，等等。

其实还不止这些。客人们吃饱喝足后，都心满意足地挤在前厅寻找自己的大衣和手杖，一个十四五岁的佣人帕夫鲁沙在客人身边忙碌着。他留着小平头，鼓着胖乎乎的脸蛋。这家人都习惯把他叫做帕瓦。

“喂，帕瓦，给大家表演一下！”伊万·彼得罗维奇对他说。

帕瓦举起一只手，摆了一个姿势，然后用悲惨的腔调说：“您去死吧，不幸的女人！”

大家被他逗得哈哈大笑。

“太逗了！”斯塔尔采夫走到街上时心里还在想。

斯塔尔采夫并没有直接回家，而是走进一家餐馆，在那里喝了一杯啤酒，然后才徒步回到佳里日镇。他一边走一边哼唱着：

“你的声音对我来说，又温柔又忧伤……”

他今天大约走了九俄里，可是上床睡觉时一点也不觉得疲倦，恰恰相反，他还恨不得再走上二十俄里。

“挺不赖的呀……”朦胧中他又想起这句话，不由自主地笑起来。

二

斯塔尔采夫总想到图尔金家去，可医院的工作太忙，抽不出空闲的时间。就这样，他在忙碌和孤单中过了一年多。有一天，城里有个人给他送来一个淡蓝色的信封……

薇拉·约瑟福夫娜早就患有偏头痛的病症。最近，猫咪每天都说要去音乐学院，因此她犯病也越来越频繁。全城所有医生都被轮流请来，最近轮到他这位县级医生。薇拉·约瑟福夫娜给他写的信非常动人，麻烦他来一趟，以便减轻自己的痛苦。斯塔尔采夫立刻去了图尔金家，此后便经常造访……他的到来确实使薇拉·约瑟福夫娜的头痛有所减轻，于是，她逢人便夸奖这位医生不同寻常、妙手回春。不过，后来他造访图尔金家已经不仅仅是为了医治她的偏头痛……

这天是一个节日，叶卡捷琳娜·伊万诺夫娜正坐在钢琴前弹奏又长又枯燥的练习曲，之后大家坐在餐厅里品茶聊天，伊万·彼得罗维奇还讲了一件非常可笑的事。这时门铃响了，主人起身去前厅迎接客人，趁着一时忙乱，斯塔尔采夫激动地对叶卡捷琳娜·伊万诺夫娜悄悄说：“看在上帝的份上，我恳求您不要再折磨我了，我们到花园里去吧！”

她耸耸肩，仿佛对他的要求不知所云和莫名其妙，不过，她还是站起来，走了出去。

“您在钢琴前一弹就是三四个小时，”他跟在她身后说：“这之后您就会和您的母亲坐在一起，我根本没有任何机会和您谈话。我恳求您给我一点时间好吗？哪怕是一刻钟的时间，我也心满意足了！”

秋天已经临近，花园里一片静谧萧瑟，幽径上落满深色的枯叶。天黑得也比以前早了。

“我已经有一周的时间没有见到您了，”斯塔尔采夫接着说，“您应该明白，这是多么让人难受！我们还是坐下来吧。”

他们都喜欢花园里那个叶子宽大的老枫树下的长椅，现在他们两人就坐在这条长椅上。

“您有什么事吗？”叶卡捷琳娜·伊万诺夫娜平静地问。

“我已经整整一周没有见到您了，这么久没有听到您的声音，我真的渴望，渴望听到您的声音。请您讲话吧！”

她的眼睛，她的脸蛋，还有她那天真鲜嫩的气息，她身上的一切都让他神魂颠倒。即使是她身上的衣着，他也觉得楚楚动人，有一种朴实的风采。同时他又觉得她绝顶聪明，她的修养也超过了她的年龄。他们谈艺术、谈文学，什么都谈，他甚至还向她抱怨别人、抱怨生活。不过，有时他们正在进行严肃的交谈时，她会突然不合时宜地大笑起来，或者跑回自己的房间。她和C城所有的姑娘一样，经常读书（事实上，C城人是很少读书的，本地图书馆的工作人员就曾说，如果没有这种姑娘和年轻的犹太人，图书馆完全可以关门大吉），这让斯塔尔采夫感到无限欣喜，每次见面，他都兴奋地问她近日看了什么书，然后就像着了迷似的听她讲述。

“在我们没有见面的这一周里，您都看了什么书呀？”他问道，“讲给我听听吧。”

“我看了皮谢姆斯基的小说。”

“哪部小说？”

“《一千个农奴》。”猫咪回答说，“皮谢姆斯基的名字真可笑，叫阿列克谢·费奥菲拉克特奇！”

她突然站起来，斯塔尔采夫见状惊讶地问道：“您去哪儿呀？我一定要和您谈谈，我必须向您表明……请您再和我待上一会儿，哪怕是五分钟也好！我求您啦！”

叶卡捷琳娜·伊万诺夫娜停了下来，好像要说点什么，但最终什么也没有说，只是难为情地把一张纸条塞到斯塔尔采夫手里，就跑回屋去了。

斯塔尔采夫展开小纸条，一看：“请您今晚十一时到公墓院内杰梅蒂墓碑附近，我在那里等你。”

“哦，这种约会可真新奇。”他镇定下来后暗自想道，“为什么她要约我到公墓去呢？这到底是为什么？”

一般人都是在某条街上或公园里约会，谁会三更半夜约人到远在城外的公墓去呢？显然是猫咪在捉弄人。再说，让他这样一个县级医生，一个有头脑、有地位的人，到公墓里游荡，干一些连中学生都会嘲笑的蠢事，这段浪漫史将会怎样发展下去呢？一旦让同事们知道了，他们又会怎么说呢？自己的脸面何存？斯塔尔采夫围着俱乐部里的桌子转来转去，心里充满矛盾，可是十点半一到，他立刻就乘车去了公墓。

现在，他已经有了自己的双套马车，还有一个名叫潘捷列伊蒙的车夫，他身穿一件丝绒坎肩。皓月当空，四周寂静无声，天气还很温暖，尽管已有了秋天的一丝凉意。靠近屠宰场的郊区，犬吠阵阵。斯塔尔采夫在城边的一条巷子里下了车，独自朝公墓走去。“人人都有自己的怪脾气。”他在心里想着，“猫咪可能也是一个怪女人——谁又知道呢？——也许她不是在开玩笑，她真的会来。”他把希望寄托于渺茫的愿望，并为这个希望所陶醉。

斯塔尔采夫穿过野地走过去，大约走了半俄里的路程，这时他已能看到远处黑乎乎的公墓，看上去像一片树林，又像一个大花园。白色的围栏、大门已经出现在眼前……月光下，可以看到大门上的几个字：极乐时刻降临……斯塔尔采夫从便门走进公墓，一眼就看到宽敞的林荫路旁的墓碑和白色的十字架，还有它们和杨树的黑影。放眼望去，整个公墓里尽是白色和黑色的物体，还有睡意朦胧的树木，它们将自己的枝条垂悬在白色的物体上。形状类似野兽脚掌的枫叶在林荫路的黄沙和石板上显得格外清楚，墓碑上的铭文也清晰可见。这是斯塔尔采夫头一次看到这番景象，也可能他这辈子再也没有机会看到了。这儿的月光如此明亮、如此温柔，这个世界如此美好，就像人类的摇篮一样。这儿没有生命，没有任何生命，可是，每一棵墨绿的杨树、每一座坟茔都让人感受到一股神秘的力量，给人安宁、温馨、永恒的感觉。石板、凋花与秋天树叶的气息，都散发出宽恕、悲伤和静谧。

万籁俱寂，繁星闪闪，月亮温和地从高空俯视大地。此情此景，斯塔尔采夫的脚步声显得十分刺耳。当教堂里的钟声响起时，他把自己想象成一个已经永远被埋葬在此地的死人，这时，他感觉有人在凭吊自己，在这一瞬间，他想到的不是安宁也不是寂静，而是茫茫的惆怅和深深的绝望……

杰梅蒂的墓碑就像一座小教堂，碑顶上还立着一个天使。当年一个意大利歌剧团途经C城，团里的一位女歌唱家不幸逝世，人们便把她安葬在此地，并修了这座墓碑。现在城里的人已经忘记她，不过碑前的长明灯在月光的映照下好像还亮着。

斯塔尔采夫没有看到一个人。谁会三更半夜到这儿来呢？但斯塔尔采夫仍一直在等，月光也好像在坚定他的信念，他满怀激情地等待，想象自己和叶卡捷琳娜·伊万诺夫娜接吻、拥抱的情景。他在墓碑旁坐了大约半个小时，然后又沿着两旁的林荫路走了一阵，他一边等一边想，想象这些墓穴里不知埋葬了多少姑娘、多少妇女，当年她们是那么漂亮、那么迷人，每天晚上都会在温存中感受爱与激情的燃烧。斯塔尔采夫思忖着，同时他也想大喊一声，说自己多么渴望爱，说自己一直都在期待着爱。这时，浮现在他眼前的已不再是白色的大理石，而是婀娜多姿的肉体，他感受到她们的体温，他看见羞答答的人影正往树阴里躲藏，这种折磨让他无法忍受……

月亮遁入云层，周围顿时变得一片漆黑，像是天幕落了下来。斯塔尔采夫勉强找到大门——天色已经黑了，就像秋夜一般——然后，他足足花费了一个半小时，东走西窜才最终找到他停下马车的小巷子。

“我实在太累了，都快站不住了。”他对潘捷列伊蒙说。

当他舒舒服服地坐在马车上时，心里想道：“嗨，自己真不该发胖啊！”

三

第二天晚上，斯塔尔采夫到图尔金家去求婚，可惜来的不是时候，理发师正在给叶卡捷琳娜·伊万诺夫娜做头发，她准备到俱乐部去参加晚会。

斯塔尔采夫又不得不坐在客厅里长时间地喝茶。伊万·彼得罗维奇看出客人有心事，坐得也无聊，就顺手从坎肩的口袋里掏出几张小纸条，读了德国籍管家写的一封可笑的信，信中说到庄园里所有的“矢口抵赖”都坏了，所有的“羞耻”都塌了[①]。

---

① “矢口抵赖”“羞耻”：德国管家用错了词，应为“门闩”和“墙”。

“她的娘家总能给不少陪嫁吧……”斯塔尔采夫心不在焉地听着，这样想道。

又是一夜无眠，这让他神志不清，好像被甜腻的迷魂汤灌醉了似的。他脑子里一团浆糊，但又感觉喜洋洋、暖呼呼的。同时，他的头脑里还有一种冷冰冰、沉甸甸的东西。

“现在还为时不晚，赶快住手吧，难道她和你门当户对吗？她调皮任性，娇生惯养，每天都要睡到两点多，而你不过是一个县级医生，一个教堂执事的儿子……”

“可是，这又怎么样？”他心里想着，“管它呢！”

“再说，如果娶了她，”他在脑子里分析着，“她的亲人就会逼我放弃县里的工作，搬进城里来住。”

“哼，这又怎么样？”他心想，“进城就进城吧。她家一定会给一些陪嫁，这样我们就可以安顿自己的家了……”

叶卡捷琳娜·伊万诺夫娜终于走进来，她身穿一件袒胸露背的舞会纱裙，显得纯洁、美丽。斯塔尔采夫惊讶地望着她，只是一味地傻笑，一句话也说不出来。

叶卡捷琳娜·伊万诺夫娜开始告别了。这样一来，他也没有必要留在此地，于是站起身来说：“我也该回去了，病人还在等着我呢。”

“既然如此，”伊万·彼得罗维奇说，“我就不留您了。啊，请您顺便带猫咪到俱乐部去吧。”

外面下起雨点，天很黑，只能凭借潘捷列伊蒙那喑哑的咳嗽声，才能猜出停马车的地方。他已经把车篷支起来了。

“我走路踩地毯，你走路瞎扯淡。”扶女儿上马车时，伊万·彼得罗维奇顺口说了几句顺口溜。之后，二人就上路了。

“我昨天到公墓去了。”斯塔尔采夫开口说，“您的做法也太不仗义、太过狠心了……”

“您真的到公墓去了？”

“是的，我真的去了，我一直在那儿等您，一直等到半夜两点多，我很痛苦……”

“您既然不懂什么是玩笑，痛苦也是活该。”

想到自己如此巧妙地捉弄了一个追求的人，而且这人如此热烈地爱着自己，叶卡捷琳娜·伊万诺夫娜心里美滋滋的，不由得笑起来。突然，她大叫一声——这时，两匹马在俱乐部的大门口猛地转了个弯，车身有些倾斜了。斯塔尔采夫趁机抱住叶卡捷琳娜·伊万诺夫娜的腰。叶卡捷琳娜·伊万诺夫娜惊魂未定，依偎在他身上，而他趁势热烈地吻了她的双唇、她的下巴，并且紧紧地抱住她。

“够了。”她冷冷地说道。

转眼间，她已经不在马车上。灯火通明的俱乐部门口，一个警察朝潘捷列伊蒙喊道：“笨蛋，你怎么不动了？快点走开！”

斯塔尔采夫回到家，但很快又返回来，身上穿着借来的礼服，系着白色的硬领结，他在俱乐部的客厅里一直坐到深夜，然后脉脉含情地对叶卡捷琳娜·伊万诺夫娜说：

“啊，我从来没有恋爱过，对爱情知之甚少。我感觉还没有人能正确地描写爱情，就算作家也未必能把这种温柔、欢乐、痛苦的感情描绘出来。只要一个人体验过一次这种感情，他就不会用语言来表达它了。何必要有开场白呢？何必要进行描述呢？又何必讲那些没有用的花言巧语？我的爱是无穷无尽的……我请求您，恳求您，”斯塔尔采夫终于说出口，“请您做我的妻子吧！”

“德米特里·约内奇，”叶卡捷琳娜·伊万诺夫娜停顿片刻，脸上露出极其严肃的表情，然后说，“德米特里·约内奇，对于您对我的厚爱，我很感谢。我尊敬您，但是……”她站了起来，接着说下去，“但是，请您原谅我，我不能做您的妻子。还是让我们严肃地谈一谈这个问题吧。德米特里·约内奇，您知道，我一生中最钟爱的就是艺术，我把音乐奉若神明，对它爱得神魂颠倒，甚至可以把一生都献给音乐。我希望自己能当一名演员，渴望成功、出名、自由，可您却希望我继续留在C城，过这种空虚无聊的生活，我已经无法忍受这种生活了。啊，不，我不能答应您，对不起！一个人应该朝着更辉煌的目标努力，家庭生活只会永远束缚我。德米特里·约内奇（她莞尔一笑，因为当她说到'德米特里·约内奇'时，竟想起了'阿列克谢·费奥菲拉克特奇'），德米特里·约内奇，您是一位善良、高尚、聪明的人，所有的人都比不上您……"泪水涌出她的眼眶，"我真心实意地欣赏您，但……您可以理解……不是吗？"

为了不让自己哭出声来，她转身离开了客厅。

斯塔尔采夫不再忐忑不安，他走出俱乐部，首先扯下硬领结，并深深地呼了一口气。他感到特别丢人，自尊心受到极大伤害，他没想到自己会遭到拒绝，也不相信自己的梦想和期望会把他引向如此愚蠢的结局，活像是业余剧团演出的小戏里的情节。他痛惜自己的爱、自己的感情，恨不得大哭一场，或者抄起雨伞狠狠地抽打潘捷列伊蒙那宽阔的后背。

一连三天，斯塔尔采夫都无心工作，吃不下也睡不着。不过，当他听说叶卡捷琳娜·伊万诺夫娜去了莫斯科报考音乐学院时，他的心终于平静下来，又恢复了往日的生活。

后来，他偶尔会想起自己在公墓内晃来晃去的情形，想起自己是怎样坐着马车满城寻找礼服，每当这时，他就会伸伸懒腰，自言自语地说：

"当初让我操心的事还真不少呢！"

四

四年过去了，城里的许多人都找斯塔尔采夫看病。每天上午，他在佳里日镇的医院里接待完病人后，就会匆匆乘车赶往城里去看望病人。现在，他乘坐的马车已经不是双套，而是三套了，套上还缀着丁丁响的铃铛，每天他都是直到深夜才能回到家。他身体发福，胖了不少，由于患哮喘病的原因，他已经不愿意走路了。潘捷列伊蒙也胖了不少，他越来越爱叹气，抱怨自己命苦，赶车的活太累人。

斯塔尔采夫到过各种各样的家庭，见识过形形色色的人，但和谁都不亲近。城里人的衣着谈吐、人生态度，甚至他们的模样，都让他感到心烦。做人的经验让他逐渐明白了一些事理：当你和城里人一起吃吃喝喝或玩牌时，他们还算得上平和、老实，甚至也不浑、不傻。可是，只要话题一离开饮食，例如谈及政治或学术上的事，他们就不知所云，甚至信口雌黄，显得既愚蠢又伤人，这时你真恨不得拂袖而去。每当斯塔尔采夫试图与城里人或自由派人士交谈，比如说到人类在向前发展，随着时间的推移，人们出行时可以不用护照，甚至可以取消死刑，这时，城里人就会斜着眼看他，并用怀疑的语气问道："那么，这也就是说，到了那时，任何人都可以在大街上随便杀人了？"当斯塔尔采夫在社交场合吃晚餐或喝茶时，他偶然说到"人应当劳动，不劳动就无法生活"，结果在场的每个人都认为他是在训话，并大动肝火地开始争辩起来，甚至胡搅蛮缠。即便这样，城里的人还是无所事事，不关心任何人、任何事，简直想不出能和他们谈什么样的话题。所以，斯塔尔采夫只好回避与城里人谈话，只是埋头吃东西或玩牌。如果正好赶上某家操办喜事，留他用餐，他便一声不响地坐在那儿吃，眼睛只盯着盘子，对席间的谈话根本不感兴趣，认为他们都是胡说八道，简直愚蠢至极。他激动，气愤，但却沉默不语。正因为他的表现，城里人给他起了一个绰号，叫做“气呼呼的波兰人”，虽然他根本不是波兰人。

如果遇到看戏、听音乐之类的娱乐，他一概退避。但他喜欢玩牌，每天晚上都会玩上三个小时，而且非常上瘾。他还有一种不知不觉中渐渐养成的嗜好：每天晚上他都从口袋里掏出给人治病所得的纸币，有时这些纸币把所有的口袋都塞得满满的，足足有七十多卢布，有绿票子，也有黄票子，有的散发着醋味，有的带着香水味，还有的带着一股熏香味和鱼油味。等到积攒到几百卢布时，他就把钱存到互助信贷社去。

叶卡捷琳娜·伊万诺夫娜已经离家四年了。在这四年中，斯塔尔采夫只到图尔金家去过两趟，还是薇拉·约瑟福夫娜邀请他去医治偏头痛。叶卡捷琳娜·伊万诺夫娜每年夏天都会回家省亲，可他一次也没有看见过她，总是不凑巧。

四年就这样过去了。一个宁静、温煦的早晨，有人到医院送来一封信——这是薇拉·约瑟福夫娜写给德米特里·约内奇的信。她在信中说：“我很想您，请您无论如何也要赏光来一趟，以便减轻我的病痛。再说，今天恰好是我的生日。”信的下边还附了一句：“我也同意妈妈的邀请。猫。”

经过一番认真的思考，斯塔尔采夫傍晚乘车去了图尔金家。

“啊，欢迎大驾光临！”伊万·彼得罗维奇眉开眼笑地亲自迎接他，然后又用变了腔调的法语说：“邦如尔泰。”以表示对客人的欢迎。

薇拉·约瑟福夫娜白发苍苍，显得老多了。她和斯塔尔采夫握了握手，煞有介事地叹了口气：

“医生，您总不光临寒舍，是不是不想向我献殷勤了？对您来说，可能我已经人老珠黄。不过，我那年轻的姑娘回来了，也许她会得到您的垂爱。”

猫咪变得白嫩、清秀，更加漂亮，更加苗条了。不过，现在的她是叶卡捷琳娜·伊万诺夫娜，而不是猫咪了。往日的鲜嫩和稚气已经从她身上消失了。她的眼神和举止中多了畏怯和歉疚，仿佛这里已经不是自己家了。

“我们已经很多年没有见面了！”她说着就把手伸给斯塔尔采夫。看得出她的心在紧张跳动着，她注视他的脸，接着说：“您胖多了！脸也晒黑了，比以前更有男子汉风度，总的来说，您的变化并不大。”

斯塔尔采夫依然觉得她很可爱，很喜欢她，但是他也感到她身上缺少了一些什么，又或许是多了一些什么，然而他也说不清究竟是什么。但是，她那苍白的脸色，淡淡的微笑，还有她那说话的腔调和新添的表情，所有这些都妨碍他重燃过去的热情。过了片刻，他连她的衣服和她坐的软椅也不喜欢了。回想当年自己几乎要娶她为妻的往事，他感到极不痛快。他又想起了自己的爱情，想起四年前令他坐立难安的希望和幻想，不禁有点不自在。

大家喝着茶，吃着甜饼。后来，薇拉·约瑟福夫娜又朗读了她写的长篇小说，小说中讲的依然是生活中永远不会发生的事情。斯塔尔采夫望着她那头美丽的白发，倾听她的朗读。

“不会写小说的人，”他心想，“倒不一定是蠢材；而写了小说却不懂得把它藏起来的，才是真正的蠢材。”

“挺不赖的嘛！”伊万·彼得罗维奇还是那样的口气。

后来，叶卡捷琳娜·伊万诺夫娜弹了几支钢琴曲，声音很激昂。当她弹完时，大家长时间地对她表示感谢和赞美。

“幸好我没有娶她为妻。”这个念头在斯塔尔采夫的脑子里一闪而过。

她望着他，大概是盼望他能提出去花园的建议，可他却默不作声。

“我们还是谈谈吧，”她走到他面前说，“您近来的生活怎么样？忙吗？这些天来，我一直在想念您。”她神经质地接着说，“本来我想给您写一封信，想亲自到佳里日镇去看望您，我都已经决定出发了。可是，后来我又改变主意——天知道现在您会怎样看待我。今天我的心情很乱，看在上帝的份上，我们还是到花园里去吧！”

他们去了花园，花园还像四年前一样，他们也仍然坐在老枫树下的长椅上。天色一片漆黑。

叶卡捷琳娜·伊万诺夫娜问道：“您生活得怎么样啊？”

“可以，还过得去。”斯塔尔采夫回答道。

他再也想不出什么话和她交谈，两人都保持沉默。

“我的内心很不平静，”叶卡捷琳娜·伊万诺夫娜说着就用双手捂住脸，“请您不要担心，回到家里的感觉好极了，见到大家我也非常高兴，只是一时还不能习惯。多少回忆啊！我以为我们会不停地交谈，一直谈到天亮。”

现在，他看清她的脸庞，还有她那亮晶晶的眼睛，在黑暗中，她显得比在室内年轻多了，甚至露出往日稚气的表情。她正用天真好奇的眼光望着他，仿佛要把他看个清楚，想要了解这位当年那么温柔、那么火热、那么不幸爱过她的人，她的眼睛里流露出一种感激。他也想起所有的往事，甚至所有的细枝末节：自己怎样在公墓里游荡，怎样疲惫不堪地回到家里。他突然为自己所做的一切感到忧伤和惋惜。他心中的火苗慢慢燃烧起来。

“您还记得我送您去俱乐部参加晚会的事吗？”他说，“那天下着雨，天也很黑……”

他心中的火苗越烧越旺，甚至想发泄一下对生活的怨气……

“唉！”他又叹了一口气，“您问我的生活过得怎样，在这里我们还能奢望过上什么样的生活呢？没什么可说的，我是越来越老，越来越胖，一年不如一年了。一天又一天——时间就这样流逝，生活暗淡无光，糊里糊涂……人们白天攒钱，晚上泡俱乐部，大家都是一群赌徒、酒鬼，还有一些嗓音嘶哑的人，我实在忍受不了他们，还有什么好说的呢？”

“您有自己的事业，生活中也有崇高的目标。过去，您是那么喜欢谈论自己的医院，谈论自己的事业，那时的我还有点矫情，以为自己真的是一个伟大的钢琴家。现在呢，谁家的小姐不会弹琴？我算是知道了，我和大家一样，并没有什么与众不同的地方。我是一个钢琴家，就和我妈妈是一位作家一样。那时的我也不理解您。可是，后来到了莫斯科，我就常常想念您——只想念您一个人。我认为当县级医生是多么幸福的事啊，救死扶伤，为人民服务。这真是幸福的事！”叶卡捷琳娜·伊万诺夫娜心驰神往地又重复了一遍，“当我在莫斯科想念您时，您在我的心中是那么完美，那么崇高……”

想到自己每天晚上都会兴致勃勃地从口袋里掏出纸币，斯塔尔采夫心中的火苗又熄灭了。

他站起身来，想回到屋子里去，可她却挽住他的胳膊，说道：

“您是我一生中认识的人中最好的一个，以后我们还会见面谈心的，对不对？请您答应我，好吗？我并不是钢琴家，我已经有了自知之明。我再也不会当着您的面弹钢琴，也不会再谈论音乐。”

他们进了屋，在傍晚的灯光下，斯塔尔采夫看清了她的面颊和那双注视着自己的感激、忧伤、探索的眼睛，这时的他感到一阵迷离恍惚，并且又一次想道：“幸亏我当时没有娶她为妻。”

于是，他和大家告别。

“即便是罗马法典，也没有规定您有任何理由可以不吃晚饭就走啊。”伊万·彼得罗维奇送他时说道。他又在前厅对帕瓦说：“喂，表演一个节目吧！”

帕瓦已经不是一个孩子了，已经长成一个青年人，而且还蓄起胡子。他扬起手臂，摆出一副架势，然后用凄惨的声音说道：

“您还是去死吧，不幸的女人！”

这一切都刺激了斯塔尔采夫的神经，他匆忙坐上马车，望着黑压压的房子和花园，这是当年他备感亲切可爱的地方，所有的往事一下子涌上他的心头——猫咪丁丁当当地弹奏，薇拉·约瑟福夫娜的长篇小说，伊万·彼得罗维奇的俏皮话，还有帕瓦的拿腔作调，他随即又想到：如果全城中天分最高的人都是如此浑浑噩噩的话，C 城本身的样子就可想而知了。

三天后，帕瓦送来叶卡捷琳娜·伊万诺夫娜的一封信。她在信中写道：

您为什么不来我家？我担心您改变了对我们的看法，我真的很害怕。我一想到这就一阵心慌。请您让我放心好吗？您来吧，并告诉我万事顺利。

我必须跟您仔细地谈谈。

您的叶·图

斯塔尔采夫读完这封信，想了想，对帕瓦说：

“亲爱的，你回去告诉叶卡捷琳娜·伊万诺夫娜，我今天去不成，我很忙。你就说我大约三天后再去。”

三天过去了，一周又过去了，他还是没有去。

有一天，他乘车路过图尔金家，认为自己应该进去看一看，哪怕只是呆上一分钟，可他考虑了一会儿……最终还是没有进去。

从此，他再也没有到过图尔金家。

五

几年又过去了，斯塔尔采夫越来越胖，他一身肥膘，连喘气都有些吃力，走起路来头向后仰着。这位红光满面、肥头大耳的人坐在铃铛丁零零作响的三套马车上，他的车夫潘捷列伊蒙也和他一样红光满面、肥头大耳，坐在车夫的座位上，伸直胳膊不停地朝迎面而来的人叫喊："靠……右，靠……右！"那情景可真够威风的，仿佛车上坐的不是活人，而是一尊异教的神像。城里找他看病的人非常多，他几乎连换口气的工夫都没有。现在，他已经置办了一个庄园，还有两栋城里的房产，如今正在为自己物色第三栋有利可图的房子。每当互助信贷社的人告诉他某处房屋准备出售时，他就会大摇大摆地走进那栋房子，仔细查看每个房间，全然不顾屋里还有几个没有穿上衣服的妇女与儿童。那些人睁大眼睛惊讶地望着他。他则用手杖乱捅着门说：

"这是卧室？这是书房？这里是干什么的地方？"

与此同时，他呼哧呼哧地喘粗气，擦拭额头上的汗珠。

他操心的事情很多，但绝不会放弃县级医生的职务。他变得贪婪无比，什么也不想耽误。不论是在佳里日镇，还是在城里，人们都简单地称他为"药内奇"了。"药内奇，您这是到什么地方去呀？""要不要请药内奇前来会诊呢？"

他的嗓音变得又细又尖，性格也变得粗暴、易怒。即使在接待病人时，他也常常不耐烦地用手杖敲击地板，并用他那讨厌的嗓音叫道：

"请您直接回答我的问题！废话少说！"

他仍然孤身一人，生活也很枯燥，什么事都引不起他的兴趣。

在佳里日镇生活的那些年，对猫咪的爱恋大概是他唯一的也是最后的欢乐。每天晚上，他都会到俱乐部玩牌，然后独自坐在大桌旁吃晚餐。伺候他的是一位这里最受人尊重的老侍应生，他给斯塔尔采夫端上拉斐特十七号葡萄酒。这里所有的人——厨师、侍应生、俱乐部主任——都知道他不喜欢吃什么，喜欢吃什么，并想方设法地迎合他，以免他发脾气，否则，他又用手杖敲击地板了。

进餐的时候，他偶尔也转过身去，在别人的谈话中插上几句：

“你们谈的都是什么事情呀？啊？谁？”

有时，如果邻桌有人提及图尔金家里的事，他就打听：

“您说的是哪一家图尔金？是他女儿会弹钢琴的那一家吗？”

关于他，我能说的也就只有这些了。

关于图尔金一家呢？伊万·彼得罗维奇一点也没有老，性格一如既往，还是一样爱逗乐，爱讲笑话；薇拉·约瑟福夫娜也和往常一样兴致勃勃地给客人朗读自己的小说；而猫咪呢，她还是每天都弹钢琴，一弹就是四个小时——她已经明显变老了，而且常常生病，每年秋天都随母亲一起到克里木去疗养。伊万·彼得罗维奇总是送她们母女去火车站，火车一开动，他便擦着眼泪喊道：“再见！”同时挥舞手中的手帕。

出　诊

利亚利科夫工厂给教授发来一封催促他前去的电报。人们从那封冗长且文理不通的电报上只能明白一点：大概是一个叫利亚利科娃太太的工厂厂主的女儿生病了。其他的话就看不明白了。派去的是住院医师科罗廖夫，教授并没有去。

他要先坐火车到离莫斯科两站路的地方，出了车站还要坐大约四俄里的马车。奉命在车站等候科罗廖夫的是一辆三套马车。车夫的帽子上插着一根孔雀毛，他按照军人的标准回答医生的所有问话：“绝不是！”“是那样！”那是一个太阳正西下的星期六的黄昏，从工厂里出来的工人三两一群、四五一伙地前往火车站，一看到科罗廖夫坐着的马车，他们就鞠躬示意。科罗廖夫沉醉在黄昏、庄园、两旁的别墅、桦树以及四周恬静的气氛里。现在是假日前夜，田野、树林、太阳，仿佛也准备跟工人一起休息，也许还准备祷告呢……

他出生并成长在莫斯科，对于乡村并不了解，除了偶尔浏览关于工厂的文章及在厂主家里聊天，从未进过工厂，也对工厂缺乏兴趣。每当看见一家工厂——无论远近，他总是暗想，不论它的外表显得多么安静平和，但是里面，工人在极度愚昧无知、自私自利的工厂主的管制下，做着枯燥乏味、有损健康的苦工，大家吵架，酗酒，满身虱子。那些工人此刻正战战兢兢、恭恭敬敬地给四轮马车让路，肮脏、醉意、焦躁的心绪和恍惚的精神在他们的脸庞、便帽和步法上表露无遗。

当车子走进工厂大门时，他看见两边工人的小房子、许多女人的脸以及晾在门廊上的被子和衬衫。车夫并不勒住马，只是喊道："小心马车！"那是个地上没有绿草的大院子。院子里有五座各有一根大烟囱的厂房，彼此离得并不远，此外还有一些积着一层像是灰尘的灰白色粉末的货栈和棚子。有些可怜兮兮的小花园和管理人员所住的红色或绿色房顶的房子，散布在四处，好像是沙漠里的绿洲。在一所重新上过灰色油漆的房子前面，车夫忽然勒马停下来。这儿有一个种着紫丁香的小花园，尘土已经积满花丛。一股浓重的油漆味充斥在黄色的门廊里。

好几个女人在说话，伴随着叹息和嘟囔声，在过道和前厅里说："医生，快进来吧！快进来，我们盼了您好久……真是令人烦恼。请您往这边走。"

利亚利科娃太太穿着一件时髦的袖子样式黑绸连衣裙，她是一个挺胖的上了年纪的太太，从她的脸可以看出这是一个没有文化的普通女人。她心神不宁地看着医生，没有勇气向他伸出手。一个穿着鲜艳短上衣、留着短发的清瘦女人站在利亚利科娃太太身后，戴着夹鼻眼镜，年纪不算轻，女仆称呼她赫里斯京娜·德米特里耶芙娜，科罗廖夫猜想这人是家庭女教师。她被叫来接待这位医生，在这家人中，她大概是最有学识的了，因为她马上急急忙忙地讲了许多琐碎且令人厌烦的细节来阐述病因。可是，谁得了病，得的是什么病，她并没有提到。

医师和家庭女教师坐着谈话，女主人一动不动地等在门口。从谈话中，科罗廖夫得知病人是一个名叫丽莎的二十岁姑娘——利亚利科娃太太的独生女和继承人，她得病很久了，请过各种各样的医师来治病，从昨天黄昏到今天早晨，她心跳得厉害，夜里全家人都担心得睡不着觉。

“我们这位小姐，从小就跟医师打交道，”赫里斯京娜·德米特里耶芙娜一边说，一边不停地用手擦着嘴唇，声音娇滴滴的，“医师说她的神经出了毛病。她小时候得瘰疬病的时候，医师把那个病闷到她心里去了，所以我想毛病也许就出在这上面。”

接着，他们去看病人。身材高大的病人已经完全是一个成人了，她的小眼睛和下半部分宽得过分的脸，像极了她那难看的母亲。她把被子盖到下巴上，头发蓬松地躺在那儿。科罗廖夫第一眼的印象是：她好像一个多亏别人的仁慈才被藏在这里的身世悲惨的穷人。他不敢相信这人就是五座大厂房的继承人。

“我来看您，”科罗廖夫开口说，“给您治病。您好！”

他说出自己的姓名，跟她握手——那是一只丑陋、冰凉的大手。她裸露着肩膀和胸脯坐起来，显然早已习惯让医师看病，听凭医师给她听诊。

“我心跳，”她说，“整夜跳得厉害极了……我差点被吓死！请您给点什么药吃吧。”

“好的！好的！您放心吧。”

科罗廖夫诊查后，耸了耸肩膀。

“心脏挺好，”他说，“一切都正常，没有任何毛病。一定是您的神经有点不对头，不过那也是十分平常的事。可以确定的是，现在神经上的毛病已经过去了，您躺下来睡一觉吧。”

这时，病人由于被送进寝室的灯光眯起眼睛，忽然双手抱头号啕大哭起来。在科罗廖夫眼里，难看的穷人印象突然消散，眼睛和脸部的瑕疵也换成一种委婉动人、柔和痛苦的表情，她看起来娇气、匀称而且朴实，他不由得想要用亲切简单的话语——不是用药，也不是医师的忠告——来安慰她。她的母亲搂住她的头，让她贴紧自己的身子。深沉的绝望刻在老太太的脸上，身为母亲，她毫不吝啬地把钱财花在抚养她的事业上，将她养大成人，并把全部精力都用在她身上，为了让她学会法语、跳舞、音乐，请过十来个老师，请过顶好的医师，还请了一个家庭女教师住在家里。可是，现在她不知道女儿流泪愁苦的原因，她不懂并且内心惶恐，心中的惭愧、不安和绝望通过她脸上的表情表露无遗，仿佛她忽略了一件很重要的事，有一件什么事还没做好，有一个什么人还没请来，不过那人到底是谁，她却没有主意了。

“丽桑卡，你又哭了……又哭了。”她说着把女儿紧紧搂在怀里，“我的心肝，我的宝贝，我的乖孩子，告诉我，你怎么了？可怜可怜我，告诉我吧。”

两人都悲戚地哭了。

科罗廖夫在床边坐下，拿起丽莎的手：“得了，有必要这么哭吗？”他亲切地说，“真的，这个世界上任何事都不值得这么掉眼泪。算了，别哭了，这没有用……”

同时他心里暗想：

“她到了该结婚的时候……”

“她吃了我们工厂里的医师开的溴化钾，”家庭女教师说，“可我发现她吃下去后情况更糟了。我认为，一定得用药水才能治疗心脏方面的病……药水的名字我不记得了……是铃兰滴剂吧，对不对？”

她脸上带着操心的神情，又详详细细解释了一番。她打断医师的话，干扰他讲话，仿佛认为全家既然自己是最有学问的人，那就应该不停地跟医师谈论下去，而且一定得谈论医学。

科罗廖夫觉得厌烦。

“这病在我看来没有什么大碍，”走出卧房后，他对那位母亲说，“您女儿的病既然是由厂医在负责，那就让他继续看下去好了。他以前开的药都是对的，我看没有必要换医师。何必换呢？这只是普普通通的小病，没什么大不了的……”

他一边戴手套一边从容地讲，但利亚利科娃太太一动不动地站在那儿，泪盈满眶地看着他。

“十点有一班火车，现在只差半个小时了，”他说，“我希望不要误了车才好。”

“您不能住在我们这儿吗？”她的眼睛里充满哀戚，眼泪顺着她的脸颊流下来，“实在是不好意思麻烦您。不过求求您了，您行行好……看在上帝的份上，”她朝门口看了一眼，然后低声说，“在我们这儿住一夜吧。她是我的命根子……独生女……昨天晚上我实在是被她吓坏了，我快要承受不住了……看在上帝的份上，您别走！……”

他本来想对她说他在莫斯科还有许多工作要做，说他家里人正等着他回去，而且在陌生人家里毫无必要地消磨一个黄昏再过一个夜晚，对他来说是一件难受的事，可他看了看她的脸，叹了口气，一言不发地把手套摘了。

客厅和休息室里的灯和蜡烛全都为他点亮了。他坐在钢琴前面翻了一会儿乐谱，然后看着墙上的画片和画像。那些画片是镶着金色边框的油画，画的是克里米亚的风景，一条小船漂浮在汹涌澎湃、浪潮翻滚的海上，一个天主教教士手上拿着一个酒杯。那些干巴巴的画被过分雕琢了，没有才气……画像上的脸没有一张是漂亮、顺眼的，颧骨很高，眼睛里透露出惊讶的神色。丽莎的父亲利亚利科夫前额很低，脸上带着得意洋洋的表情，他那魁伟强壮的身子上套着口袋似的制服，胸前佩戴着一枚奖章和一枚红十字章。房间里缺乏文雅的迹象，奢华的布置并非出于精心安排，而是偶然拼凑而成，就跟那套制服一样，令人感到极不舒适。光亮的地板照得眼睛很不舒服，枝形吊灯架也很刺眼，不知为何他忽然想起一段关于一个商人的故事，商人脖子上挂着一枚奖章，就连洗澡也不摘下来……

交头接耳的说话声和轻浅的打鼾声从前厅传进来，时断时续的刺耳的金属声从房子外面忽然传进来，科罗廖夫以前从未听过这种声音，并且现在也不知道它表达的是什么意思。这响声让他感到很奇怪并且不愉快。

“这样看来，我的确不该留在这儿住下……”他想着，又去翻乐谱。

“医生，请来吃点东西！”家庭女教师低声招呼他。

他去吃晚饭。饭桌很大，摆着许多凉菜和酒，可是只有两个人在饭桌上吃饭：他和赫里斯京娜·德米特里耶芙娜。她喝红葡萄酒，吃得很快，一边戴起夹鼻眼镜看他，一边说话：

“这儿的工人对我们很满意。工厂里的工人每年冬天都会自己演剧。他们经常听到的朗读会还有幻灯片的配合，工人们用的茶室也极好，这样看来，他们真是要什么有什么。他们都很忠心，听说丽桑卡病重，都为她做祈祷。他们虽然没有受过教育，倒是有些感情的人呢。”

“你们家里好像只有女人。”科罗廖夫说。

“是的，家里一个男人也没有。彼得·尼卡诺雷奇已经逝世一年半了，剩下来的只有我们这些女人了。因此，这儿一共只有我们三个人。夏天，我们住在这儿；冬天的时候，我们住在莫斯科或者波梁卡。我从十一年前就开始住在她们这里。我们已经是一家人了。”

晚饭有鲟鱼、鸡肉饼、糖煮水果，还有名贵的法国葡萄酒。

“请您别客气，随便用，医生。”赫里斯京娜·德米特里耶芙娜说，边吃边攥着拳头擦嘴。看得出来，这儿的生活让她十分满意。

“请再吃一点。”

用完饭后，医师被领到一个房间，床铺已经准备好。可他还很清醒，一点也不觉得困。因为房间里很闷，而且有十分难闻的油漆气味，他便披上大衣，离开这个让人难以忍受的房间。

外面气候凉爽，清新怡人，微弱的曙光已经在天空中显现。在潮湿的空气里，那五座竖着高烟囱的大厂房、棚子和货栈的轮廓格外清楚。由于假日到了，工人没有干活，窗户里一片漆黑，只有一座厂房还生着炉子，有红光从两个窗户里透出来，烟囱偶尔冒出裹着火星的烟。青蛙呱呱的叫声和夜莺的歌声从院子外面远远传来。

他看着厂房和工人睡觉的棚子，又冒出各种只有在看到工厂时才会冒出的念头。尽管让工人演剧啦，提供幻灯片啦，为他们请厂医啦，进行各种形式的改良措施，令人耳目一新，可他今天一路上遇见的工人——从火车站到这里，跟他小时候在没有工厂戏剧和种种改良措施时看见的那些工人比起来，并没有什么不同。作为一个医师，他善于对那种无法查明根本病因而无从医治的慢性病做出正确判断，他把工厂的存在也看做一种不正常的现象，其原因也不清楚，而且这种现象无法消除。在他看来，并非所有改善工人生活的举措都是多余的，不过他把它们看得跟医治不治之症用消炎药一样。

“当然，这是一种不正常的现象……”他望着暗红色的窗户想道，“一千五百到两千个工人，不停地在不健康的环境中制作质地粗劣的印花布，生活在一种半饥饿的状态下。要想从这种噩梦里渐渐清醒过来，只有偶尔进小酒店才能做到。除此之外，还有百十来个监督工人的人，他们一辈子只管记录工人的罚金、骂人，态度不公正，行事也不公道。只有两三个看不起那些糟糕的印花布的所谓厂主，他们除了坐享其成之外，什么也不干。可是，那是什么样的利益呢？他们是以怎样的方式享受的呢？谁看见利亚利科娃和她女儿，都会可怜她们的不幸境况。对眼下的生活感到满意的，只有那个戴着夹鼻眼镜的相当愚蠢的老处女——赫里斯京娜·德米特里耶芙娜一个人。这么看来，那么多人之所以在这五座大厂房里做工，东方的市场上之所以销售这些劣质的花布，只是为了让赫里斯京娜·德米特里耶芙娜一个人能够吃到鲟鱼，喝到红葡萄酒罢了。”

忽然传来一阵科罗廖夫晚饭前听到的古怪声音。不知是谁在一座厂房的旁边敲打一块金属板。他敲出一个响声来，又马上去阻止他制造的声音，因此，一阵短促而刺耳的不畅快的响声代替了那震颤的余音，听上去好像是“杰儿……杰儿……杰儿……”一阵短暂的安静后，同样难听扰人、时断时续的响声从另一座厂房那边传来，这次的比刚才的更加低沉：“德雷恩……德雷恩……德雷恩……”声音响了十一下后就停了。显然，这是守夜人在报时：现在十一点了。

这时，又有声音从第三座厂房旁边传来：“扎克……扎克……扎克……”于是，所有的厂房旁边，以及木棚背后和门外全都响起声音。在夜晚的静寂里，这些声音好像是那个瞪着红眼的怪物发出来的——那怪物是魔鬼，在这儿既统治厂主和工人，又欺骗他们双方。

科罗廖夫走出院子，来到空旷的田野上。

“谁走出去了？”有人在门口用粗鲁的声音向他喊了一声。

“就像在监狱里一样……”他想，没有回答那个人不客气的问话。

夜莺和青蛙的叫声在空旷的田野上听起来更清楚了，明显可以感到这是五月间的夜晚。火车的响声从车站那边传来。几只睡意朦胧的公鸡不知道在什么地方喔喔地啼叫起来，但在这依然平静的夜晚，周围的一切都恬静地睡着了。一个堆着建筑材料的房架子，立在离工厂不远的一块空地上。

科罗廖夫在木板上坐下来，继续思索着：

“只有女家庭教师一个人觉得在这儿生活得舒服，使她得到满足才是工人做工的目的。不过，这只是表象，她在这儿充当的只是一个傀儡角色。而魔鬼才是这里的主角，这儿的一切都是为他做的。”

于是，他想着自己不相信的魔鬼，回过头去眺望那两扇透出亮光的窗户。在他看来，那两处亮光就好像是魔鬼的两只正在看着他的红眼睛，那魔鬼就是创造了强者和弱者相互关系的不可知的力量，现在这个无法纠正过来的大错误也是由他创造出来的。大自然的法则使强者一定要妨害弱者生活下去，可是，这种话只有在报纸的论文里或者教科书上才易于理解和接受。至于在纷繁复杂的日常生活中，在种种编织人类关系的纵横交错的琐事中，那条法则在逻辑上反而显得荒谬，算不得一条法则，因为无论强者还是弱者，他们都同样在相互关系中受苦，不由自主地屈从于某种说不清道不明、处于生活以外的人类所不理解的支配力量。科罗廖夫就这么坐在木板上想心事，渐渐产生了一种那股来历不明的神秘力量就在自己附近的感觉，而且正盯着他看。这个时候，天空越来越亮，时间如流水般逝去。附近一个人影也没有，好像所有生命都故去了。那五座厂房和它们的烟囱在黎明的灰白背景下显得十分古怪，样子跟白天截然不同。他完全把里面的蒸汽发动机、电气设备和电话都抛在脑后，然而，不知为何却使劲想着水上住宅，想着石器时代，同时感到冥冥中存在着一种粗暴的无意识的力量……

又传来了那响声：

“杰儿……杰儿……杰儿……杰儿……”

声音在响过十二下后沉寂了。沉寂了半分钟左右，院子的另一头又响了起来：

“德雷恩……德雷恩……德雷恩……”

“真是太难听了！”科罗廖夫想。

“扎克……扎克……”另一个地方又发出断断续续的尖锐的仿佛很焦躁气恼似的声音，“扎克……扎克……”

前后一共要花四分钟时间来报告十二点。随后，大地沉寂了，又给人一种仿佛四周的生命都逝去了的印象。

科罗廖夫又在外面稍微坐了一会儿，便走回正房去，可他并没有上床睡觉，而是在房间里坐了很长一段时间。呢喃的说话声、拖鞋划地的声音以及光脚走路的声音，从隔壁那些房间传到他的耳朵里。

"难道她的病又发作了？"科罗廖夫想道。

他走出去看一看病人。各个房间已经完全亮了，从晨雾里透射出一道微弱的阳光，颤抖着照射在客厅的地板和墙上。丽莎的房门开着，床边放着一张安乐椅，她本人穿着长袍坐在上面，没有梳头，围着披巾。窗帘拉上了。

"您感觉怎样？"科罗廖夫问。

"谢谢您！"

他摸了摸她的脉搏，然后帮她整理了一下披在额头上的头发。

"原来您醒着。"他说，"外面天气好极了，现在是春天了，夜莺在歌唱，您却在黑暗的房间里坐着想心事。"

她听着，看着他的脸，从她忧郁而伶俐的眼神里传达出她想要跟他说话的意愿。

"您经常这个样子吗？"他问。

她嗫嚅着嘴唇，回答说：

"经常这个样子。几乎每个晚上我都很难受。"

这时，守夜人开始在院子里报时：两点了。他们听见了"杰儿……杰儿……"的声音。她打了个冷战。

"听到打更的声音，您会觉得心神不宁吗？"他问道。

"我不知道。这里的所有事情都令我心神不宁。"她回答说，沉思起来，"所有事情都令我心神不宁。从您说话的声音里我听出了怜悯。不知为何，看见您的第一眼，我就觉得所有事情都可以跟您谈。"

“那我就请求您谈谈吧。”

“我要把自己的看法对您说一下。我觉得自己好像并没有得病，只是心神不宁，惶恐不安，这是没有办法的事。因为我的处境决定了我一定会这样。就算是一个身强体健的人，比如说，当一个罪犯在他窗子底下走动的时候，他也一定会心慌害怕。经常有医师来给我看病，”她继续说下去，眼睛看着自己的膝头，露出羞怯的微笑，“我当然发自内心地感激他们，也不否认看病有好处。可我并不想跟医师谈话，而是盼望跟一个亲近的……能了解我、指出我对错的人或朋友谈谈心。”

“难道您没有朋友吗？”科罗廖夫问。

“我感到很孤单。虽然我很爱我的母亲，但我仍然感到很孤单。这就是生活……孤独的人将大把时间花在看书上，却很少发表言论，也很少听到别人的话。对他们来说，生活是不可捉摸的。他们是神秘主义者，经常在没有魔鬼的地方看见魔鬼，无中生有。莱蒙托夫的达玛拉是孤独的，所以她看见了魔鬼。”

“您花在看书上的时间很多吗？”

“是的。您要知道，我从早到晚都闲着，无所事事。白天的时候我看书，可到了夜里，我脑子里一片空白，阴影代替思想占据了头脑的全部空间。”

“您在夜里看见什么东西吗？”科罗廖夫问。

“没有，可是我觉着……”

她的脸上又露出微笑，抬起那双带着忧郁和灵敏神情的眼睛看着医师。他觉得她仿佛信任他，想要诚恳地跟他谈一谈。她也正是那样打算的。不过她并没有开口，也许是在等他打开话匣子。

他知道他应该对她说些什么。他清楚地意识到，对于这五座厂房以及日后可能继承的百万家财，她应该赶快抛弃。如果他是她，就会离开这个夜间出巡的魔鬼。他清楚地意识到，她自己也有同样的想法，只是需要一个她信任的人来赞同这个想法罢了。

可是，他不知道该怎样表达这个想法。怎么表达呢？对于已经判决的犯人，谁也不好意思向他打听被判罪的理由。同样的，对于非常富有的人，谁也不方便询问他们为什么拥有那么多财富，为什么如此浪费财富，为什么不肯丢掉已经明显给他们带来不幸的财产。谈起这种话题，每个人都觉得十分难堪、窘迫，而且会说得很长。

“怎样表达才好呢？”科罗廖夫暗自思索着，“而且，有说出来的必要吗？”

他没有直接把心里的想法说出来，而是委婉地说：

“您身在工厂主人和富有的继承人的地位，却并不感到满意，您不相信自己拥有这种权利，因此现在夜不成寐。这比起您感到心满意足，晚上睡得酣畅淋漓，觉得万事如意，当然要好得多。您的失眠是令人敬佩的。无论如何，这是一件好事。确实，我们现在谈论的话对我们的父辈来说是想都不会想的。他们夜里除了睡觉什么也不干，更别提秉烛夜谈了。但是，我们这一代却饱受煎熬，彻夜难眠，说许多话总是想判断我们做法的对错。然而，到我们的后代，关于对错的问题就已经解决了。他们比我们更清楚地看待各种事情。五十年之后的生活一定会比现在好过，只可惜我们不能活着看到。”

“如果我们的子孙面对这种处境会怎么做呢？”丽莎问。

“我不知道……他们大概会抛开一切，一走了之吧。”

“到哪里去呢？”

“到哪里去？……噫，去他们想去的地方啊，”科罗廖夫说着笑起来，“一个有头脑的好人是不会无处可去的。”

他看了看表。

“可是，天已经亮起来了，”他说，“您该躺下休息了。脱掉衣服，好好睡一觉吧。很高兴认识您，”他接着说，握了握她的手，“您是一个很有趣味的好人。晚安！”

随后，他回到自己的房间睡觉。

第二天清晨，一辆马车停在门前，大家都走到台阶上送他。脸色苍白、形容憔悴的丽莎头发上插着一朵花，身上穿了一件白色连衣裙，好像过节似的。她像昨天一样忧郁、灵敏地看着他，微笑着说话，无时无刻不显示出一种神情，好像要告诉他——只是他一个人——什么特别重要的事情似的。百灵鸟的鸣啭和教堂里丁当响的钟声传到人们的耳朵里。厂房的窗户闪闪发亮。科罗廖夫坐着车子出了院子，顺着大路朝火车站奔去，这时他不再想那些工人、水上住宅和魔鬼了，只想着那个也许快要到来的时代，到那时，生活将变得美好舒畅，就跟这宁静的星期日早晨一样。他心想，在这样的春天早晨，坐一辆由三匹马拉着的好马车出来，晒着太阳，该是多么愉快的事情啊！

在催眠表演会上

灯火辉煌的大厅里此刻人山人海。在这里，大家共同关注的中心人物是催眠师。其实身材矮小的他长得并不怎么样，但是他的眉眼都带着笑意，而且容光焕发。人们不停地对他微笑，鼓掌，称奇不已……所有人在他面前都变得毫不起眼。

他确实是奇迹的创造者。他把一个人弄得昏昏睡去，把另一个人弄得全身僵直，让第三个人把后脑壳枕在椅子边上，脚后跟却架在另一把椅子上……他把一个报刊工作者又高又瘦的身体拧成螺旋状。简而言之，他是怎么做到的只有天知道。他对太太小姐们造成了尤其强烈的影响。

她们的魂魄在他的目光下飞散，就像苍蝇被打了一样。啊，女性的神经！这个世界如果缺了她们，生活就会变得沉闷无聊！

向一些人施展过他魔鬼般的法术后，催眠师走到我面前。

“我觉得您天生容易受到外在的影响，”他对我说，“您那么神经质而且表情十分丰富……您愿意接受我的催眠吗？”

“睡一觉又有何不可呢？好啊，亲爱的，您就试一下吧。”我和催眠师正对着坐在大厅中间的两把椅子上，他握着我的两只手，用那对吓人的蛇眼盯住我可怜的眼睛。

观众密不透风地围在我们四周。

“嘘……各位先生！嘘……保持安静！”

大家都安静下来……我们两人坐在那儿，看着对方的眼睛……一分钟过去了，又过了一分钟……我的背上起了一层层鸡皮疙瘩，心怦怦直跳，但一点睡意也没有……

我们继续坐着……五分钟过去了……七分钟过去了……

“他没有受到催眠！”有人说，“好哇！这人真不简单！”

我们坐在那里，互相对视着……我不想睡觉，也完全没有打瞌睡的想法……要是让我看一份市议会或者地方自治局的会议记录，我也许早就睡着了。观众开始交头接耳地议论起来，同时发出嘿嘿的冷笑声……催眠师心里开始发慌，眨起了眼睛……可怜的人！谁能在遭受惨败的时候还保持心情愉快呢？救救他吧，神灵们，快打发莫耳甫斯[①]来合上我的眼皮吧！

“他没有被催眠成功！”那个人又说，“够啦！别再玩这一套了！在这之前我就说过，这些东西都是骗人的！”

我接受这位朋友的意见，正要做一个站起来的动作，突然感到一只手的掌心里有个异物……我利用我的触觉，摸出这个东西是一张钞票。我的父亲是一名医师，钞票的面值可以通过医师的触觉被感知。根据达尔文的理论，这种靠触觉判断钞票面值的本领是我从父亲那里继承的种种才干之一。我摸出这是一张五卢布的钞票。一摸出来，我马上就睡着了。

“嘿，真有你的，催眠师！”

当时有几名医师也在大厅里，他们走到我面前，转了几圈，又用鼻子闻了好几下，说：

“嗯，是的……他真的睡着了……”

催眠师对他的成功非常得意，他把双手举起来，在我的头顶上挥动，于是，我这个熟睡的人便在大厅里走动起来。

“您让他的胳膊僵直不动！”有人建议道。

---

① 莫耳甫斯：希腊神话中的梦神。

“您能办到吗？让他的胳膊一动不动……”

催眠师（他可不是胆小的人）就把我的右胳膊拉直，开始在那条胳膊上施展法术：又是搓揉，又是吹气，又是拍打。可我的那条胳膊却不听话。它像块破布一样摇摇晃晃，根本不想变僵。

“您是办不到的！叫醒他吧，否则就会害了他……瞧他那么瘦弱，又神经质……”

这时，我又感到左手掌心里多了一张面值五卢布的钞票……这一刺激通过条件反射由左臂传至右臂，于是，那条胳膊立刻僵直不动了。

“真厉害！你们看，胳膊变得多直，还是冰凉的，就跟死人的一样！”

“痛觉已经完全失去，体温也在下降，脉搏变弱了。”催眠师报告说。

医师们开始摸我的脉搏。

“是啊，脉搏减弱了。”其中一人说。

“肢体已经完全麻痹，体温下降的幅度很大……”

“但是，该怎么解释这件事呢？”一位太太问道。

有位医师意味深长地耸了耸肩膀，叹息道：

“我们有的只是事实！至于解释，现在还没有。”

你们有事实，我却有两张五卢布的钞票。我的东西比你们的更加实惠……为此，我甚至要向那位催眠师道谢。至于解释，我不需要。

可怜的催眠师！您为什么要跟我这样一条毒蛇打交道呢？

哎，这不是跟真理相悖吗？这不是下流无耻、不像话吗？

我刚刚才知道，原来把那两张五卢布的钞票塞进我手心里的，并不是催眠师，而是我的上司彼得·费奥多雷奇……

“我之所以这样做，”他说，“是想考查一下你的人品……”

咳，见鬼去吧！

“真是令人不齿啊，老弟……这太不好了……我真没想到……”

“可我家中有儿有女，大人，还有妻子、老母亲……在目前这种物价昂贵的情形下……”

“这真是太不好了……你居然还想自己办报呢……你在午宴上慷慨陈词，泪洒当场……太令人不齿了……我本以为你是个正直的人，想不到你……你竟然贪财如命！”

无奈之下，我只好把那两张五卢布的钞票退还给他。不然能怎么样呢？金钱毕竟没有名声来得贵重。

“我不是生你的气！”上司说，“算了，反正你生性如此……可是她呢！她呢！真是奇怪极了！她像块杏仁奶酪般温柔、纯洁！可那又怎么样？连她也挡不住金钱的诱惑！怎么她也睡着了！”

我上司所说的“她”，指的是他的妻子玛特廖娜·尼古拉耶夫娜……

窝囊

几天前，尤丽娅·瓦西里耶夫娜被我请到书房里，她是孩子们的家庭女教师。我们需要结一下账。

“坐下吧，尤丽娅·瓦西里耶夫娜！”我对她说，“我们来结算一下。毫无疑问，您现在需要钱，不过像您这么客气的人是不会自己讨钱的……好吧，小姐，我跟您以前讲定的月薪是三十卢布……”

“四十……”

“错了，是三十……我清楚地记着呢……是三十卢布，这是我付给家庭女教师的固定薪水……好吧，小姐，您在这里教了孩子们两个月……”

“两个月零五天……”

“错了，是整整两个月……我清楚地记在这儿呢。这么说来，我本来要付给您六十卢布……但是除此之外，得扣除九个礼拜天……要知道您在礼拜天是不给科利亚上课的，只休息不干活……三个节假日的时间也要算上……”

尤丽娅·瓦西里耶夫娜的脸涨得通红，开始拉扯衣服上的皱边，然而——她沉默不语。

“加三个节假日的话……要扣除十二卢布……在科利亚生病的四天时间里，您没有给他上课……只给瓦莉娅一人上课……我的妻子允许您在牙痛的三天里，下午不上课……十二加七等于十九。扣除后还剩……嗯哼，四十一卢布，对吗？”

尤丽娅·瓦西里耶夫娜的左眼红了，眼眶里泪光闪闪。她的下巴开始颤动。她神经质地干咳起来，呼哧着鼻子，然而——她沉默不语。

“您在除夕夜打碎了一只茶杯和一个茶碟。这要扣除两卢布……因为那是祖传的茶杯，很贵重，但是……这个就不扣您的钱了，上帝保佑您！我们怎能不蒙受一点损失呢？然后，小姐，科利亚由于您的疏忽爬到树上，把上衣撕破了……这就要扣除十卢布了……还有，一个女仆因为您的疏忽，偷走瓦莉娅的一双皮鞋。这个家里的事情您得全面兼顾才行，我们是给您发薪水的。所以，这还得从您的薪水里扣除五卢布……您在一月十号从我这儿拿了十卢布……”

“我没有拿！”尤丽娅·瓦西里耶夫娜小声地说。

“可我清楚地记在这儿呢！”

“哦，这样的话……好吧。”

“四十一减二十七——余十四……”

现在，她的两只眼睛都溢满了泪水……汗珠从她那长长的、好看的小鼻子上冒了出来。可怜的姑娘！

“我只拿过一次……”她颤抖着声音说，“我在您太太那儿拿过三卢布……除此之外我再也没有拿过……”

“真的吗？您看，我可没有记过这笔钱！十四再减三，余十一……好吧，这钱是给您的，宝贝！喏，接着：三卢布，三卢布，三卢布，一卢布，一卢布——一共十一卢布。请收下，小姐！”

我递给她十一卢布……她接过钱去，手指哆哆嗦嗦地把钱塞进衣袋里。

“谢谢！”她小声说道。

我从椅子上跳起来，在房间里来回走动。我感到非常气愤。

“您为什么要对我说‘谢谢’？”我问道。

“因为您给了钱……”

“可您要弄清楚，是我克扣了您的钱，见鬼，是我抢了您的钱！要知道您的钱财是被我侵吞的！您为什么还要‘谢谢’？”

“在其他人家里，他们根本不付我钱……”

“不付钱？这一点也不奇怪！好了，我刚才是在跟您开玩笑，给您上了残酷的一课……我把那八十卢布全都付给您！钱都放在信封里了！可是人竟可以这样软弱！您为什么不提出抗议呢？为什么保持沉默？在这个世界上，难道人不应该以牙还牙、以眼还眼吗？做人难道能这么窝囊？”

她的脸上带着苦笑，而我在她脸上看到的表情分明是：“可以这样。”

我请求她原谅这残酷的一课，把八十卢布如数给了她。她对此喜出望外，随后胆怯地说了一声“谢谢”，走了出去……我望着她的背影，不禁想道：在这个世界上，做一个强者真是容易啊！

拔萝卜

从前有两个活了很长时间的老爷爷和老奶奶。他们有个孩子叫谢尔日。谢尔日的耳朵很长，他的脖子上长的不是脑袋，而是一个萝卜。谢尔日后来长得结实又高大……老爷爷经常揪他的耳朵，揪呀揪呀，就是不能把他揪到上流社会里去。

老爷爷把老奶奶叫来。

老奶奶拽住老爷爷，老爷爷拽住萝卜头，拽呀拽呀，却拽不起来。老奶奶把姑妈叫来，她是公爵夫人。

姑妈拽住老奶奶，老奶奶拽住老爷爷，老爷爷拽住萝卜头，拽呀拽呀，就是不能把他拽进上流社会。公爵夫人把孩子的教父叫来，他是将军。

教父拽住姑妈，姑妈拽住老奶奶，老奶奶拽住老爷爷，老爷爷拽住萝卜头，拽呀拽呀，还是拽不起来。老爷爷忍不住了。他把女儿嫁给一个家里非常有钱的富商。老爷爷把女婿也叫来了。

商人拽住教父，教父拽住姑妈，姑妈拽住老奶奶，老奶奶拽住老爷爷，他们一起拽呀拽呀，最后好不容易把萝卜头拽进了上流社会。

这下，谢尔日做了五品文官。

未婚夫和爸爸

“我听说您快要结婚啦！”彼得·彼得罗维奇·米尔金的一个朋友在别墅的舞会上问他，“婚前酒会什么时候举行？”

“您从哪儿听说我要结婚的消息？”米尔金涨红了脸，说，“您从哪个混蛋那里听来的？”

“所有人都在说。再说根据种种迹象也看得出来……不要再瞒着了，老兄，您以为我们什么都不知道，其实您的事情我们都看得一清二楚，我们全都知道！……嘻嘻嘻……从种种迹象可以知道，您成天在康德拉什金家吃午饭，吃晚饭，唱抒情歌曲……您只和娜斯坚卡·康德拉什金娜一起去散步，您带了花去也只送给她一个人，把她拖进……我们全都看得清清楚楚，先生！前几天我遇见康德拉什金本人，他亲口说的，你们的事已经水到渠成，只等您从别墅搬回城里，就立即给你们举行婚礼……这不是挺好吗？求上帝保佑吧！与其说我是为您高兴，还不如说我是在为康德拉什金感到高兴……要知道这个可怜的人有七个女儿！七个啊！这可不是闹着玩的。求上帝保佑，哪怕嫁掉一个也是好的……”

“真见鬼……”米尔金想道，“他已经是第十个对我提起这件婚事的人了。他们是根据什么判断的呢？见他们的鬼！就因为我天天在康德拉什金家吃饭，和娜斯坚卡散步……不行，现在该止住这些散布的流言了，是时候了，否则，一不留神可就真结了婚……真是该死，明天我就去跟这个蠢货康德拉什金说清楚，免得他想入非非。至于我，还是趁早溜之大吉吧！”

在上述谈话后的第二天，米尔金来到七品文官康德拉什金别墅的书房里，他心慌意乱，还有几分害怕。

“您好，彼得·彼得罗维奇！”主人迎接他，“您的生活怎么样，可以吧？您觉得枯燥无聊了吧，亲爱的？嘿嘿嘿……娜斯坚卡马上就回来了……她去了古谢夫家，很快就回来。”

“我，说实话，不是来找娜斯塔西娅·基里洛夫娜的，”米尔金嘟嘟囔囔，尴尬得直揉眼睛，“我要找的人是您……有件事必须要跟您谈谈……哎呀，眼睛里不知道掉进什么东西……”

“那么，您有什么事情要跟我谈呢？”康德拉什金挤了挤眼睛，“嘿嘿嘿……可是您干吗这么慌张扭捏，亲爱的？咳，男子汉呀，男子汉！你们这些年轻人真叫人没办法！您想说的事情我都知道！嘿嘿嘿……早就应该说了……”

“说实话，在某种程度上……您知道，事情是这样的，我……是来向您告别的……明天我就要动身离开这里了……”

“您要离开这里？这话怎么说？”康德拉什金瞪大眼睛问。

“很简单……我要走了，事情就是如此。请允许我对您全家的热情接待表示感谢！您的女儿们也都那么可爱……这段时光我永远也不会忘记……”

“抱歉，先生……”康德拉什金的脸涨红了，“您的意思我不太明白……当然，每个人都有权利离开这里……您也可以想干什么就干什么。不过，先生，您……这是临阵脱逃……您不诚实，先生！”

“我……我……我不明白这怎么算得上是临阵脱逃？”

“您整个夏季总是往我家里跑，吃饭，喝酒，让人心怀希望，您在这儿从早到晚跟姑娘们闲扯，现在突然来一句：‘我要走了！’”

“我……我从来就没有让人心怀希望……”

“当然，您并没有求婚，可是您的言行举止都表达出这个意思，这件事不是一清二楚吗？您每天都来吃饭，到晚上就挽着娜斯佳的手一起散步……莫非这所有的一切都是您的无心之举？只有想要求婚的男人才天天在别人家吃饭。如果您不是个想要求婚的男人，难道我能供您吃喝吗？是的，您不诚实！您的话我连听都不想听！您必须求婚，否则，我就要……那个了……”

“娜斯塔西娅·基里洛夫娜是个很可爱的……好姑娘……我尊敬她，而且……我不认为能找到比她更好的妻子。可是……我和她在信念及见解上不一致。”

“理由就是这个吗？”康德拉什金说，眉梢眼角里都带着笑意，“仅仅是这个吗？哎呀，我的宝贝，世界上能找到一个跟丈夫观点完全一致的妻子吗？咳，年轻人啊，年轻人！阅历太浅，阅历太浅呀！年轻人只要一发表什么言论观点，那就，嘿嘿嘿……就脸红脖子粗……你们意见不合，不要紧，只要小两口一直生活下去，所有这些小摩擦都会自然而然地消失……新的马路不方便行走，但被来来往往的车辆压上一阵子，别提多平坦了！”

“话是不错，可是……我配不上娜斯塔西娅·基里洛夫娜……”

“配得上，配得上！您说的简直无足轻重！您是个优秀的年轻人！”

“其实我有很多缺点您不知道……我一贫如洗……”

“瞎扯！您每个月领薪水呢，这就要感谢上帝……”

“我……喜欢喝酒，是个酒鬼……”

“不是的，不是的，不是的！我从未见您喝醉过！”康德拉什金直摆双手，“年轻人免不了会喝酒……我年轻时也经常喝过头，这是避免不了的……”

“可您要知道，我酗酒成性，这是遗传的。”

“我不相信！这么神采飞扬的小伙子，突然说酗酒成性！我不信！”

“这老家伙，你骗不了他！”米尔金心想，“不过，他是多么着急要把女儿嫁出去啊！”于是他大声说，“我不但酗酒成性，还有别的恶习。我收受贿赂……”

“亲爱的，如今有谁没有接受过贿赂呢？嘿嘿嘿，这有什么可大惊小怪的！”

“另外，我没有权利在得知自己的命运会如何之前结婚……我一直瞒着您，不过您现在应当知道这件事了……我……我因为盗用公款在受审……”

“受审？”康德拉什金惊呆了，“是吗？这确实是个新闻……这件事我不知情。的确，在不知道自己命运如何的时候，是不能结婚的……那么，您盗用的款项很大吗？”

“十四万四千。”

“是吗？数目可真不小！是的，这事确实有点西伯利亚的味道……这样的话，我那姑娘就要白白遭殃了。既然如此，那也没有办法，愿上帝保佑您吧……”

米尔金松了一口气，伸手去拿帽子。

“不过嘛，”康德拉什金想了想，接着说，“如果娜斯坚卡真心爱您，她可以跟随您一起到那边去。要是她害怕牺牲，那还算什么爱情？再说，托木斯克省是个富饶的地方。老弟，西伯利亚的生活可比这里要好。要不是我有一大家子人，早去了。您可以求婚！”

“真是一个怎么也说不通的老家伙！”米尔金心想，“他宁愿让一个魔鬼得到他的女儿，也要把女儿嫁出去。”他又大声说，“不过事情还不止于此……我受审不仅仅是因为盗用公款，我还伪造证据。”

“反正一个样！只判一次罪！”

“呸！”

“您为什么这样大声吐唾沫？”

“没什么……您听我说，我还没有把实情完全告诉您……不要逼我告诉您我生活中的隐私……那是个可怕的隐私！”

“我才不想知道您的那些隐私！那些都是细微琐碎、微不足道的小事！”

“不是琐碎小事，基里尔·特罗菲梅奇！您要是听说了……了解我是什么人，您肯定会对我避之唯恐不及的……我……我是个在逃的苦役犯！！”

康德拉什金像被黄蜂蜇了一下，猛地从米尔金面前跳开，简直吓呆了。足足有一分钟他瞠目结舌、纹丝不动，两眼充满恐惧地直直望着米尔金，然后倒进圈椅里，不停呻吟着。

“我真没想到……”他哼哼唧唧地说，“我把一个什么人搂在怀里了！走！看在上帝的份上，您赶紧走吧！我以后再也不想见到您了！唉呀！”

米尔金拿起帽子，朝门口走去，他为自己的胜利感到非常得意……

“等一下！”康德拉什金叫住他，“可为什么您至今都没有被捕呢？”

“现在我改名换姓了……要抓住我很困难……”

“可能您要这么生活一辈子，即使到死也不会有人知道您是谁……等一等！反正您现在是老实人了，您已经悔过了……上帝保佑您，就这样，您结婚吧！”

米尔金出了一身冷汗……要编出比出逃的苦役犯更吓人的故事，他实在是办不到，现在只剩下一个办法：什么理由也不说，可耻地逃跑……他正准备从门口逃出去，头脑里忽然闪过一个念头……

“请听我说，您还不了解全部情况，”他说，“我……我是一个疯子，而丧失理智的人和疯子是禁止结婚的……”

“这我可不信！疯子不会这么有条理地讲话……”

“您这样说，可见您不懂！难道您不知道，许多疯子除了在犯病的时候发疯外，其他时间就和正常人一样？”

“我不相信！您不要再说了！”

“既然这样，我就请医师开一个证明，拿给您看！”

“证明我相信，可您没有……哪里有这样的疯子！”

“过半个小时我就把证明给您拿来……现在，再见！”

米尔金赶紧抓起帽子跑了出去。五分钟后，他走进他的朋友菲秋耶夫医生家。不幸的是，他走进去的时候，医生正在整理自己的发型，因为他刚跟妻子吵了一架。

“我的朋友，我想求你一件事！”他对医生说，“事情是这样的……有人死乞白赖地逼我结婚，为此我想出装疯的办法来摆脱这场灾难……从某种程度上说，这是哈姆雷特方式……你知道，对于疯子来说，结婚是不允许的……请看在朋友的份上，给我开个证明，就说我是个疯子！”

“你不想结婚？”医生问。

“当然不！”

“既然如此，我不能给你开证明。”医生一边抚平自己的头发，一边说，“不想结婚的人绝不可能是疯子，而且恰好相反，倒是最聪明的人……等你什么时候想结婚了就来找我，我一定给你开证明……只有到那时才说明你真的发疯了……”

普里希别耶夫中士

“普里希别耶夫中士！你被指控于今年九月三日用言语和行动侮辱本县警察日金、村长阿利亚波夫、乡村警察叶菲莫夫，见证人伊凡诺夫和加夫里洛夫，以及另外六个农民，而且前三人在执行公务的时候受到侮辱。你承认自己犯了这些罪吗？”

普里希别耶夫是一个满脸皱纹的退伍中士，长着一张好像有刺的脸。他垂下两条胳膊，两只手贴在裤缝上，发出闷声闷气的沙哑声音，回答时咬清每一个字的字音，好像在发布命令似的：

“长官，调解法官先生！当然，法院有权根据法律的一切条款要求双方陈述当时的各种情况。有罪的是另外一些人，而不是我。一具死尸引起了整个事件——愿他的灵魂升入天堂！我和妻子安菲莎三号那天正心平气和、规行矩步地走着，可是抬头一看——一大堆各式各样的人聚集在河岸上。我请问：老百姓有什么权利聚集在这个地方？这是为了什么？难道律书上写了老百姓可以成群结伙走动吗？我喊了一声：散开！接着就动手推那些人，叫他们散开，要他们各自回家去。我还下令乡村警察揪住他们的脖领把他们轰走……”

“请容许我插一句话，你得知道，你既不是本县警察，也不是村长，难道赶散人群这种事要你管吗？”

“他管不着，管不着！”审讯室里的各个角落里响起人们的喊叫声，“他简直闹得人不得安生，大人！我们受他的气已经十五年了！自从他脱离军队回到家起，他就一直骑在大家的头上，弄得大家恨不得远远逃离村子。大家都被他害苦了！”

“就是这样的，大人！”村长作证说，“我们整个村子的人都在抱怨。说什么也无法跟他一起生活下去了！不论我们是捧着圣像去教堂，还是举行婚礼，或者，举例说吧，出了什么事故，他什么都要管，还大喊大叫，吵吵闹闹，总是叫人家规规矩矩。他揪小伙子的耳朵，跟踪监视女人们，生怕她们出事，好像他是她们的公公似的……前几天，他跑遍全村所有人家，命令大家不许唱歌，不许点灯。他说，法律里没有规定可以唱歌。”

“请等一下，待会儿你还有机会发表言论，”调解法官打断他的话，“现在，让普里希别耶夫继续讲下去。你接着说，普里希别耶夫！”

“是，先生。”中士声音沙哑地说，“您，长官，刚才说到，赶散人群跟我毫不相干……好，先生……可如果民众闹事呢？难道可以容许老百姓胡闹吗？哪一部法典里写着可以放任老百姓胡来呢？这种情况我是绝对不能容忍的，先生。要不是我把人群赶散，给他们点颜色看看，谁又能在这种时候挺身而出呢？谁也不懂现行的规章秩序，长官，我可以肯定地说，知道怎样对付普通老百姓的全村只有我一个人。而且，长官，没有什么是我弄不懂的。我是中士军官而不是庄稼汉，是退役的军输给养员，在华沙的司令部当过差，先生。这以后，不瞒您说，我堂堂正正地退伍，进了消防队，先生。后来因为病后身体不好离开了消防队，给一个古典男子初级中学守了两年大门……没有什么规章制度是我不知道的，先生。可是，庄稼汉都是什么也不懂的粗人，他们应该听我的，这对他们来说有好处。就说眼前这件事吧……我是驱赶了人群，可是，在河边的沙地上躺着一具从水里打捞起来的死尸。我请问：尸体凭什么躺在这个地方？难道这合乎规矩吗？

县警察管什么的？我说了：你这个县里的警察为什么不履行自己的职责，把这件事向上级报告？也许这个人是投河自尽淹死的，但也许这个案子带点西伯利亚的气味：说不定是一桩刑事凶杀案……可是，本县警察日金只顾抽他的烟，对此满不在乎。他还说：'这个跑来指指点点的人是谁？他是你们这儿的什么人？难道没有他，我就不会办事了？'我就说：'既然你只知道不管不问地站着，可见你这个傻瓜不会办事，什么也不懂。'他说：'这件事我昨天就报告了县警察局长。'我请问：为什么报告县警察局长？这是根据哪部法典的哪一条？碰到有人淹死、上吊之类的案子，或者诸如此类的事情，难道归县警察局长管吗？我说，这是刑事案件，民事诉讼……我说，现在得赶紧派专人呈报侦查员先生和法官们。我还说，你首先得写份报告，送到调解法官先生那儿去。可是，他这个本县警察，只是和那些庄稼汉一起听着，在那里笑。大家都笑，长官。我可以对上帝起誓，我说的都是事实。喏，这人笑了，那人笑了，日金也笑了。我说，你们干吗龇着牙笑？没想到县警察开口说：'调解法官管不着这类案子。'我一听简直火冒三丈。县警察，你是说过这话吧？"中士转身问县警察。

"没错。"

"大家都听见你当着所有老百姓的面说出这种话来：'调解法官管不着这类案子。'大家都听见了……长官，我顿时火冒三丈，甚至有点吓着了。我说：'你再说一遍，混蛋，把刚才的话再说一遍！'他就把那句话又说了一遍……我跑到他面前，责问道：'你怎么能这样说调解法官先生？你这个本县警察怎么能反对政府呢？啊？'我还说：'你知道吗？只要调解法官先生高兴，凭你这句话便可以认定你行为不端，把你这个不可靠分子送到省里的宪兵队去？你知道吗？ 调解法官先生会因为你这些带有政治色彩的话把你发配到什么地方去？'这时村长说话了：'调解法官根本就不管他职权以外的事情。只有小案子才归他审。’大家都听见了……我就说：‘你怎么敢蔑视政府？嘿，你不要跟我开玩笑。否则，老弟，事情可就不妙了！’想当初我在华沙当差，后来在古典男子初级中学当门卫的时候，只要一听到这类不成体统的话，就看大街上有没有宪兵。‘老总，’我喊，‘你上这儿来！’我把事情一字不差地报告给他。可是现在，你去跟谁说呢？我心里的火就上来了。一想到现在的老百姓放肆得想干什么就干什么，而且以下犯上，我就气得抡起胳膊给了他一下……当然我没有使什么大力气，真的，就这么轻轻地打了一下，让他不敢再用那样的话说长官……本县警察却给村长撑腰。于是，我也给县警察来了一下……大家就这样乱打起来……我一时性起，长官，嘿，不过话说回来，不这样做也不行。你要是见着笨蛋不打他，那就昧了良心。何况遇到人命案子……民众闹事……”

“容我插一句嘴！民众闹事自会有人管。本县警察、村长、本村警察就管这种事……”

“县警察管事情不可能面面俱到，而且县警察还不如我这么明白事理……”

“可是你得明白，这种事与你毫无关系！”

“什么，先生？这件事怎会与我无关？荒谬，先生……有人胡作非为，这样的事情与我无关？要我称赞他们还是怎么的？他们刚才向您抱怨我禁止他们唱歌……可唱歌能给人带来什么好处呢？他们放着正经事不干，就知道唱歌……还有，他们养成风气，晚上点着灯闲坐着，应该躺下睡觉才对，可他们却又说又笑。这些事我都记下来了，先生！”

“你记了些什么？”

“记下谁点灯闲坐着。”

说罢，普里希别耶夫从口袋里摸出一张布满油污的小纸片，戴上眼镜，念道：

“点灯闲坐的农民有伊凡·普罗霍罗夫，萨瓦·米基福罗夫，彼得罗夫。大兵的寡妇舒斯特罗娃和谢苗诺夫·基斯洛夫私姘。伊格纳特·斯韦尔乔克大搞妖术，他的妻子玛芙拉是巫婆，每到夜间就去挤别人家奶牛的奶。”

“够了！”法官说，然后开始询问证人。

普里希别耶夫把眼镜推到额头上，惊讶地望着调解法官，这位法官分明不站在他这边。他那双瞪大的眼睛闪闪发亮，鼻子也变得通红。他看了看调解法官，又看了看证人，无论如何也想不明白，为什么审讯室的各个角落里会响起一片不满的埋怨声和压抑的笑声。对于法官的判决，他更无法理解：坐一个月的牢。

“这是为什么？”他大惑不解地摊开双手问，“根据哪一条律法？”

但有一点他是清楚的，那就是这个世界变了，这个世界无论如何也无法活下去了。阴郁沮丧的思想充满他的脑海。可是，当他走出审讯室，看到农民们在那儿挤成一团说着话，他的习惯使得他把两手贴在裤缝上，用沙哑的气愤声调嚷道：

“老百姓，散开！不许成群结队！回家去！

捉弄

一个晴朗的冬日，中午时分……天气严寒刺骨，树木被冻得喀喀作响。娜坚卡挽着我的胳膊，她的卷发和上嘴唇的茸毛上都蒙着一层薄薄的银霜。我们站在一座高山上。一道斜坡从我们脚下的山顶一直延伸到山下的平地，在阳光照耀下闪闪发亮，像一面镜子。我们身边的地上有一副小巧轻便的雪橇，上面盖着一条猩红色的绒布。

“娜杰日达·彼得罗夫娜，我们一起滑下去吧！”我恳求道，“只滑一次！我向您保证：我们将完整无缺，毫发无伤。”

但娜坚卡害怕。在她看来，从她穿着的那双小胶皮套鞋到冰山脚下的这段距离，就像可怕的无底深渊。在我的恳求下，她坐上雪橇，可当她往山底下一看，不禁吓得魂不附体，连呼吸都几乎停止了。如果她当真向深渊冒险飞去，又会出现什么情况呢？她会被吓得神经失常、丢掉性命。

“我求求您了！”我又说，“这没什么可害怕的！要知道，您这是缺乏勇气，胆小怕事！”

娜坚卡终于同意了，但是我从她的脸色看出，她做出这样的让步，是冒着生命危险的。我把她扶上小雪橇，她脸色苍白，浑身发抖。我用手搂紧她，跟她一起滑向深渊。

雪橇像出膛的子弹一样飞了出去。被撕裂开来的空气迎面击打着我们的脸，在我们的耳边怒吼着，咆哮着，凶狠地撕扯着我们的衣帽，简直想把我们的脑袋从肩膀上揪下来。强劲的风令我们喘不过气来，就好像被一个魔鬼用铁爪紧紧地抓住，咆哮着要把我们拖进地狱里去。周围的一切景物都汇成一条长长的奔腾着忽闪而过的带子……眼看再过一秒钟，我们就要命丧黄泉！

“我爱你，娜佳！”我轻声说道。

雪橇的滑行逐渐平稳下来，风的吼声和雪橇滑板的声音已经没那么可怕了，呼吸也顺畅了一些，我们终于来到山脚下。娜坚卡已经快丢了半条命，面无血色，奄奄一息……在我的帮助下，她站了起来。

“我说什么也不滑第二次了。”她望着我说，睁得大大的眼睛里满是恐惧，“再也不滑了！我差点被吓死！”

过了一会儿，她恢复了常态，充满疑惑地望着我：那句话究竟是我说的，还是她在狂风的怒号中出现的幻觉？我站在她身旁，抽着烟，仔细检查我的手套。

她挽起我的胳膊，我们又在山下玩了很久。显然她被那个谜搅得心绪不宁。那句话究竟是说了还是没说？说了还是没说？说了还是没说？这个问题关系到她的自尊心、名誉、生命和幸福，是天底下最最重要的问题。娜坚卡显得非常不耐烦和忧郁，用她那锐利的目光紧紧盯着我的脸，明显是在胡乱地敷衍我的问话，期待我能再次说出那句话。啊，她那张可爱的脸上表情是多么丰富，多么丰富啊！我知道，她内心十分矛盾，在进行自我斗争。她想说点什么，问些什么，但又找不到恰当的语言，她感到不好意思，有点害怕，又因为喜悦反倒张不开口……

“这样好吗？”她说，眼睛并没有看我。

“什么？”我问。

“我们再……再滑一次雪橇。”

于是，我们顺着阶梯爬到山顶。脸色惨白、浑身发抖的娜坚卡再一次被我扶着坐上雪橇，又一次朝可怕的深渊飞去，又一次听到风的呼啸和滑板哐哐的响声，我又一次在雪橇飞得最快、风声最大的时候小声说：

“我爱你，娜佳！”

雪橇停下来后，娜坚卡立即回头朝我们刚刚滑下来的山坡看了一眼，随后久久地盯着我的脸。而我仍然用那种平静而平淡的声音跟她说话，于是，她整个人、全身上下，包括她的皮手套和围巾、帽子在内，都显示出极度的困惑。她的脸上分明写着：“这到底是怎么回事？是谁说了那句话？是他说的，还是我的幻觉？”

她被这个疑团弄得心神不定，无法忍受这样的折磨。可怜的姑娘对于我的问话连敷衍都做不到了，她愁眉苦脸，几乎要哭了。

“现在好像到回家的时间了吧？”我问她。

“可是……这样滑雪令我很开心，”她涨红着脸说，“我们可以再滑一次吗？”

虽然她说“滑雪令她很开心”，可是，坐上雪橇的时候，她和前两次完全一样，面色依旧惨白，呼吸不畅，浑身都在发抖。

我们第三次向下滑了出去，我发现她一直盯着我的脸，紧盯着我的嘴唇。可是，我假装咳嗽，用围巾挡住了嘴，当我们滑行到中途的时候，我又轻轻地说了一句：

“我爱你，娜佳！”

疑团仍然没有被揭开！娜坚卡一言不发，心事重重……我把她从冰场送回家。一路上她尽量把步子放慢、放轻，一直期待我把那句话说给她听。我知道她内心正饱受煎熬，并且竭力克制自己说出：

“风不可能说出这句话！我也不希望这句话是风说的！”

第二天上午，我收到一张便条：“如果您今天还去滑雪橇，请务必把我带上。娜。”从此，我几乎天天都和娜坚卡去滑冰场。

每一次我们坐上雪橇往下飞行的途中，我总是轻声说出那句同样的话：

“我爱你，娜佳！”

很快，娜坚卡就如同喝酒、服吗啡一样，对这句话听上瘾了。现在，她的生活中无论如何也不能没有这句话。当然，娜坚卡依然心惊肉跳地面对从山顶飞身滑下这件事。不过，现在这种恐怖反倒给这句情话增加了特殊的魅力，尽管这句令她饱受折磨的情话依然是个谜。怀疑的对象依然有两个：我和风……她不知道这二者中向她诉说爱情的究竟是谁，而且看来，她已经不在乎了——一心想喝醉的人不会在意用的是哪个杯子！

一天中午，我独自去了滑冰场。走在拥挤的人群中，突然发现娜坚卡正东张西望地朝山脚下走去，看得出来，她是在找我……后来，她小心犹豫地顺着阶梯往上走……对她来说，独自一人从山顶滑到山脚是很可怕的，唉呀，简直太可怕了！她脸色白得像雪，胆战心惊地朝前走去，就像是走向刑场，但她还是走着，义无反顾地走着。毫无疑问，她决定在我不在身边的时候做最后一次尝试，看那句美妙而甜蜜的话是否还会在她耳边响起。我看到脸色苍白的她因为恐惧而张大了嘴巴，她闭着眼睛，像是向人世告别似的坐在雪橇上滑了下去……“哐哐哐”……滑板哐哐作响。那句话是否在娜坚卡耳边响起我不得而知，我只看到当她从雪橇上摇摇晃晃地站起来时已经精疲力竭。从她的脸色可以判断，连她自己也不知道那句话有没有在她耳边响起，她独自往下滑行的时候，她的听觉被恐惧夺走了，她已经无法再辨别声音，同样丧失的还有理解力……

早春三月终于来临……阳光变得暖和起来。我们那座冰山变黑了，失去耀眼的光芒，最后融化了。我们再也没有去滑过雪。那句话再也不可能在可怜的娜坚卡耳边响起。也是，谁也不会再说那句话了，因为风已经消散，而我正准备去彼得堡——要去很久，也许会一直住在那里。

有一回，大约在我离开的前两天，我坐在自家的小花园里，周边暮色四合，一道带钉子的高板墙将花园和娜坚卡居住的院子隔开……寒意还没有完全消散，畜粪下面还有积雪，树木毫无生机，但依然让人们感觉到春天的到来，一群白嘴鸦在聒噪地寻找筑巢的旧枝。我透过板墙的缝隙，久久地朝那边张望。只见娜坚卡走到门外的台阶上，抬头望着天空……目光悲凉而伤感，脸色苍白而忧郁……春风拂面，勾起她往日的回忆：在半山腰，正是在呼啸的风声中她听到了那句话。于是，她的脸色变得更加忧郁，眼泪顺着脸颊流了下来……可怜的姑娘张开臂膀，似乎是希望再在春风里听到那句话。我等到一阵风吹过来，轻声说：

“我爱你，娜佳！”

我的上帝，娜坚卡的情绪顿时好转！她眉开眼笑，大声喊叫着，迎风高高地举起双手，全身上下都散发出高兴和幸福的气息，美丽异常。

我走开了，回去收拾行装……

这是发生在很久以前的事情。现在娜坚卡已嫁作人妻。无论是父母的决定还是自由恋爱——这并不重要，她给她的丈夫——贵族监护会的一名秘书，生了三个孩子。当年，我们一起滑雪，那风给她耳畔送去一句话：“我爱你，娜佳！”——这段回忆是永生难忘的。对她来说，这是一生中最幸福、最动人、最美好的回忆……

现在我也已经上了年纪，已经无法说清当年为什么要说那句话来捉弄她。

相识的男人

漂亮迷人的万达，或者按她身份证上的称呼——荣誉公民娜斯塔西娅·卡纳夫金娜，在医院里病愈出院后，发现自己的处境是以前从未有过的：物价飞涨，而口袋里连一个子儿也没有。怎么办?

她首先做的就是跑到信贷所，在那儿把一枚绿松石戒指当掉，这是她身上唯一贵重的东西了。她的戒指在当铺换到一卢布，可是……一个卢布能买什么呀?这点钱既不能买一件时髦的外套，也不能买一顶漂亮的高帽，更不能买一双古铜色的鞋子——可是缺了这些东西，她就感觉自己好像赤身裸体一样。在她看来，不仅是行人，就连那些马和狗都盯着她看，嘲笑她衣着寒酸。她的心思全都放在穿戴的衣物上，至于吃什么、住哪儿，这些问题倒一点也不让她着急。

“只要遇到一个相识的男人……”她心想，“那我就能弄到钱……没有人会拒绝我，因为……”

可是，她没有遇到任何相识的男人。晚上在“文艺复兴”俱乐部里倒是很容易碰见他们，可现在她穿着这身寒碜的衣服，连帽子也没戴，是进不了俱乐部的。有什么办法呢?经过长时间折腾，最后她懒得再走路、再坐着、再思索了。她决定用最后一个办法：索性去一个相识的男人家里讨点钱。

“该去找哪一个呢？”她暗自思忖，“米沙已经结婚了，我不能去找他……红毛老头子也不行，他现在在上班……”

万达想起了牙科医生芬克尔。这个改信东正教的犹太人三个月前送过她一只手镯，有一次在德国俱乐部吃晚饭，她把一杯啤酒倒在他的头上。想起这个芬克尔，她高兴得不得了。

“他肯定会给钱的，只要我在他家碰上他。”她边走边想，“他若不给，我就把他家的灯全给砸了。”

她走到牙科医生家门口时，脑子里已经有了一整套计划：她要笑着飞奔到楼上的诊室，让他掏出二十五卢布……可是，当她伸手要拉门铃的时候，那个计划不知怎的从她脑子里飞了出去。万达感到一阵前所未有的胆怯心慌。其实，她的大胆放肆只在一群醉汉面前展现过，她现在穿着一身普通衣服，充当一个乞讨者的角色，人家对于这种人完全可以不予理会。想到这里，她感到一阵心虚，感到身份低下，既窘迫又害怕。

“说不定他已经忘了我……”她虽然这样想，但还是不敢去拉门铃，“我怎么能穿这身衣服去见他呢？简直像个叫花子或小市民……”

她迟疑地拉了一下门铃。

门里响起脚步声，看门人走了过来。

“医生在家吗？”她问。

此刻，她更希望看门人说声“不在”，可对方没有说话，而是把她请进门厅，帮她脱去大衣。在她看来，这里的楼梯富丽堂皇，不过，她首先注意到的是，在华丽的陈设中有一面大镜子，镜子里的人衣衫褴褛，没有漂亮的帽子，没有时髦的外套和古铜色的鞋子。令万达感到万分奇怪的是，这身寒碜的衣服使她看起来像是女裁缝或洗衣妇，那种放肆大胆的劲头早就被她的羞耻心取代了。在她心里，万达又变成了从前的娜斯佳·卡纳夫金娜……

“请进！”一个女仆把她领进诊室，“医生马上就来……您坐呀。”

万达在一把软椅上坐下。

“我干脆就说：您借点钱给我吧！”她心想，“这样的请求合乎情理，因为我们本来就很熟。不过这个女仆最好不要待在这里，当着女仆的面提出这样的请求确实不好意思……她为什么站在这儿不走呢？”

四五分钟后，房门开了，芬克尔走进来。这个皮肤黝黑、改信东正教的犹太人身材高大，长着一张肥厚的脸颊和一双凸出的眼睛。他的脸蛋、眼睛、肚子、粗壮的大腿，全身上下都显得那么臃肿、讨厌、冷漠。他经常在“文艺复兴”俱乐部和德国俱乐部里喝得醉醺醺的，将大把的钱花在女人身上，对她们的嘲弄毫不在意（比如，那次万达把一杯啤酒倒在他头上，他只是微微一笑，伸出一个手指吓唬她一下）。可是，现在他带着忧郁的神色，睡眼惺忪，看上去一本正经、态度冷淡，像个官僚。他嘴里还嚼着什么东西。

“您有什么吩咐？”他问，眼睛并没有看万达。

万达看着女仆那严肃的面孔和芬克尔大腹便便的身子，看来他没有认出她来，她不禁脸红了……

“您有什么吩咐？”这一次，牙医的问话已经显得不耐烦和气恼了。

“我牙……牙疼……”万达小声说。

“啊哈……哪颗牙？在哪里？”

万达想起她有颗牙被蛀了个洞。

“右边，下面……”她说。

“嗯哼，您张开嘴！”

芬克尔皱起眉头，屏住呼吸，开始检查病牙。

“痛不痛？”他问，用一个什么铁器摆弄着那颗牙齿。

“痛……”万达随便敷衍了一句。

她想：“只要我提醒一下，他一定会认出我来……可是……那个女仆，她为什么一直站在那里不离开呢？”

芬克尔忽然像火车头似的对着她的嘴呼哧呼哧地直吹气。他说：

“我劝您不要补这颗牙了……反正这颗牙对您来说已经没有什么用处了。”

他又在牙齿里鼓捣了一阵，万达的嘴唇和牙床被他那烟熏的手指弄得满是烟味。接着，他屏住呼吸，把一个冰冷的东西塞进她的嘴里……万达忽然感到一阵剧烈的疼痛，不禁尖叫着抓住芬克尔的手。

“没关系，没关系……”他喃喃地说，“您别害怕……反正这颗牙对您也没有什么用处了。勇敢一点。”

拔出来的牙齿被送到她的眼前，拿着它的是带着血的被烟熏了的手指。女仆把一只杯子拿到她嘴边。

“您回家用冷水漱漱口……”芬克尔说，“这样血就可以止住了……”

他摆出一副不堪其扰的送客模样站在她面前。

“再见……”她说完，转过身朝门口走去。

“哎！那我的诊费该由谁来付呀？”芬克尔问，声音里满是戏谑。

“噢，对了……”万达想起来，连忙涨红着脸把用绿松石戒指当来的一卢布给了芬克尔。

来到街上，她感到比原先更加羞辱。不过，令她感到可耻的已经不是贫穷了。漂亮时髦的服装已经不在她的考虑范围之内。她走在街上，吐着带血的唾沫，每一口鲜红的唾沫都在向她诉说着糟糕艰难的现状，以及刚刚蒙受的种种屈辱，不仅今天，而且明天，一周后，一年后——她一辈子都会遭到侮辱，直到死亡……

“啊，这真是太可怕了！”她小声说道，“我的上帝，真是太可怕了！”

不过，第二天她又在“文艺复兴”俱乐部跳舞了。她头上戴着新的大红帽，身上穿着新的时髦外套，脚上穿着古铜色的鞋子。一位从喀山来的年轻商人正请她吃晚饭呢。

歌　女

有一天，那还是她比较年轻漂亮、嗓音也更清脆动听的时候，她的崇拜者尼古拉·彼得罗维奇·科尔巴科夫，坐在她的别墅里。闷热的天气令人难以忍受。刚吃完午饭，喝了一大瓶劣质葡萄酒的科尔巴科夫情绪非常恶劣，觉得浑身上下都不舒服。两人无聊地等着暑气消退后出去散步。

突然，前厅意外响起了门铃声。科尔巴科夫没穿外衣，趿着拖鞋，跳起来用疑问的眼光望着帕莎。

“大概是邮差，也可能是我的女友。”帕莎说道。

对于帕莎的女友和邮差，科尔巴科夫从来都不在乎，不过，为了稳妥起见，他还是抱起自己的一堆衣服，走到隔壁房间里去。帕莎跑去开门，令她吃惊的是，门口站着的竟然是一个素不相识的女人，既不是邮差，也不是女友。那人一看就是一位高贵的太太，年轻漂亮，衣着讲究。

这个气喘吁吁的陌生女人面容苍白，仿佛刚刚爬上很高的楼梯。

“请问您有何贵干？”帕莎问道。

太太没有立即回答。她往前迈出一步，缓慢仔细地打量着房间，然后坐下来，一副累得要摔倒又像有病的样子。后来，她那苍白的嘴唇努动了很久，极力想说些什么。

“我的丈夫在你这儿吗？”她终于问道，抬起哭得眼皮红肿的大眼睛看着帕莎。

“什么丈夫？”帕莎低声说，忽然心惊胆战、手脚冰凉，“什么丈夫？”她重复问了一遍，开始发抖。

“我的丈夫，尼古拉·彼得罗维奇·科尔巴科夫。”

“没有……没有……太太……我……我根本不认识您丈夫。”

两人在沉默中度过一分钟。陌生女人几次用手绢擦拭她那苍白的嘴唇，为了克制内心的颤栗，她不时屏住呼吸。帕莎站在她面前，一动也不动，脚下像生了根一样，眼睛里带着困惑和恐惧。

“你的意思是，他不在这儿？”太太问道，这时她的声音已经平稳下来，脸上突然露出古怪的微笑。

“我……我不知道您问的是谁。”

“你真是卑鄙龌龊、可恶至极……”陌生女人一口气说完，打量着帕莎的眼睛里充满仇恨和厌恶，“对，对……你卑鄙。我非常高兴当着你的面说出这句话！”

帕莎感到自己给这位身穿黑衣、眼神愤怒、手指白细的太太留下某种卑贱和丑恶的印象，她不由得为自己胖胖的红脸蛋、鼻子上的雀斑和额头上无论如何也梳不上去的刘海感到害臊。她觉得要是自己没有这么胖，不涂脂抹粉，不留刘海，那么她并不高贵的身份还是可以不被看出来的，而且脸上恐慌和羞愧的表情也不会表露在这个陌生而神秘的女人面前。

“我的丈夫在哪儿？”太太接着说，“我也不在乎他在不在这里，可有件事我必须告诉你，他盗用公款的事已经败露。警察到处在找尼古拉·彼得罗维奇……他们要逮捕他。这就是你干的好事！”

太太站了起来，情绪激动地在房间里来回走动。帕莎望着她，吓得都没有听懂她的话。

“他们今天就要来抓他，逮捕他，”说到这里，太太终于哭了出来，屈辱和懊悔的情绪在哭声中表露无遗，“我知道他落到这般可怕的境地究竟是因为谁！卑贱的家伙！可恶的出卖皮肉的荡妇！”太太撇着嘴唇，皱起的鼻子一点也没有掩饰对她的厌恶，“我是个无能的弱女子……你听着，下贱的女人！……比起软弱无能的我，你是比较强。但是，总会有人来为我和我的孩子们撑腰！上帝把一切都看在眼里了！他是公正的！上帝最终会惩罚你，来补偿我流过的每一滴眼泪和所有失眠的夜晚！我这番话你总有一天会记起来的。”

紧跟着又是一阵沉默。太太继续来回地在房间里走动，绞着手，而帕莎依然大惑不解地呆望着她，不知道她来这里是为了什么，等着她做出可怕的举动。

“我，太太，什么也不知道！”她说，忽然哭了起来。

“你骗人！”太太嚷道，用眼睛恶狠狠地瞪着她，“我知道所有事情！我早就知道你了！我还知道最近一个月他天天待在你这里鬼混！”

“是的。可这又能说明什么呢？这有什么稀奇？经常有客人来我家里，不过大家都是来去自便，我从不强迫任何人。”

“我跟你说，他盗用公款的事情败露了！他以公谋私侵吞了公款！为了你这种人……为了你，他竟然不惜去做违法犯罪的事情。听着，”太太站在帕莎面前，语气坚决地说，“你们这种人，没有原则节操，活着就是为了作恶。你们的目的只有这个。但是也不能说你已经堕落得身上没有丝毫人性！他有妻子儿女……一旦被判罪就会被送去流放，那我和我的孩子们就只能挨饿等死了……这一点你要清楚明白！不过，眼前还有办法救他，使我和孩子们远离受穷和丢脸的窘境。只要我今天能送去九百卢布，他们就不会找他的麻烦。九百卢布就够了！”

“什么九百卢布？”帕莎低声问道，“我，我不知道……我从来没有拿过这些钱……”

“我不是跟你要九百卢布……我要的是东西，而不是你没有的钱……男人通常会送你们各种贵重物品。我只想从你这里拿走我丈夫送给你的东西！”

“太太，我从来没有从他那里得到过什么东西！”帕莎突然叫起来，弄清楚了她的来意。

“那么钱呢？他把自己的钱、我的钱和公家的钱都挥霍一空……这些钱都上哪儿去了？你听我说，我求求你。我刚才对你发火还说了许多不客气的话，我道歉就是。你恨我是毫无疑问的。可是，如果你还有一点点怜悯之心，那就替我设身处地地想一想！我恳求你，把那些东西还给我！”

“哼……”帕莎说着，耸了耸肩膀，“我倒乐意做这样的事情。但是，我若说谎就会受到上帝的惩罚，我真的没有从您丈夫那里拿过任何东西。请相信我的良心。不过，您刚才说的也对，”歌女慌张起来，“他有一次的确带过两样小玩意给我。好吧，您想要的话，我拿出来给您……”

帕莎从梳妆台的一个小抽屉里取出一个空心的金镯子和一只成色不足的宝石小戒指。

“给您！”她把那两样东西递给客人。

太太的脸猛然间涨得通红，脸部肌肉抽动着。她觉得自己被侮辱了。

“你给我的算什么东西？”她说，“我来这里是讨回那些本不该归你所有的东西，而不是来乞讨。你利用你的姿色，榨干了我那个软弱无能而不幸的丈夫。我星期四那天在码头上看到你和我的丈夫，那时你戴着贵重的胸针和镯子。所以，你用不着在我面前装成这件事与你毫不相干！我问你最后一次：那些东西你到底给不给我？”

“天哪，您这人可真奇怪……”帕莎说着，开始生气了，“我向您保证，我从您的尼古拉·彼得罗维奇那里得到的只有这镯子和戒指。您丈夫通常只给我带点甜馅饼。”

“甜馅饼……”陌生女人冷笑道，“几个孩子在家里连吃都吃不饱，你却在这里吃甜馅饼！你坚决不肯拿出那些东西吗？”

太太没有得到回答就坐了下来，眼睛盯着一处地方发呆，想着心事。

“我现在能怎么办呢？”她说，“要是没有九百卢布，不但他完了，我和孩子们也完了。我是该把这个下贱的女人杀了，还是在她面前跪下呢？”

太太用手绢捂着脸，痛哭起来。

“我求求你了！”她一边大哭，一边诉说着，“害得我丈夫破产、断送前程的可是你呀！你救救他吧……你可以不顾念他，可孩子们，孩子们……孩子们有什么过错呀？”

帕莎一想到饥饿得哇哇直哭的几个小孩子站在大街上，也忍不住放声痛哭起来。

“太太，我又有什么办法呢？”她说，“您刚才说我是下贱的女人，害得尼古拉·彼得罗维奇破产，可我就像面对真正的上帝一样对您问心无愧……我向您保证，我没有占您丈夫一点便宜……在我们这班歌女中，除了莫蒂一人有财主供养，其他人都只能勉强糊口。我接待尼古拉·彼得罗维奇，是因为他是一位受过教育、彬彬有礼的先生。对待客人我们是不能拒绝的。”

“我要东西！把东西还给我！我在哭……低声下气……好吧，我给你下跪！这样行了吧？”

帕莎吓得尖叫起来，挥动着两只手。她感到这个苍白而美丽的太太像在舞台上演戏似的表演得那么高尚，而且纯粹出于骄傲、出于高尚在她面前跪下，为的是抬高自己而贬低歌女。

“好，我把东西给你！”帕莎擦着眼泪，开始手忙脚乱地拿东西，“好吧。不过我并不是从尼古拉·彼得罗维奇那里得到这些东西……是别的客人把这些东西送给了我。就按您的意思办，太太……”

帕莎从五斗柜上面的抽屉里取出一枚钻石胸针、一串珊瑚、几只金戒指、一个金镯子，把它们统统交给那位太太。

“要是您乐意，就全部拿走吧。只是我没有从您丈夫那里得到过任何好处。拿走吧，您发财去吧！”帕莎继续说道，陌生女人下跪的威胁使她受了侮辱，“既然您是出身高贵的女人——他法律上的妻子，您就应该叫他时刻守在您身边。本来就是嘛！是他自己不请自来的。”

太太泪眼模糊地看着给她的东西，说道：

“你没有把东西全部拿出来……这些东西连五百卢布都不值！”

帕莎冲动地又从五斗柜里扔出一块金表、一个烟盒、几颗金纽扣，摊开两只手说：

“现在我什么值钱的东西都没有了……您来搜吧！”

客人叹了一口气，伸出发抖的手把东西包在手绢里，没有留下一句话，也没有点头示意，就离开了帕莎的家。

隔壁房间的门打开了，科尔巴科夫脸色苍白地走进来，一个劲地摇头晃脑，仿佛刚喝了一杯很苦的药，他的眼睛里闪烁着泪光。

“我到底从您那里得到过什么东西？”帕莎冲他发脾气说，“请问，我什么时候得到过？”

“东西……东西不东西都是小事，”科尔巴科夫说，又摇晃了一下脑袋，“上帝啊！她在你面前痛哭失声，低声下气……”

“我要问您：我到底从您那里得到过什么东西？”帕莎大声嚷道。

“上帝啊，她高贵、骄傲、纯洁……居然打算给……你这个娼妇下跪！唉，她沦落到这个地步完全是因为我，这一切都是我的错！”

他抱住头，呻吟着说：

“不！我永远也不能原谅自己！永远也不能原谅！你给我滚远点……贱货！”他厌恶地叫了一声，同时用颤抖的手推开她，急忙从帕莎身旁逃开，“她刚才打算下跪……向谁下跪？向你！啊，上帝！”

他很快穿好衣服，厌恶地躲着帕莎，从大门口跑了出去。

帕莎躺下来，开始放声痛哭。这时她已经不仅仅是为一时赌气拿出去的那些东西感到委屈，她想起三年前有个商人无缘无故把她打了一顿，于是哭得更伤心了。

演说家

一个风和日丽的早晨，八等文官基里尔·伊凡诺维奇·瓦维洛诺夫下葬了。他的死因是妻子太凶和酒精中毒——这在俄国是广为流行的两种疾病。等到送殡的行列从教堂往墓园走去的时候，死者的一个姓波普拉夫斯基的同事，坐上出租马车，去找他那位年轻却颇负盛名的朋友格里戈里·彼得罗维奇·扎波伊金。正如许多读者知道的，这个扎波伊金具有一种罕见的才能，他擅长在婚礼、葬礼以及各种各样的周年纪念会上发表即席演说。他任何时候都能发表演说：无论是睡意朦胧，还是忍饥挨饿；无论是烂醉如泥，还是发烧生病的时候。他的演说总是平稳流畅，像排水管里的流水一样连绵不绝。在演说家眼里，那些演说词汇中扣人心弦的字眼远多于任何一家小饭馆里蟑螂的数量。他那娓娓道来的演说一向动听而冗长，因此有时候，特别是在商人家的庆典上，为了制止他滔滔不绝地讲下去，只好求助于警察。

"朋友，我找你来了！"波普拉夫斯基到的时候他恰好在家，于是开口说，"你马上穿好衣服跟我走。我们有个同事死了，现在正把他打发到另一个世界去。所以，朋友，告别的时候废话必不可少……我们把全部希望都寄托在你身上了。我们不会麻烦你把时间花在一个小人物身上。可要知道，死的这个人是秘书，从某种意义上说，是衙门里的栋梁呢。在这样一个大人物的葬礼上，没有致辞是万万不行的。”

“啊，秘书！”扎波伊金打了个哈欠，“是那个嗜酒成性的人吧？”

“对，就是那个酒鬼。这回除了煎饼还有冷荤菜吃……还有一笔车马费等着你领。走吧，亲爱的！到了墓地你就天花乱坠地胡扯一通，讲得比西塞罗还西塞罗，到时大家会感激不尽的。”

扎波伊金欣然同意下来。他把头发弄乱，装出伤心的样子，跟着波普拉夫斯基一起走到街上。

“你们那个秘书我是知道的，”他在出租马车上坐下，说，“诡计多端，老奸巨猾，但愿这种少有的人升上天堂。”

“好了，格利沙，咒骂死人不合适。”

“那当然。对死者要么保持沉默，要么大声称颂。不过说他是个骗子并没有冤枉他。”

两位朋友赶上并加入了送殡的行列。人们抬着灵柩走得很慢，所以，在到达墓地之前，他们居然有三次空当拐进小酒馆为死者灵魂的安息喝上一小杯。

送葬队伍在墓地上做了安魂祈祷。死者的岳母、妻子和妻妹按照传统流了许多眼泪。他的妻子甚至临到棺木放进墓穴时还哭喊：“把我和他一同埋葬了吧！”不过，她终究没有跳下去陪丈夫，大概是想起了抚恤金。扎波伊金等大家安静下来后，向前跨出一步，环视了大家一眼后便开口说：

“能相信我们的眼睛和耳朵吗？这棺木，这些泪痕斑驳的脸，这些呻吟和哭号，难道不是一场噩梦吗？唉，这不是梦，我们并没有被我们的眼睛欺骗！眼前躺着的这个人，不久前我们还见到过，本来那么纯洁活泼、朝气蓬勃，这个人不久前还站在我们面前，好比一只不知疲倦的蜜蜂，把自己的蜜送进国家福利的总蜂房里。这个人，他——就是这样一个人，如今已变成一堆骸骨和幻影。冷酷无情的死神向他伸出僵硬的手，尽管他已到了驼背的年龄，但他依然精力充沛，迎接光辉灿烂的前程。真是无法挽回的损失！对我们来说，谁能代替他呢？我们这里有很多优秀的文官，然而普罗科菲·奥西佩奇是独一无二的！他对他神圣的职责有着深入灵魂的忠诚，整日整夜殚精竭虑地工作，毫无私心，不收受贿赂……疾恶如仇的他对那些绞尽脑汁想要收买他损害公众利益的人，以及那些极尽所能诱使他背弃自己职责的人，鄙视至极！是的，普罗科菲·奥西佩奇薪酬不多，却还接济他穷困的同事们。那些靠他接济的孤儿寡母的痛苦，你们现在也亲耳听到了。他把全部精力都用在公务和做好事上，对于生活的种种乐趣充耳不闻，甚至放弃了家庭生活的幸福。众所周知，他一生都没有结婚！作为我们的同事，谁能取代他呢？现在我好像看见了那张刮光胡子、温情脉脉、充满善意的笑脸，他那柔和、亲切、友好的声音此刻好像正回响在我的耳旁。愿你的骸骨安宁，普罗科菲·奥西佩奇！安息吧，诚实而高尚的劳动者！”

扎波伊金的演说还在继续，可听众却开始议论纷纷。他的演说并没有让人感到不满意的地方，而且博得了一些眼泪，可是演说中有许多话让人十分奇怪。首先，大家不知道为什么死者被演说家称为普罗科菲·奥西佩奇，死者的名字明明是基里尔·伊凡诺维奇呀。其次，众所周知，死者直到生前最后一刻仍在和他的合法妻子吵架，因此不能说他是单身汉。最后，他脸上留着的红褐色的大胡子从来没有从他的脸上消失过，所以不明白为什么演说家说他刮干净胡子。听众们心里十分纳闷，你看看我，我看看你，耸耸肩膀。

“普罗科菲·奥西佩奇！”演说家望着墓穴，热情洋溢地接着说道，“你那张并不漂亮甚至相当难看的脸上，眉头总是紧皱着，阴沉而严峻。不过我们都知道，一颗正直而善良的心在这有目共睹的躯体里跳动着！”

不久，听众发现某种奇怪的变化正发生在演说家身上，他盯着一个地方，身子不安地扭动起来，自己也耸起肩膀来。他突然停住口，惊讶地张大嘴巴，转身对着波普拉夫斯基。

“你听我说，他还活着呢！”他惊恐地瞪着眼睛说。

“谁还活着？”

“普罗科菲·奥西佩奇呀！瞧，他站在墓碑旁边呢！”

“他本来就活着！是基里尔·伊凡诺维奇死了！”

“可是，你刚才亲口说你们的秘书死了！”

“基里尔·伊凡诺维奇是我们的秘书呀。你这个怪人弄错了！普罗科菲·奥西佩奇以前做过我们的秘书，这是没错的，可是，两年前他就被调到第二科当科长了。”

“嗨，谁知道你们的事情啊！”

“可是你怎么停下来不讲了？讲下去吧，不讲可不妥当！”

扎波伊金又转身对着墓穴，施展他先前的口才把中断的演说继续下去。年老的文官普罗科菲·奥西佩奇果真站在墓碑旁，脸上干干净净的，没有一点胡子。他瞪着演说家，气呼呼地皱着眉头。

“你这又是在干什么？”葬礼结束后，文官们跟扎波伊金一起走回去，笑着说，“埋葬了一个活人。”

“这可不是什么好事，年轻人！”普罗科菲·奥西佩奇埋怨道，“您把那些应该用在死人身上的话用在活人身上，这是赤裸裸的讽刺挖苦，先生！我的上帝，您都说了些什么呀？什么毫无私心呀，不被收买呀，不收贿赂呀！用这种话来说活人，只有在嘲讽的时候才用得上，先生！再说，谁也没有请您，阁下，来宣扬我的名声。什么不漂亮呀，什么难看呀，就算这是事实，又何必当着众人的面出我的丑呢？真是太令人气愤了，先生！”

彩　票

伊凡·德米特里奇家境小康，每年全家要花掉一千二百卢布，他对自己的命运一直很满意。有一天，他吃完晚饭，在沙发上坐下来，开始看报纸。

“今天的报纸我忘记看了，”妻子收拾着饭桌说，“你看一下开彩的号码登出来没有？”

“啊，登出来了，”伊凡·德米特里奇答道，“你的彩票难道没有被抵押出去吗？”

“没有，星期二我还取过利息的。”

“号码是多少？”

“九千四百九十九组，二十六号。”

“好的，太太……我来查一下……九四九九——二六。”

伊凡·德米特里奇对于彩票中奖的事从来没有在意过，如果换了别的时间，他也不会去看中彩的单子，但现在报纸就摆在无所事事的他面前，于是他从上而下用食指顺着一组组的号码划下去。就在第二行，九四九九号仿佛嘲笑他缺乏信心似的赫然跳入眼帘！他没有马上看号数，也没有再核对一遍，而是很快地把报纸放在膝头，好像有人把凉水泼在他肚子上似的，觉得胸口有一股令人愉快的凉意：痒酥酥，颤悠悠，却又舒服得很！

“玛莎，有九千四百九十九号！”他闷声闷气地说。

他那张惊愕的脸让妻子明白他不是在开玩笑。

“是九千四百九十九吗？”她问，脸色发白，叠好的桌布又被放下了。

“是的，是的……真的有！”

“那么彩票的号数呢？”

“啊，是了！还有彩票的号数。不过，等一下……等一下。先不看，怎么样？我们的组号反正是对上了！反正，你知道的……”

伊凡·德米特里奇咧开嘴傻笑着，就跟小孩子看见了什么发亮的东西似的望着妻子。妻子也眉开眼笑。她跟他一样内心充满愉悦，看到他读出组号后并不急于知道那张带来好运的彩票的号数，抱着能交上好运的希望，借此折磨并刺激自己一下，是多么愉快而又惊心动魄啊！

“我们的组号有了，”伊凡·德米特里奇沉默了很长时间，说，“可见我们大有中彩的可能。这还仅仅是可能，但毕竟大有希望！”

“行了，现在你看一下票号吧！”

“等一会儿，反正有的是时间让我们失望呢！号码是在上边的第二行，这么说，彩金是七万五。我看到的不仅仅是钱，还有实力和资本！等我对号的时候看到的是二十六！啊？你听着，要是我们真的中了彩，那会怎么样？”

夫妇两人面带笑容，沉默对视良久。他们被交好运的可能性弄得昏昏然，甚至想象不出，也无法用语言表达，他们该怎么处理这七万五千卢布，有什么东西是要买的，旅游的话有什么好地方可以去。九千四百九十九和七万五千这两个数字，已经把他们的心填满了，各自用想象力描画着这两个数字，不知为何他们倒没有想到那可能实现的幸福本身——后两位数字。

伊凡·德米特里奇手里拿着那份报纸，从这个墙角走到那个墙角，直到从最初的感受中平静下来，才开动脑筋稍稍幻想了一下。

“要是我们的彩票真的中了奖，那会怎么样？”他说，“这可是崭新的生活，简直是天翻地覆！彩票是你的，如果是我的，那么当然啦，我首先要花二万五买下一份类似庄园的不动产；花一万用于一次性开销，买新家具啦，旅游啦，还债啦，等等；余下的四万五就放在银行里生利息……”

“对，买座庄园倒挺好。”他妻子说着，干脆坐下来，把两只手放在膝头上。

“在图拉省或奥尔洛夫省选一个好地方买下一座庄园……首先，这样的话就不需要再置消夏别墅；其次，它总归会有收入的。”

他脑海中涌现出一幅幅诱人无比、富有诗意的画面。在所有这些画面中，他发现自己大腹便便、心平气和、身体健康，他感到温暖，甚至觉得太热了。比如说，挺着刚喝完一盘冰杂拌浓汤的肚子，躺在花园里的椴树下或者小河边热乎乎的沙地上……好热……一对小儿女在他身边来回爬着挖沙坑或捉草地里的小甲虫。他什么也不想地打着瞌睡，感到心满意足，无论什么时候，对他来说，上班都是一件没有必要的事情。他会割割草，去树林里采蘑菇，或者去看怎样结网打鱼——当然，这得等到他躺得不耐烦的时候。他会在太阳落下后拿着浴巾和肥皂，悠哉游哉朝岸边的更衣房走去，不慌不忙地在那里脱掉衣服，在跳进水里之前，用手掌长久地磨擦着赤裸的胸脯。小鱼在浑浊的肥皂水附近游来游去，绿色的水草摇摆着。洗完澡就喝奶茶，吃点奶油鸡蛋甜面包……到了晚上，就到外面去散散步，或者和邻居们玩玩文特。

“对了，买座庄园是个不错的主意。”妻子说，从她的脸色可以看出，她已经深深陷入幻想中了。

伊凡·德米特里奇又暗自描画出秋天寒冷的雨夜，以及晴朗温和的初秋景色。在那种季节，为了畅快地挨一挨冻，他要有意识地到花园、菜园、河岸边去散散步，然后喝上一大杯伏特加，吃点腌松乳菇或者茴香油拌的小黄瓜，然后再喝一杯。不少带着新鲜泥土味的胡萝卜和青萝卜被孩子们从菜园子里拖回家……这之后，他从容不迫地躺在长沙发上翻阅一本画报，然后将画报盖在脸上，解开坎肩上的扣子，舒舒服服地小睡一会儿……

晴朗温和的初秋后，天气变得阴雨绵绵。光秃秃的树木一整天都在雨里呜呜哭泣。那些狗、马、母鸡在潮湿阴冷的秋风里浑身湿透，无精打采，畏首畏尾。这种天气是不能出去散步的，只能成天待在房间里来回踱步，不时愁苦地看着阴暗的窗户。太烦闷了！

伊凡·德米特里奇站起来，望着妻子。

“玛莎，你知道我想出国去旅行。”他说。

于是，他开始构想：深秋时节出国旅行一趟也不错，去法国南部、意大利，或者印度，那该多好啊！

“那我也出国旅行去。”妻子说，“行了，你快看看票号吧！”

“别着急！再等一会儿……”

他又开始思索着在房间里来回踱步。他突然想道，如果妻子真的也要出国，那可怎么办？出国旅游要一个人才痛快，或者带上几个易于相处、无忧无虑、及时行乐的女人。跟那种一路上把心思都放在儿女身上、整天唉声叹气、对钱财斤斤计较的女人一起出门，是万万行不通的。

伊凡·德米特里奇想象他的妻子坐在火车里，带着无数包裹和提篮……她为什么总是长吁短叹，抱怨一路上累得她头疼，抱怨出门一趟花了许多钱……每到一个停车站就要跑下去弄开水，买夹肉面包和矿泉水……她因为嫌餐厅里的东西太贵而不去那里用餐……

“反正我每花一个小钱，她都舍不得！”想到这里，他看了一眼妻子，“因为彩票是她的，不是我的！再说，出国对她有什么用呢？她在那里能见什么世面？准会让我跟她一起在旅馆里待着……我非常清楚！”

他这才发现，他那已经不再年轻漂亮的妻子浑身散发着厨房里的油烟味。但是，年轻健康、神采飞扬的他甚至可以再结一次婚。

“当然，这些都是无关紧要的小事。”他又想道，“但是……她为什么要出国呢？她在那里能长什么见识？她要是真的去了……我能想象……那不勒斯和克林在她眼里其实是一样的。她的存在只会让我感到束手束脚。我只能处处依从她。我能想象，她会像别的女人那样把钱加上六道锁……她一定会藏在我不知道的地方，对我斤斤计较，同时接济她的娘家。”

伊凡·德米特里奇立即想起她的那些亲戚。她的那些兄弟姐妹和叔伯姨婶知道这件事后，一定会第一时间找上门来，像叫花子那样，脸上挂着虚情假意的媚笑，死乞白赖地缠着要钱。这些讨厌又寒碜的家伙！如果给他们钱，他们就会变得贪得无厌；不给的话，他们就无事生非，咒骂你走霉运。

伊凡·德米特里奇又想起自己那些面目可憎、令人讨厌的亲戚，尽管他以前还能心平气和地面对他们。

“都是些小人！”他想道。

此刻，他突然觉得妻子同样面目可憎、令人讨厌，不禁产生满肚子的怒火，于是，他幸灾乐祸地想：

“她对钱的事一窍不通，所以才那么吝啬。她的彩票要是真中了奖，顶多给我一百卢布，其余的——全都会锁起来。”

这时，他已经不再面带微笑了，望着他妻子的眼神也带着憎恨。而她的眼睛里同样怀着憎恨和气愤。她有着自己灿烂的梦想、自己的计划和自己的主意，她清楚地知道她的丈夫在想什么。她知道第一个伸出爪子来夺她彩金的会是谁。

“拿人家的钱做什么好梦！”她的眼神分明在这样说，“不行，你妄想！”

知道她眼神代表的意思后，丈夫怒火中烧。他故意跟妻子作对，得意洋洋地再看一眼第四版报纸，然后大声宣告：

“九千四百九十九组，四十六号。不是二十六号！”

两人的希望与憎恨顿时消失，伊凡·德米特里奇和他的妻子立刻感到：他们的住房是那么阴暗、窄小、低矮，晚饭没有吃饱的他们腹内很不舒服，而令人烦闷的秋夜漫长而无聊……

“天知道怎么回事！”伊凡·德米特里奇说，他发起脾气来，“纸片、面包渣和瓜果壳满地都是，简直没有地方下脚。屋子里从不打扫，弄得人只想离家逃走，真见鬼！我这就走，碰到第一棵杨树就上吊。”